TODO GAROTO TEM

OBRAS DA AUTORA PUBLICADAS PELA RECORD

Avalon High

A garota americana

O garoto da casa ao lado

Garoto encontra garota

Ídolo teen

Tamanho 42 não é gorda

Todo garoto tem

Série **O Diário da Princesa**

O diário da princesa

A princesa sob os refletores

A princesa apaixonada

A princesa à espera

A princesa de rosa-shocking

A princesa em treinamento

A princesa na balada

A princesa no limite

Lições de princesa

Série **A Mediadora**

A terra das sombras

O arcano nove

Reunião

A hora mais sombria

Assombrado

Crepúsculo

Meg Cabot

TODO GAROTO TEM

Tradução de
Ana Ban

galera RECORD
Rio de Janeiro | 2007

CIP-Brasil. Catalogação-na-fonte
Sindicato Nacional dos Editores de Livros, RJ.

Cabot, Meg, 1967-
C116t Todo garoto tem / Meg Cabot; tradução Ana Ban. – Rio de Janeiro: Galera Record, 2007.

Tradução de: Every boy's got one
ISBN 978-85-01-07714-1

1. Amizade – Literatura juvenil. 2. Casamento – Literatura juvenil. 3. Viagem – Literatura juvenil. I. Ban, Ana. II. Título.

CDD – 028.5
07-2687 CDU – 087.5

Título original em inglês:
EVERY BOY'S GOT ONE

Publicado mediante acordo com HarperCollins Publishers

Projeto gráfico e composição de miolo: Glenda Rubinstein

Direitos exclusivos de publicação em língua portuguesa somente para o Brasil adquiridos pela
EDITORA RECORD LTDA.
Rua Argentina 171 – Rio de Janeiro, RJ – 20921-380 – Tel.: 2585-2000
que se reserva a propriedade literária desta tradução

Impresso no Brasil

ISBN 978-85-01-07714-1

PEDIDOS PELO REEMBOLSO POSTAL
Caixa Postal 23.052
Rio de Janeiro, RJ – 20922-970

Para Benjamin

Muito obrigada a Beth Adler, Ingo Arndt, Jennifer Brown, John Henry Dreyfuss, Benjamin Egnatz, Carrie, Feron, Michele Jaffe, Laura Langlie e Greg e Sophia Travis

Alitalia **Cartão de embarque**

Nome do passageiro	Número do programa de milhagem			
Langdon, Cal	E17H616			
De:	**Vôo**	**Classe**	**Data**	**Partida**
Nova York — JFK	1516	K	13 Set	18h26
Para:	**Portão**	**Horário de embarque**		**Poltrona**
ROMA — Fiumicino GRUPO 4	30	17h50		21D

Alitalia

Cartão de embarque

Nome do passageiro	Número do programa de milhagem			
Harris, Jane	---			
De:	**Vôo**	**Classe**	**Data**	**Partida**
Nova York — JFK	1516	K	13 Set	18h26
Para:	**Portão**	**Horário de embarque**		**Poltrona**
ROMA — Fiumicino GRUPO 4	30	17h50		21C

John F. Kennedy
Aeroporto Internacional
-Free Shop-

Caixa nº06	Tran nº8971
Oper nº0084	Rec nº2411
1 Rev New Republic	US$ 2,99
1 Pilhas AA	US$ 1,59
Subtotal	US$ 4,58
Total	US$ 4,58
Pagamento	Cartão de Crédito

C Langdon
**** **** *** ****
Validade 2/08
25 Março 15h59

Obrigado por sua compra
JFK Free Shop
Boa viagem!

John F. Kennedy
Aeroporto Internacional
-Free Shop-

Caixa nº06	Tran nº8972
Oper nº0084	Rec nº2411
1 Toblerone presente	US$ 9,99
1 Dramin	US$ 2,29
1 Tapa-ouvido	US$ 0,79
1 Advil	US$ 2,29
1 Rev US Weekly	US$ 1,99
1 Água mineral	US$ 1,29
1 Água mineral	US$ 1,29
1 Água mineral	US$ 1,29
1 Água mineral	US$ 1,29
1 Água mineral	US$ 1,29
1 Diário de viagem	US$ 12,95
Subtotal	US$ 36,75
Total	US$ 36,75
Pagamento	Cartão de Crédito

W Harris
**** **** *** ****
Validade 3/08
25 Março 16h02

Obrigado por sua compra
JFK Free Shop
Boa viagem!

Diário de Viagem de

Holly Caputo e Mark Levine

Sobre seu casamento secreto.
Redigido por Jane Harris, testemunha
e madrinha ou a melhor amiga de Holly desde
a primeira série e colega de quarto desde
o primeiro ano na
Faculdade de Design Parsons

Queridos Holly e Mark,

Surpresa!

Eu sei que nenhum de vocês dois vai se dar ao trabalho de fazer um registro do casamento secreto, então eu resolvi fazer isso para vocês! Assim, quando estiverem chegando perto do seu vigésimo aniversário de casamento, e o filho mais velho de vocês tiver acabado de destruir o Volvo, e a mais nova tiver chegado em casa da escola particular chique dela em Westchester com piolho, e o cachorro tiver vomitado em cima do tapete da sala todo e, Holly, você estiver se perguntando por que resolveu se mudar do apartamentinho no East Village que nós duas dividimos por tanto tempo, e, Mark, você estiver desejando ter permanecido no alojamento de residentes do St. Vincents, vão poder abrir este diário e falar assim: "Ah, foi por ISSO que a gente se casou."

Porque vocês dois formam o casal mais bacana que eu conheço, e vocês foram totalmente feitos um para o outro, e acho que fugir para se casar em segredo na Itália é uma idéia BRILHANTE, mesmo que vocês a tenham roubado da Kate Mackenzie do Recursos Humanos.

A parte de fugir para se casar, quer dizer. Não a parte da Itália.

Mas ela TEVE que fugir. Quer dizer, com aqueles sogros que ela tem? Qual seria a outra OPÇÃO dela?

Mas vocês estão fazendo isto puramente em nome do romance (não porque PRECISAM fazer, já que a família de vocês dois é perfeitamente respeitável).

Bom, acho que tem aquele detalhezinho da religião entre as mães.

Mas que se dane! Elas vão superar.

Bom, mas é por isso que a fuga de vocês para casar é tão especial.

E a minha intenção é registrar cada detalhe de tudo isto, começando agora, antes mesmo de embarcarmos no avião. Antes mesmo de nos encontrarmos no portão de embarque. E, aliás, CADÊ vocês, para começo de conversa? Quer dizer, a gente tinha que estar aqui três horas antes do horário do vôo. Vocês sabem disso, não é mesmo? Quer dizer, está escrito bem na passagem. Para vôos internacionais, favor apresentar-se para o check-in com no mínimo três horas de antecedência.

Então. Cadê vocês?

Acho que eu podia mandar um e-mail para vocês no meu BLACKBERRY novo, mas, como você vive me lembrando, Holly, ele é SÓ PARA USO EM TRABALHO, e esta é a única razão por que os caras do suporte técnico deixam a gente ficar com um (obrigada pelo meu, aliás. Quer dizer, é legal da parte do Tim e do pessoal ter pensado em mim, apesar de eu não trabalhar mais lá exatamente).

Meu Deus, espero que não tenha acontecido nada com vocês. Quer dizer, no caminho. As pessoas dirigem como malucas na via expressa.

Esperem... vocês não mudaram de idéia, não é mesmo? Sobre se casar? Vocês não podem fazer isto. Simplesmente seria um horror! Um HORROR! Quer dizer, vocês dois são tão perfeitos um para o outro... isso sem falar que seria totalmente injusto me dar o cano. Na minha primeira viagem para a Europa, meus companheiros me abandonam? Do jeito como as coisas estão, eu nem acredito que estou mesmo fazendo isto. Por que esperei tanto? Que americana faz 30 anos sem nunca ter saído nem da porção continental dos Estados Unidos pelo menos uma vez na vida? Não fui a Paris com o pessoal da aula de francês no segundo ano do ensino médio. Não fui passar as minhas férias de faculdade no "Cabo". Falando sério, qual é o meu problema? Por que eu sou uma aberração dos vôos intercontinentais?

E, tudo bem, falando sério, qual é o problema daquele cara ali falando no celular? Quer dizer, ele é fofo e tudo. Mas por que está gritando? Nós vamos para a Itália, cara. Itália! Então, fique calminho.

Tudo bem, ignore o cara no celular. IGNORE O CARA NO CELULAR. Não dá para acreditar que eu estou desperdiçando as primeiras páginas do diário de viagem de vocês com ele. Quem se importa com ele? ESTOU INDO PARA A EUROPA!

Quer dizer, NÓS estamos indo para a Europa.

Acho. Se vocês dois não estiverem estirados no meio dos destroços retorcidos do seu táxi para o aeroporto na via expressa de Long Island.

Mas vamos partir do princípio de que vocês se atrasaram um pouco hoje de manhã e não estão mortos.

Graças a Deus que vocês me obrigaram a fazer isto. Você e Mark, quer dizer. Holly, eu finalmente vou atravessar o Atlântico, e não haveria RAZÃO melhor. Meu Deus, é tão romântico...

(Ah, espera, aquele é o mesmo cara que estava na minha frente no Free Shop! Aquele que ficou revirando os olhos só porque eu comprei um monte de garrafas de Aquafina. É óbvio que ele não leu a revista Shape deste mês. Lá, diz que a gente se desidrata muito nas viagens aéreas, e que é necessário beber a metade do peso do seu corpo em água durante o vôo para evitar o jet lag.)

E, tudo bem, eu sei que tem água no avião e tudo o mais, mas será que é água boa? Quer dizer, tão boa quanto Aquafina? Provavelmente não. Eu vi um programa no canal 4 em que mandavam a água do avião para analisar e estava cheia de micróbios! E, tudo bem, era a água da torneira da pia do banheiro, e ninguém beberia aquilo, mas mesmo assim.

Claro que a MINHA mãe e o MEU pai me matariam se eu fizesse o que você está fazendo, Holly. Fugir para casar, quer dizer. E na Itália, ainda por cima.

Mas é totalmente a sua cara, Holly. Meu Deus, você é a maior sortuda. O Mark é tão... pé no chão. E o Mark, eu sei que eu fico te enchendo porque você é o maior nerd viciado em ficção científica e tudo o mais, mas, falando sério, se eu encontrasse um cara tão...

(Ai meu Deus, o Cara do Celular acabou de praticamente jogar o telefone em um daqueles carrinhos que transportam as pessoas de idade! Aqueles que as levam até o portão de embarque! E só porque o cara que estava dirigindo ligou aquela sirenezinha para avisar que ele estava na frente. Meu Deus, mas ele também não precisa molhar a calcinha! Só que ele não tem lá muita cara de quem usa calcinha. Tem mais cara de quem usa cueca apertadinha. Ou quem sabe samba-canção.

Ah, não. Não vou poder dar este diário de presente para a Holly e o Mark se estiver cheio de reflexões a respeito da roupa de baixo de um cara qualquer!!!!

E AGORA, o que é que eu vou dar de presente para eles? Não posso dar uns castiçais ou algo assim. É a HOLLY. Tem que ser alguma coisa ESPECIAL.

Certo, bom, uma menção de roupa de baixo. Vocês não se importam, não é mesmo? Quer dizer, é só roupa de baixo.)

Onde é que eu estava mesmo? Ah, sim. O Mark. É tão fofo, apesar das maratonas de Jornada nas Estrelas: A Nova Geração que ele obriga você a assistir, Holl. Ele é tão responsável, com aquela coisa toda de coluna de médico-e-saúde. O que me lembrou de que preciso perguntar a ele sobre uma pinta que apareceu no meu cotovelo. Meu Deus, a Holly tem tanta sorte, ela pode pedir para ele dar uma olhada nas pintas dela de graça a qualquer momento. Por que eu não consigo encontrar um namorado com uma habilidade útil como esta? A única coisa que o Malcolm sabe fazer é ganhar de mim em Vice City. E de que isso me serve? Por acaso uma boa pontuação em Vice City salva alguém de um carcinoma que pode ameaçar a sua vida? Não.

Certo, agora eu não posso mesmo dar isto para a Holly e o Mark. Qual é o meu problema?

O Cara do Celular acabou de desligar com quem quer que estivesse falando. Acabei de ouvi-lo dizer: "Isso é indesculpável", mas foi a única coisa que consegui ouvir, porque a TV está ligada na CNN bem alto aqui. Agora ele pegou o Blackberry dele. Está digitando furiosamente. Eu nunca vou ser capaz de digitar assim tão rápido no meu.

Mas talvez isso seja bom. O Cara do Celular é um exemplo clássico de personalidade Tipo A, como foi ilustrado na revista Shape do mês passado. Praticamente dá para VER a pressão dele subindo. Espero que ele não tenha um ataque cardíaco no avião.

Mas eu até que nem ia me importar de prestar primeiros socorros a ele.

Ai, meu Deus, não acredito que acabei de escrever isso.

Mas ele é meio fofo. Quer dizer, para quem gosta daquele tipo alto, fortão, cabelo cor de areia, olhos azuis penetrantes como uma navalha e que sabe usar um Blackberry.

Certo. Agora eu não vou poder mesmo dar isto para a Holly e o Mark como presente de casamento.

Ah, espera: eu posso simplesmente arrancar as páginas com os comentários sobre o Cara do Celular. Ou passar um Pilot preto por cima.

Ou talvez seja melhor mesmo eu comprar um porta-retratos de prata bacana da Tiffany em vez disto. Mas assim vai ficar parecendo um presente sem graça para alguém tão legal quanto a Holly, que segurou meu cabelo tantas vezes enquanto eu vomitava de bêbada.

Mas é claro que eu também fiz isso para ela o mesmo número de vezes, sendo que a mais recente foi na última sexta, quando o departamento de arte inteiro a levou para uma despedida de solteira. Para duas pessoas que vão fugir para se casar em segredo, a Holly e o Mark realmente contaram para um MONTE de gente.

!!!! Na CNN diz que um avião está preso em São Francisco porque a bordo tem um passageiro suspeito de estar com um vírus altamente contagioso que pode se espalhar pelo mundo inteiro!!!!

Sabe o que isso quer dizer:

Preciso de mais lanche para a viagem.

Falando sério, aquela gente está dentro do avião há DUAS HORAS sem nenhum serviço de alimentação. Se eu passar duas horas sem comer, fico com aquela coisa esquisita em que não consigo enxergar de um olho. E Toblerone não adianta. Preciso de alguma coisa com proteína. Tipo amêndoas salgadas. E quem sabe um pouco de pipoca sabor queijo. E aposto que não tem isso na Itália. É melhor eu voltar ao Free Shop e fazer um estoque, só por precaução...

Para: Tara Samuels <tara.samuels@thenyjournal.com>
De: Cal Langdon <cal.langdon@thenyjournal.com>
Assunto: Serviço de viagem

Cadê todo mundo? Faz meia hora que estou ligando e não tem ninguém para atender. Por acaso o pessoal do Viagem só trabalha meio expediente em setembro, enquanto os outros babacas, nós, ficamos trabalhando como idiotas?

Faz um mês que pedi para vocês reservarem esta passagem, mas agora estou no aeroporto e estão dizendo que eu estou na classe econômica, não na executiva.

Estou em uma poltrona *do meio*. Para um vôo de *sete horas*.

A porra do Frodo não agüentaria seis horas em uma cadeira assim tão pequena. Como é que um homem de 1,95m de altura e 90 quilos vai conseguir?

É melhor alguém aí mexer os pauzinhos, ou então vocês vão ter que enfrentar um jornalista muito irritado.

C. Langdon

✉

Para: Dolly Vargas <dolly.vargas@thenyjournal.com>
De: Cal Langdon <cal.langdon@thenyjournal.com>
Assunto: Ontem à noite

Obrigado por ontem à noite. Mas acho que irmos morar juntos pode ser uma decisão um tanto precipitada. E acho que o seu marido não iria gostar muito da idéia.

Por enquanto, vamos deixar as coisas assim para ver no que dá. Certo? Estou indo para algum fim de mundo na Itália de que ninguém nunca ouviu falar porque o Levine teve a idéia idiota de se casar lá, mas eu entro em contato com você quando voltar, daqui a uma semana.

C.

✉

Para: Cal Langdon <cal.langdon@thenyjournal.com>
De: Tara Samuels <tara.samuels@thenyjournal.com>
Assunto: Res: Serviço de Viagem

Sinto MUITO, Sr. Langdon, estamos em uma reunião de orçamento, e é por isso que ninguém atendeu. Estou ligando para a empresa aérea desde que voltei, e o vôo está completamente lotado. Eu poderia colocá-lo na classe executiva de outro vôo... mas só amanhã. Poderia ser?

Mais uma vez, sinto muitíssimo pelo mal-entendido. Não sei como o senhor foi parar na classe econômica. Nós SEMPRE fazemos reserva na executiva, como bem sabe. Menos quando o avião é tão pequeno que nem tem classe executiva. O que não é o caso. Realmente, não tenho como pedir desculpas suficientes. Será que podemos recompensar com uma suíte no hotel quando o senhor chegar?

Tara

Para: Cal Langdon <cal.langdon@thenyjournal.com>
De: Dolly Vargas <dolly.vargas@thenyjournal.com>
Assunto: Res: Ontem à noite

Então é aí que você está! Só deixei dez recados no seu celular. Como é que você PÔDE sair de fininho daquele jeito hoje de manhã, sem nem deixar um bilhete?

E o Peter e eu não somos *casados*, amorzinho. Nós temos um acordo – o mesmo que eu e você temos.

E é claro que eu não estava falando de você se mudar para cá permanentemente. Só ofereci o quarto de hóspedes até você encontrar um apartamento. Sei como o mercado imobiliário de Nova York pode ser brutal.

Não que você vá ter algum problema, tendo visto como estão as vendas de *Varrendo a Areia*. Aliás, a cobertura na frente da minha acabou de ser colocada à venda, uma pechincha por dois milhões. Está interessado? Se você quiser, posso falar com a administração do condomínio em seu nome...

Em todo caso, querido, ligue para mim quando você voltar do casamentinho secreto do Mark.

Bjs,
Dolly

Diário de Viagem de
~~Holly Caputo e Mark Levine~~
Jane Harris

Certo, eu pedi para o Cara do Celular olhar as minhas coisas um minuto enquanto eu corria para comprar um lanchinho, e ele foi TOTALMENTE sem educação comigo. Ele disse, com a voz cheia de sarcasmo: "Duvido muito que alguém vá querer roubar a sua água, moça."

!!!!!

E nem era isso que eu estava pedindo para ele olhar. A minha água, quer dizer. Obviamente, eu estava falando da minha BOLSA. Quer dizer, a última coisa de que eu preciso é que o aeroporto mande explodir as minhas coisas porque eu deixei tudo largado sem ninguém tomando conta.

Tanto faz. É bem como o Malcolm diz. Algumas pessoas simplesmente são um saco, e a gente não pode fazer nada a respeito disso. Eu já devia saber que o Cara do Celular era uma dessas pessoas. Principalmente pela maneira como ele não pára de espancar as teclas daquele Blackberry. Ele continua fazendo isso. Como é que alguém tão bitolado pode ficar assim tão bonito de calça jeans? Não entendo. Quer dizer, nos termos da evolução, o tipo dele já devia ter sido extinto há muito tempo. Porque quem é que vai querer acasalar com alguém com ESSE tipo de atitude?

AAAAAAH, estou vendo a Holly!!! A Holly e o Mark chegaram, finalmente! OBA!

Quem será que é o Cal, amigo do Mark? O padrinho, quer dizer. A gente marcou de todo mundo se encontrar no portão de embarque...

Para: Mark Levine <mark.levine@thenyjournal.com>
De: Cal Langdon <cal.langdon@thenyjournal.com>
Assunto: Cadê você?

Estou no portão de embarque. Não estou vendo você. Você por acaso não aceitou o meu conselho e cancelou tudo no último minuto, certo?

Esqueça, você não é do tipo que deixa uma noiva no altar.

Então. Já está nervoso? Estou com a garrafinha, não se preocupe. E a gente vai mesmo precisar dela, tem uma mulher completamente louca neste vôo. Parece que ela acha que o avião pode cair bem no meio do deserto do Saara.

Ande logo e chegue aqui de uma vez, quero dar um beijo na noiva...

Ah, você chegou.

Cal

Diário de Viagem de
~~Holly Caputo e Mark Levine~~
Jane Harris

Ai, meu Deus.

O Cara do Celular é o Cal Langdon, o melhor amigo do Mark desde o primário, aquele que viaja o mundo todo pelo Journal, que escreve sobre problemas sociais e instabilidade econômica há dez anos. Aquele que acabou de lançar um livro — e parece que recebeu um adiantamento enorme por ele.

Eu bem que gostaria de estar naquele avião preso no aeroporto de São Francisco em vez de estar neste aqui. Eu preferia pegar um vírus mortal a ter que passar mais um minuto na companhia de Cal Langdon, conhecido como Cara do Celular, conhecido como Melhor Amigo de Mark Levine.

Ah, e adivinha só? A POLTRONA DELE É BEM DO LADO DA MINHA. Era por isso que ele estava tão bravo antes. Estava ligando para o Serviço de Viagem do Journal, tentando fazer com que mudassem a passagem dele para a classe executiva, ou pelo menos no corredor, e não no meio, como está marcado no cartão de embarque dele.

Ha ha. Ha ha, o Cal está no meio. Espero que ele goste de esbarrar o cotovelo dele no meu a cada cinco minutos, Sr. Duvido-Muito-Que-Alguém-Vá-Querer-Roubar-a-Sua-Água-Moça. Porque eu não vou MESMO trocar com ele a minha poltrona no corredor. De jeito nenhum.

E também não vá ficar achando que vou dividir a minha água com você. NEM o meu Toblerone. Nem a minha pipoca sabor queijo. Não me importo nem um pouco com quanto tempo vamos ficar dentro do avião, nem com o tipo de vírus que pode entrar no sistema de ventilação. Você não vai receber nadinha de mim, meu caro.

Mas não vou dizer à Holly como eu odeio o melhor amigo do marido dela. Não quero estragar este momento especial da vida dela.

E não vou poder mesmo dar este diário de viagem de presente de casamento para eles. Ah, problema. Acho que não vai fazer mal nenhum, porque mal dá para ler a minha letra, graças ao Nazista do Descanso de Braço aqui do meu lado. Com licença, Sr. Sou-Tão-Grande-Que-Preciso-Do-Seu-Espaço-Também. Será que você pode afastar esse seu braço idiota com esse relógio à prova d'água estúpido que diz a altitude e o horário exato em todos os sete continentes que, eu sei, é tão necessário para você, por ser um homem que viaja tanto na classe executiva para tantos lugares do mundo e que sabe tanto sobre política externa e coisas que uma coitada de uma cartunista como eu nem poderia começar a entender?

Vou dizer uma coisa: se a Holly armou para cima de mim, vai morrer. Quer dizer, eu sei que ela não gosta do Malcolm, mas será que ela poderia mesmo, a sério, achar, por um minuto que fosse, que eu poderia gostar deste Senhor Nada-Pode-Se-Intrometer-Entre-Mim-E-O-Meu-Blackberry? Fala sério! Ele me perguntou no que eu trabalho (ele só estava puxando papo porque a Holly e o Mark estão sentados bem atrás de nós e ele não quer parecer o Bitolado Controlador que é na verdade na frente deles), e quando eu disse que era cartunista, ele ficou todo: "Tá de brincadeira".

Assim, na lata. Tá de brincadeira.

E ouve só esta: Ele nunca ouviu falar do Wondercat.

Nunca. Ouviu. Falar. Do. Wondercat.

Tem que ser mentira. Ele <u>escreve</u> para o jornal em que o Wondercat nasceu.

Tudo bem, ele está sempre no exterior, e não é em todo lugar que tem o <u>Journal</u>. Mas será que ele não assiste à <u>televisão</u>? Ele pode até ter passado os últimos dez anos se esbaldando pelos quatro cantos do mundo, mas, dá licença, agora ele está de volta para fazer a promoção do livro idiota dele. Por acaso ele não viu o comercial do Wondercat para os produtos que economizam energia no canal New York One? Todo mundo assiste ao New York One, nem que seja só para olhar a temperatura.

Meu Deus. Quem é esse cara? E como é que o Mark consegue gostar dele????

Acho que vou precisar ter uma palavrinha com a Holly. Será que ela sabe no que está se metendo? Vai casar com um sujeito cujo melhor amigo não assiste à TV????

Para: Mark Levine <mark.levine@thenyjournal.com>
De: Cal Langdon <cal.langdon@thenyjournal.com>
Assunto: Eu mato você

Que diabos é um Wondercat?

Cal

Para: Cal Langdon <cal.langdon@thenyjournal.com>
De: Mark Levine <mark.levine@thenyjournal.com>
Assunto: Res: Eu mato você

Dá licença? Acho que não é permitido usar este tipo de aparelho em aviões.

Mark

P.S. Você não *disse* para ela que não sabe quem é o Wondercat, disse?

Para: Mark Levine <mark.levine@thenyjournal.com>
De: Cal Langdon <cal.langdon@thenyjournal.com>
Assunto: Res: Eu mato você

Não é permitido usar este tipo de aparelho quando se está no ar, de acordo com as determinações da Administração Federal de

Aviação – mas eu duvido que seja verdade, porque já deixei o meu ligado várias vezes e nenhum dos meus vôos nunca caiu no mar por causa disso.

No entanto, a lei prevê o uso enquanto o avião está na pista de decolagem sem fazer nada, só esperando enquanto o pessoal do controle aéreo termina o campeonato de dança deles, como devem estar fazendo agora, porque não vejo absolutamente nenhuma razão para não termos tido ainda permissão de decolagem.

E, sim, eu perguntei a ela o que era um Wondercat. É por isso que ela está tão ocupada rabiscando no diário de viagem que comprou no Free Shop? Porque eu a ofendi tanto assim devido à minha falta de conhecimento a respeito do gato dela?

Cal

✉

Para: Cal Langdon <cal.langdon@thenyjournal.com>
De: Mark Levine <mark.levine@thenyjournal.com>
Assunto: Res: Eu mato você

É. E pare de me mandar e-mails. A Holly fica querendo saber para quem eu estou escrevendo. Eu disse para ela que era para o hospital, e agora ela ficou brava de o hospital estar me mandando e-mails quando eu deveria estar fugindo para me casar em segredo.

Mark

Para: Mark Levine <mark.levine@thenyjournal.com>
De: Cal Langdon <cal.langdon@thenyjournal.com>
Assunto: Res: Eu mato você

E como é que o hospital pode saber disso, aliás? Se você está mesmo fugindo para se casar em segredo, o seu casamento não é assim tão secreto, se o hospital está sabendo.

C

Para: Cal Langdon <cal.langdon@thenyjournal.com>
De: Mark Levine <mark.levine@thenyjournal.com>
Assunto: Res: Eu mato você

Eu tive que dizer no hospital que ia me casar. *E* no jornal. Se não, não iam me dar folga nem permitir que eu deixasse de fazer a minha coluna. NÃO CONTA para a Holly. Ela ainda acha que as únicas pessoas que sabem que vamos fazer isto somos nós quatro.

E, claro, todo o departamento de arte no *New York Journal*. Mas ela não sabe que eu sei disso.

Mark

P.S. Pára de me escrever. Vou desligar este negócio.

Para: Mark Levine <mark.levine@thenyjournal.com>
De: Cal Langdon <cal.langdon@thenyjournal.com>
Assunto: Seu cachorro

Seu segredo está seguro comigo.

Mas, falando sério. Esta mulher por acaso é daquele tipo que ama gatos? Pelo amor de Deus, por favor me diga que eu não vou ficar preso em uma poltrona do meio ao lado de uma dessas pessoas que gostam de gatos. Ela não anda com fotos dele na carteira, anda? Do gato dela? Porque, se for o caso, vou sofrer um aneurisma em pleno vôo...

NESTE MOMENTO, O PILOTO PEDE QUE TODOS OS APARELHOS ELETRÔNICOS SEJAM DESLIGADOS E GUARDADOS ATÉ ATINGIRMOS ALTITUDE DE CRUZEIRO

O que você achou dele?

Ai, meu Deus. Holly. O que é isto aqui? A oitava série? Você está me mandando bilhetinho? No AVIÃO????

Bom, como eu posso falar com você com esse carrinho de comida idiota no meio? E não deixam a gente ligar o Blackberry. Fala sério, anda logo, enquanto ele está dormindo. O que você achou dele?

Ele não está dormindo de verdade. Só está fingindo, para não precisar falar comigo. Eu sei, porque ele continua disputando guerra de descanso de braço comigo. Toda vez que eu coloco o cotovelo no braço da poltrona, ele coloca o dele também para bloquear o meu.

Você não gostou dele?

Holly, ele nunca ouviu falar do Wondercat!!!!

Janie, ele é correspondente estrangeiro há dez anos. Em lugares como Cabul não há jornais para toda a família, do tipo dos que distribuem o Wondercat.

Mas você disse que ele voltou para os EUA há umas duas semanas...

E você acha que ele passou essas duas semanas se atualizando sobre a *SUA* tirinha, em vez de, sei lá, ENCONTRAR UM LUGAR PARA MORAR???

Bom. Ele também tirou sarro de mim por ter trazido tantas garrafas de água para o vôo.

Você meio que trouxe um monte mesmo.

Dá licença. Nove entre dez pessoas encontradas mortas depois de se perder no deserto ainda têm água no cantil, pois estavam tão preocupadas em economizar que não beberam o suficiente para sobreviver. É verdade. Eu vi no Discovery Channel.

Certo, certo. Mas o que você achou dele???? Gostou dele? Ele é fofo, não é? Eu disse que ele era fofo.

Ele parece muito... inteligente.

O negócio com o Blackberry. Eu sabia. Eu disse para o Mark dizer para ele guardar aquele negócio. Eu sei que, na sua opinião, não tem nada mais assustador do que caras mais inteligentes do que você.

Não acredito que você escreveu isto. Para começo de conversa, nem é verdade. E, em segundo lugar, o Cal não é mais inteligente do que eu de jeito nenhum. Quer dizer, é verdade que ele já viajou pelo mundo todo cobrindo notícias a respeito de guerras terríveis e de surtos de doenças pavorosas como o Ebola e escreveu um livro e tal, mas isso não quer dizer que ele seja mais inteligente do que eu. Quer dizer, por acaso ele sabe desenhar um gato? Além do mais, por acaso eu gosto de homens inteligentes sim.

Certo. Tipo o Malcolm.

Ah, que baixaria, até para você. Fique sabendo que o Malcolm consegue dar um giro de 360 graus no ar sem soltar o *snowboard*.

Você precisa parar de sair com caras que andam de *snowboard* e músicos, Jane. Já está com 30 anos. Precisa começar a pensar no futuro e sair com homens que realmente vão ficar um tempo com você, para variar, em vez de precisar viajar para participar do próximo X-Game ou para fazer um show.

Talvez eu não QUEIRA um namorado que fique por perto o tempo todo. Já pensou nisso?

Então, por que você chorou tanto nas duas primeiras semanas depois que o Malcolm se mudou?

Eu só fiquei mal por causa do Cara. Você sabe que eles eram muito unidos.

Ah, é, também tem isso. O Cara precisa de uma certa estabilidade na vida. Talvez ele não mordesse tanto as pessoas se tivesse um modelo de conduta masculina positivo na vida. O mesmo pode ser dito a seu respeito. Além do mais, financeiramente, você estaria bem melhor com um parceiro que de fato tem um emprego fixo. Por ser freelancer, você paga caríssimo pelo seu seguro-saúde. Se você se casasse com um cara que tivesse o seguro dele – digamos, pelo jornal –, já seria uma boa grana que você economizaria. Além do mais, você teria segurança. E plano de aposentadoria.

Isso tudo é muito engraçado, vindo de uma mulher que certa vez gastou o dinheiro do aluguel de um mês inteiro para comprar uma calça de couro roxo.

Acorda. Será que a gente pode falar de coisas que aconteceram neste milênio, por favor?

Certo. Sabe o quê? É muito injusto da sua parte ficar jogando na minha cara essa coisa toda de aposentadoria e tudo o mais, porque você sabe muito bem que eu TINHA todas essas coisas quando estava com o DAVE, e você viu como AQUILO acabou.

Certo, tudo bem, concordo que pegar o seu ex na cama com a sua representante do RH pode ser apavorante em nível psicológico. Principalmente levando em conta que foi a Amy Jenkins. Mas você vai se lembrar de que eu SEMPRE disse que não era boa idéia ficar com um estrangeiro. Nunca dá para saber quando eles estão mentindo.

Acorda. O Dave era inglês.

É, mas aquele sotaque engana a gente. Se ele fosse deste país, nós saberíamos de cara que ele era um papa-vagabunda-do-RH. Mas, falando sério, Janie, só porque as coisas não deram certo com o Dave, não é motivo para começar a sair com fracassados desempregados que têm a metade da idade dele...

Será que eu preciso lembrá-la de que o Malcolm não é desempregado? Você sabe que ele conseguiu aquele contrato ótimo do programa Jogos de Inverno. Esta foi a única razão por que ele foi embora. Quer dizer, ele teve que se mudar para o Canadá. Por causa das apresentações.

E o fato de ele ser um maconheiro inveterado não teve nada a ver com você INCENTIVAR a mudança dele.

Bom, pelo menos ele não é um bitolado controlador como CERTAS pessoas que por acaso estão sentadas ao meu lado, TOMANDO CONTA DO DESCANSO DE BRAÇO.

Jane, o seu quarto ainda cheira a baseado.

É bem a sua cara tocar nesse assunto em um momento delicado como este. Afinal de contas, VOCÊ é a noiva. Eu sou só a dama de honra. Ou testemunha. Ou sei lá o quê.

Bom, mas tirando a coisa de ser "inteligente", o que você achou do Cal? Gostou dele?

Eu recebo cartas de fãs do Wondercat do SRI LANKA, Holly. O pessoal do SRI LANKA já ouviu falar do Wondercat. Mas não o Cal, amigo do Mark.

E daí? Por acaso você leu algum artigo dele a respeito de minas terrestres?

Pelo menos eu sei o que é uma mina terrestre!!!!!!!!!

Pelo menos tente se dar bem com ele, pode ser? Porque, se não, esta viagem vai ser realmente longa.

Tudo bem. Agora, por favor, pare de me escrever. Minha comida chegou.

Benvenuti in

(Bem-vindo ao)

Menu Alitalia

Durante il volo da New York a Roma verra servita la cena e, prima dell' arrivo, la colazione. I piatta che gusterete sono stati preparati per voi. Buon appetito.

(Durante o vôo de Nova York a Roma, serviremos o jantar e, mais tarde, antes da chegada, o café-da-manhã. Os pratos que você vai saborear foram preparados especialmente para você. Bom apetite.)

Cena

(Jantar)

Farfalle al pomodoro pachino e foglie di basilico
Rolle di tacchinella e broccoletti accompagnata da caponata de melanzane e patate

(Macarrão farfalle com molho de tomate pachino e folhas de manjericão
Rolinho de peru com recheio de brócolis servido com cozido de berinjela e batatas)

Oppure
(Ou)

Filetti de pescatrice con potage de zucchine e insalata Catalana
(Filé de pescada com ensopado de abobrinha e salada estilo catalão)

Assortimento dei fromaggi, accompagnali da composte di frutta e cruditees
Caffe "Espresso" e cioccolatini

(Queijos variados acompanhados por legumes crus e compota de frutas frescas
Café espresso e chocolates)

Diário de Viagem de
~~Holly Caputo e Mark Levine~~
Jane Harris

Ai, meu Deus. A comida italiana do avião é melhor do que a do restaurante da esquina do meu apartamento que faz comida italiana para viagem. E eu que achava a salada caprese deles um arraso.

O filme está começando. É o novo do Hugh Jackman! AI MEU DEUS, EU MORRI E FUI PARA O CÉU! ESTOU INDO PARA A EUROPA COM A MINHA MELHOR AMIGA E NO AVIÃO ESTÁ PASSANDO UM FILME DO HUGH JACKMAN.

Ah, se o Nazista do Descanso de Braço pelo menos pudesse AFASTAR O COTOVELO...

Palmtop de Cal Langdon

Como de costume, a comida neste vôo mal dá para engolir. E o que se considera diversão neste país é verdadeiramente deprimente. O filme exibido durante o vôo parece ser mais uma daquelas comédias românticas a respeito de uma jovem profissional atarantada que encontra o amor. Minha companheira de viagem está assistindo com atenção embevecida enquanto vai sorvendo suas muitas e muitas garrafas de água. Claramente está se vendo no papel da jovem profissional atarantada.

Acho que posso dizer com uma boa dose de certeza que ela NÃO está me vendo no lugar do belo jovem protagonista. Aliás, a falta de entusiasmo explícita dela a meu respeito beira o cômico. Ela está se esforçando muito para nunca permitir que seu cotovelo encoste no meu no nosso descanso de braço mútuo, como se tivesse medo de contrair alguma espécie de vírus mortal ao fazê-lo.

E tudo isso só porque eu por acaso fiz uma observação a respeito da queda bastante notável que ela tem por garrafas de água.

Ah, e a coisa do Gato Louco. Ou Wondercat. Como é que eu ia saber que *Wondercat* é uma tirinha de quadrinhos, e que ela é a criadora? Não leio um gibi desde que o Mark e eu éramos criança e eu costumava guardar 35 centavos por semana para comprar a mais nova edição do *Homem-Aranha* no supermercado Big Red Food Mart. Com certeza não tenho hábito de ler os quadrinhos do jornal – não depois que completei dez anos. Os jornais que costumo ler nem *têm* seção de quadrinhos.

No entanto, acho que não seria nada político reconhecer este fato, tendo em vista que a publicação para a qual nós todos trabalhamos tem duas páginas diárias de quadrinhos – isso sem mencionar o horóscopo e aquela coluna *Querida Abby*, com conselhos para mulheres desmioladas. Aliás, agora que vou morar em um mesmo lugar durante um longo período, acho que preciso fazer uma assinatura. Assim vou ter pelo menos isso para esperar todo dia. Além de tantas outras delícias de que me livrei enquanto vivia com todos os meus bens dentro de uma mala, tais como sair em busca de um apartamento, comparar diversos aparelhos eletrônicos como torradeira e equipamento de som e ficar esperando o dia inteiro enquanto o cara da TV a cabo que prometeu chegar entre dez e duas não chega.

Ah! Lar doce lar! Como senti sua falta!

Mas acho que ter um lar pode trazer seus benefícios. O Mark está feliz como eu nunca vi. Parece até que *anseia* pelo nó que espera o pescoço dele no final desta jornada. Mas também, acho que, se o nó se parece com a Holly...

E é verdade, reconheço, que ela parece pensar em assuntos alheios às unhas dela e às aulas de ioga e às séries da TV, diferentemente da maior parte das mulheres americanas que tenho conhecido ultimamente. Até tive uma conversa inteligente com ela na semana passada sobre Gore Vidal.

Mas eu também tive conversas inteligentes com a Valerie no começo.

E sobre esta amiga da Holly... Sei lá. Acho que preciso fazer algumas concessões porque ela é artista.

Mas será que fazer quadrinhos é arte de verdade? Minha mãe com certeza acharia que sim.

Mas minha mãe acha que os fiapos que ela tira da secadora e cola nos pregadores de roupa é arte. E, infelizmente, essa crença dela é apoiada pela comunidade artística de Tucson, onde ela montou o estúdio nestes últimos tempos.

Mesmo assim, apesar de talvez ser artista, o cabelo da srta. Harris de fato é muito brilhante. É castanho, como os olhos dela.

Porém, a tatuagem da cabeça de um gato – o Wondercat, imagino – que ela exibe logo acima do tornozelo direito é um tanto desencorajadora. E parece que a boca dela nunca pára de se movimentar. Agora ela está dizendo à comissária de bordo como gostou do último filme do ator principal, no qual ele interpretou algum tipo de mutante.

Esta poltrona é tão desconfortável... Eu caibo apertado nela. Se não respirar.

Ah, tanto faz. Já dormi em lugares piores. Pelo menos não tem nenhum guerrilheiro escondido nos arbustos próximos, esperando uma oportunidade para cortar a minha garganta. Nem cobras.

Credo, eu odeio cobras.

Então, já é um começo, de todo modo.

Benvenuti in
(Bem-vindo ao)

Menu Alitalia

Colazione
(Café-da-manhã)

Spremuta fresca di arancia

Omelette alle erbe fini con funghi, pomodori e bacon ala griglia

Assortimento di tieviti e pano tostate caldi

Caffe, te, latte

Suco de laranja natural

Omelete de ervas finas com cogumelos, tomate e bacon grelhado

Croissants e pães quentes sortidos

Café, chá, leite

Diário de Viagem de
~~Holly Caputo e Mark Levine~~
Jane Harris

O Cara do Celular tinha razão. Tem água à beça a bordo deste vôo. Também tem muito vinho. Que está todo sendo bebido pelo grupo de pessoas muito barulhentas logo atrás de nós. Elas ficam berrando com a comissária de bordo em italiano, então eu não sei o que estão dizendo. Mas não parece nada muito simpático.

Também não acho que seja necessariamente adequado beber vinho no café-da-manhã, e foi exatamente para isso que nos acordaram todos agora mesmo. Eu preferiria ficar dormindo o resto do vôo, já que, afinal de contas, parece que acabamos de jantar.

Mas passaram com o carrinho e perguntaram a todo mundo se queríamos café-da-manhã e assim todo mundo acordou, e agora estamos todos de mau humor. Mas principalmente eu, que caí no sono de rímel e acho que ficou tudo meio empastelado embaixo da máscara de dormir que nos deram, e quando o comissário de bordo me acordou para perguntar se eu queria café-da-manhã e eu tirei minha máscara de dormir, não consegui enxergá-lo porque meus cílios estavam grudados. E daí ele disse: "Ah não, acho que não", a respeito de eu querer ou não o café, com uma voz totalmente apavorada.

Daí, eu tive que ir correndo até o banheiro para tentar tirar as bolas de rímel dos meus cílios antes de o Cal ver. E ele não viu, graças a Deus, porque ainda estava dormindo.

Mas esta não é a pior parte. A pior parte é que o Cal acordou enquanto eu não estava, e imagino que tenha ido ao outro banheiro, onde imagino que tenha escovado os dentes com o estojinho que nos deram, como eu fiz, porque o hálito dele estava todo fresco de hortelã quando ele respondeu à pergunta que eu lhe fiz, que eu só fiz para ser educada e puxar papo, algo que eu com certeza nunca mais vou fazer em relação a ele.

Bom, mas eu perguntei se ele estava animado com o casamento, e a resposta dele foi: "Não exatamente."

O que não é bem o que se deseja ouvir do padrinho do futuro marido da sua melhor amiga, na minha opinião.

Preciso admitir que eu estava tão chocada que só fiquei lá sentada olhando para aquela tela que conta os quilômetros até a gente chegar a Roma (425). Não consegui entender o que ele quis dizer com aquilo.

Parecia que a única coisa que ele podia querer dizer era que talvez não gostasse da Holly ou algo assim, o que é ridículo porque, é óbvio: quem é que não gosta da Holly? Ela é muito gentil e bonita e é diretora de arte de um jornal importantíssimo, que é um trabalho ingrato que não paga nem de longe o que ela mereceria, levando em conta que ela tem que trabalhar com cartunistas loucos como eu, isso sem falar em todos os outros psicopatas do Journal, tipo a Dolly Vargas da seção de estilo que está sempre no pé da Holly porque ela não deixou os vermelhos da edição do Dia dos Namorados bem vermelhos.

Além do mais, ela adora o Mark totalmente. Então, por que o Cal não gostaria dela?

Então, perguntei a ele – talvez um pouco na defensiva, reconheço, mas, alô!, eu conheço a Holly há anos, e se não fosse por ela, o Wondercat nunca teria visto a luz do dia e seria até hoje um esboço bobo no meu caderno, e eu não teria como pagar a conta do meu American Express todo mês – o que tinha contra ela, e ele disse, todo educado: "Ah, eu não tenho nada contra a Holly. Acho que a Holly é ótima e o Mark tem sorte de tê-la encontrado. Eu é que tenho problema com casamento."

Daí eu percebi que ele é um daqueles caras que têm fobia por monogamia.

Então eu disse a ele como os casais de lagosta ficam juntos a vida toda, e que, se eles conseguem, por que nós não conseguiríamos, e ele olhou para mim de um jeito meio esquisito e disse: "É verdade, mas são crustáceos."

Ao que eu respondi que eu sabia muito bem, mas que muitos animais de sangue quente também ficam juntos a vida toda, como lobos e falcões (pelo menos foi o que o Rutger Hauer disse em O feitiço de áquila, então eu parto do princípio de que é verdade), e como eu acho que é romântico e que é o jeito como as coisas devem ser.

E daí o Cal disse: "Se é tão romântico assim, como é que mais de cinqüenta por cento dos casamentos terminam em divórcio? Como é que a principal causa de morte de mulheres grávidas nos EUA não é por complicações no parto, mas sim assassinadas pelo cônjuge?"

O que é que a gente pode responder a uma afirmação dessas?

Juro que se esse cara começar a listar essas estatísticas ridículas sobre divórcio e assassinato quando a Holly estiver ouvindo, eu mato. MATO MESMO. Ela já tem coisa demais na cabeça sem precisar ficar ouvindo ESSE tipo de bobagem... quer dizer, com o negócio da mãe dela e tudo o mais.

Uau! Vamos pousar daqui a alguns minutos, vou pisar em solo estrangeiro pela primeira vez na vida! Tenho certeza de que o Nazista do Descanso de Braço, por ser um viajante internacional tão experimentado, acharia que é ridículo, mas... estou tão animada!

PASSAPORTE

O Secretário de Estado dos Estados Unidos da América vem, por meio deste, requisitar aos responsáveis que permitam ao cidadão dos Estados Unidos aqui identificado que tenha permissão de entrar em seu país sem demoras ou impedimentos e, em caso de necessidade, que receba toda a ajuda e proteção da lei cabíveis.

Jane Harris

Assinatura do titular
Não é válido sem a assinatura

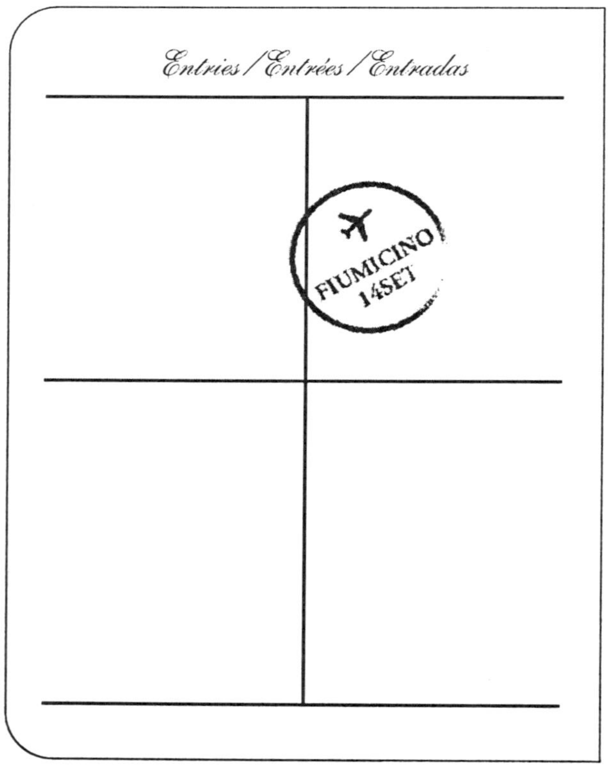
Entries / Entrées / Entradas
FIUMICINO
14SET

Diário de Viagem de
~~Holly Caputo e Mark Levine~~
Jane Harris

Consegui! O primeiro carimbo no meu passaporte! Está meio borrado e não dá para ler a data direito. Mas está LÁ!

Só que demorou um TEMPÃO para conseguir. Qual é o problema das FILAS neste lugar? Quer dizer, falando sério, será que não dava para terem deixado aberto mais do que um guichê de imigração? Devia ter umas trezentas pessoas na fila à nossa frente. Isto NUNCA teria acontecido nos EUA. Quer dizer, os americanos jamais suportariam algo assim.

Bom, mas de todo jeito, eu tive oportunidade para olhar ao redor e perceber que os meus sapatos estão completamente errados para este país. Ninguém aqui usa tamancos Steve Madden. NINGUÉM. As mulheres italianas usam *mules* com aquele bico fino metido e saltinho. Além do mais, todas estão usando calça social, não jeans como a Holly e eu, e elas usam aqueles cachecóis de *cashmere* jogados no ombro de um jeito despreocupado, como se no Weather Channel não estivesse dizendo que faria 24 graus Celsius em todos os dias que vamos estar aqui.

Então, que negócio é esse?

Além do mais, também foi um POUQUINHO desconcertante quando o cara da alfândega perguntou assim: "Que lugar da Itália vai visitar?", e eu respondi: "Le Marche", torcendo para ter dito com a pronúncia certa e ele fez uma careta e falou: "O que você vai fazer LÁ?".

Francamente, não acredito que oferecer a opinião dele a respeito do meu destino final seja me deixar entrar neste país sem demoras nem impedimentos, como o meu passaporte diz que ele tem que fazer.

Além do mais, ele está errado. A Holly sempre disse que a casa do tio dela fica na região mais bonita que existe na Itália. E, certo, de acordo com o meu guia, Le Marche não é um lugar que recebe muitos estrangeiros. Mas parece que o tio da Holly gostou bastante, a ponto de gastar um milhão de dólares para comprar uma casa enorme do século XVI lá.

Além do mais, o que há lá para não gostar? Le Marche "forma o litoral leste da Itália central – com os montes Apeninos, conhecidos por seus picos íngremes e suas gargantas profundas, formando uma fronteira natural entre ela, a Úmbria e a Toscana. As áreas mais próximas ao litoral são conhecidas por suas colinas arredondadas férteis, sobre as quais se construíram antigas cidades fortificadas".

Hum, pelo menos de acordo com o meu guia.

E, tudo bem, talvez não faça assim tanto sucesso com as pessoas que não são italianas (tirando o meu agente da imigração). Mas o meu guia também fala à beça a respeito da beleza intocada da região...

Tanto faz. Por que a minha mala sempre é a última a passar na porcaria da esteira? E por que o Cal está rindo tanto dela? A minha mala não é engraçada. Tudo bem, eu pintei uma cabeça de Wondercat nela. Mas foi só porque é uma mala de rodinha preta, e só existem mais outros cinco bilhões de malas de rodinha pretas que são idênticas a ela. Pelo menos assim eu posso saber que é a minha a cem metros de distância.

Além do mais, a minha mala não é tão grande quanto a da HOLLY. Quer dizer, eu não enfiei um vestido de noiva na MINHA. Só porque ELE tem uma mochilinha preta, o Sr. Viajante-Do-Jet-Set-Internacional...

Ah, ali está o ponto de táxi, FINALMENTE. Não agüento ESPERAR para chegar ao hotel e tirar uma soneca. APESAR de só serem dez da manhã aqui. Estou tão CANSADA...

Que apito incessante é este saindo da minha bolsa? E também não é só da MINHA bolsa... TODO MUNDO está apitando!

Para: Jane Harris <jane@wondercat.com>
De: Claire Harris <charris2004@freemail.com>
Assunto: Você

Espero que esta coisa funcione! Você disse que ia conseguir receber e-mails na Itália, então espero que receba este. Por aqui, tudo ótimo, não se preocupe. Bom, o seu pai enfiou a mão no moedor de madeira de novo, mas estava com a luva de cota de metal, então só quebrou uma lâmina, não perdeu nenhum dedo. Às vezes ele é tão distraído!

Mas, bom, eu sei que não devo falar nada para a mãe da Holly sobre ela e o Mark estarem fugindo para se casar em segredo, e você não precisa se preocupar, eu não disse nem uma palavra, apesar de a gente ter se visto ontem à noite no clube do livro e de ela quase ter caído em prantos quando estávamos discutindo a cena do casamento do casal do livro – mais um daquele rapaz simpático que escreveu *Um Momento Inesquecível*... ele tem mesmo muito talento. Mas por que todos os personagens dele têm de morrer no final?

Quando perguntamos qual era o problema, a coitada da Marie disse que ela só queria ver a Holly ajeitada. Você sabe como a Holly vivia tingindo o cabelo de roxo e fazendo piercings por todo o corpo e saindo com as pessoas mais inapropriadas durante todos aqueles anos que vocês duas passaram juntas na escola. (Graças a Deus você nunca foi assim. Sempre foi tão sensata. Achei o seu namorado novo, o Malcolm, um amor quando o conheci em julho. Como vai o emprego dele no banco de investimentos, aliás? Fico tão feliz por você finalmente ter encontrado alguém responsável! E ele parece tão jovem! Mal dá para ver que ele tem a sua idade. Deve ter bons genes!)

Eu queria *mesmo* dizer alguma coisa para a Marie do tipo: "Bom, você não vai precisar se preocupar por muito tempo, a Holly não vai ficar solteira", mas é claro que eu não disse nada.

Mas bem que agora eu desejava ter dito alguma coisa, porque a Marie continuou e disse: "Não me importo com quem ela se case, desde que ele seja um bom rapaz *católico*! Não tenho nada contra aquele *Mark* dela, mas ele é, sabe como é. Não é um de *nós*."

Ai, meu Deus. Acho que a Marie não vai ficar muito contente quando receber o telegrama da Holly e do Mark dizendo que se casaram.

E o Mark também é um rapaz tão *simpático*... é mesmo uma pena.

Bom, espero que tenha chegado bem. Tome cuidado com os trombadinhas em Roma. Ouvi dizer que gostam de passar a toda velocidade pelos turistas em Vespas naquelas ruazinhas estreitas e arrancar bolsas e câmeras do ombro deles pela alça! Então, não se esqueça de não cruzar a alça no peito, se não você pode ser arrastada até morrer.

Com amor,
Mamãe

P.S. Beijos para o Cara!
P.P.S. Que tal o amigo do Mark? Ele é legal? Tenho certeza de que deve ser, já que é amigo do Mark!

Para: Mark Levine <mark.levine@thenyjournal.com>
De: Ruth Levine <r.levine@levinedentistasassociados.com>
Assunto: Olá!

Oi, querido! Sei que você foi para a Europa hoje com os seus amiguinhos, mas eu só queria contar que ontem à noite jantamos com os Schramm – você se lembra deles, aprendeu a nadar na piscina do quintal da Susie Schramm quando tinha quatro anos – e a Lottie Schramm me disse que a Susie é advogada corporativa – imagine! – em NOVA YORK! Isso mesmo! Ela trabalha em um escritório chamado Hertzog, Webber e Doyle na Madison Avenue (que chique!), e mora no Upper East Side, a menos de três quarteirões da sua casa! Não é incrível? É uma surpresa vocês dois ainda não terem se cruzado comprando um sanduíche no H & H Bagels!

Mas, bom, a Lottie me deu o e-mail da Susie para passar para você. É sschramm@hwd.com. Você devia mesmo mandar um recado para ela, Mark. A Lottie me mandou uma foto. A Susie ficou bonita mesmo, e perdeu toda a gordura que tinha quando criança (a Lottie diz que é porque ela faz Pilates três vezes por semana e não come um único carboidrato há três anos).

Espero que você esteja se divertindo. Não se esqueça de colocar um suéter à noite. Sei que aí faz frio no fim do dia.

Com amor,
Mamãe

Para: Ruth Levine <r.levine@levinedentistasassociados.com>
De: Mark Levine <mark.levine@thenyjournal.com>
Assunto: Res: Olá!

Mãe. Pare de tentar me arranjar outras mulheres. Estou apaixonado pela Holly. Entendeu? HOLLY.

Mark

Para: Holly Caputo <holly.caputo@thenyjournal.com>
De: Inge Schumacher <i.schumacher@freemail.co.it>
Assunto: Bem-vinda!

Fui informada que você chega hoje! Perfeito. Estou transformando a casa do seu tio, a Villa Beccacia, em um lar para você. Está tudo pronto, menos as toalhas, que secam no varal. Fui informada de que devem ser preparados três quartos? Você chega de carro na tarde de amanhã? Ligue para mim na Villa Beccacia que eu a encontrarei na *autobahn* para levá-la até a casa.

Espero que não se importe, mas meu bisneto Peter vem me visitar em suas férias da escola durante a sua estada. Ele é bom garoto, e pega o motorino dele todo dia para ir buscar os brötchen para você. *Tschuss*!

Inge Schumacher
Villa Beccacia
Castelfidardo, Marche

Para: Cal Langdon <cal.langdon@thenyjournal.com>
De: Tara Samuels <tara.samuels@thenyjournal.com>
Assunto: Serviço de Viagem

Sucesso! Reservei uma passagem para o senhor no vôo das 18h para Roma hoje. Sinto MUITO pela confusão e, para compensar, consegui mudar a passagem para a primeira classe. Aproveite o vôo!

Tara

Para: Claire Harris <charris2004@freemail.com>
De: Jane Harris <jane@wondercat.com>
Assunto: Res: Você

Oi, mãe! Estou escrevendo para você de um táxi italiano! Estamos indo do aeroporto para o hotel onde vamos passar a noite antes de ir para a casa do tio da Holly de manhã. A Holly fez o jornal nos dar Blackberrys para uso em emergência. Dá para entender por que deram um para a Holly, já que ela é a diretora de arte e o trabalho dela é mesmo importante. Mas EU??? Eu sou freelancer, nem trabalho mais lá de verdade. Mas a Holly os convenceu. Não é legal? Claro que vamos ter que devolver quando voltarmos. Mas tanto faz.

Aqui tudo é tão... diferente. Quer dizer, só estou no táxi, mas tudo já parece bem diferente daí. Todos os outdoors são em italiano! Bom, quer dizer, eu sei que isso é de se esperar, mas estou dizendo que É MESMO em italiano. Tipo, não tem nenhuma palavra que dá para reconhecer em inglês. NENHUMA.

E todos os prédios têm persianas de metal daquelas de enrolar, todas coloridas, para proteger do sol, porque acho que aqui deve fazer bastante calor, e ninguém tem ar-condicionado.

E TODAS as janelas têm floreiras, com CASCATAS de flores vermelhas e rosas e azuis despencando delas. É tão lindo!

E para todos os lugares que se olha tem uns meio-carrinhos engraçados, tipo uns Fuscas cortados no meio, chamados Smart Cars. Aliás, o maior carro que eu vi aqui foi o furgão dentro do qual nós estamos. Acho que os italianos não são mais muito de ter família grande. Ou isso ou não vão a lugar nenhum com as crianças.

Realmente, você não precisa se preocupar se alguém vai arrancar a minha bolsa, mãe. As únicas pessoas que vejo em Vespas aqui são mulheres magrinhas bem-vestidas, com cabelo comprido esvoaçante, andando por aí com sapatos de bico fino e saltinhos minúsculos!

Estou tão cansada que não consigo mais digitar. Não vejo a HORA de chegar ao hotel e desabar. Preciso de um banho, no PIOR sentido da expressão.

Dê um beijo no papai. Fale para ele não parar de usar aquelas luvas.

Janie

P.S. O Cara estava ótimo quando eu o deixei. O Julio, filho do zelador, vai dar uma olhada nele todo dia depois da escola. Comprei uma ração especial de atum para ele, como um mimo. Para o Cara. Não para o Julio.

J

P.P.S. O Amigo do Mark NÃO é legal. Ele é um horror completo! O nome dele é Cal Langdon e ele é algum tipo de repórter metido que se acha. Ele não acredita em casamento e acha que o Mark está cometendo um erro enorme. Não sei como vou sobreviver uma semana inteira na companhia dele. ELE NUNCA OUVIU FALAR DO WONDERCAT.

J

Para: Julio Chasez <julio@streetsmart.com>
De: Jane Harris <jane@wondercat.com>
Assunto: O Cara

Oi, Julio! Sou eu, a Jane! Sei que só faz um dia que eu fui viajar, mas eu só queria ter certeza de que está tudo bem. Sabe como é, com o Cara. Eu sei como ele fica. É só dar duas latas de comida fresca para ele todo dia (uma antes de você sair para a escola e outra antes de você ir dormir), MAIS comida seca e trocar a água, e ele vai ficar bem.

Não se esqueça de colocar luvas de cozinha se precisar pegar nele! E, independentemente de qualquer coisa, NÃO dê erva-de-gato para ele!

MUITÍSSIMO obrigada por cuidar dele para mim. Você é o MÁXIMO!

Beijos,
Jane

....

✉

Para: Jane Harris <jane@wondercat.com>
De: Holly Caputo <holly.caputo@thenyjournal.com>
Assunto: A mãe dele

Dá para acreditar? Ele recebeu um e-mail da louca da mãe dele falando de alguma menina da cidade dele que está morando em NY agora. Vou perder a paciência.

Holly

....

✉

Para: Holly Caputo <holly.caputo@thenyjournal.com>
De: Jane Harris <jane@wondercat.com>
Assunto: Res: A mãe dele

Hum... por que você está me mandando um e-mail de dentro do carro em que nós duas estamos? Além do mais, achei que a gente só devia usar essas coisas por motivos de trabalho.

J

Para: Jane Harris <jane@wondercat.com>
De: Holly Caputo <holly.caputo@thenyjournal.com>
Assunto: Res: A mãe dele

Não dá para falar do e-mail que ele recebeu da mãe NA FRENTE DELE, não é mesmo? Só assim.

E como é que vão descobrir para que a gente usa essas porcarias? Como você está?

Holly

Para: Holly Caputo <holly.caputo@thenyjournal.com>
De: Jane Harris <jane@wondercat.com>
Assunto: Res: A mãe dele

Ótima. Aqui é lindo.

Aliás, como é que você sabe que a mãe dele mandou um e-mail?

J

✉

Para: Jane Harris <jane@wondercat.com>
De: Holly Caputo <holly.caputo@thenyjournal.com>
Assunto: Res: A mãe dele

Dã. Eu acabei de ler por cima do ombro dele. Eu vi você e o Cal conversando na esteira de bagagens. O que ele disse?

Holly

✉

Para: Holly Caputo <holly.caputo@thenyjournal.com>
De: Jane Harris <jane@wondercat.com>
Assunto: Res: A mãe dele

Ah. Nada.

J

✉

Para: Jane Harris <jane@wondercat.com>
De: Holly Caputo <holly.caputo@thenyjournal.com>
Assunto: Res: A mãe dele

Anda logo! CONTA!

Holly

Para: Holly Caputo <holly.caputo@thenyjournal.com>
De: Jane Harris <jane@wondercat.com>
Assunto: Res: A mãe dele

Você armou para cima de mim? Você e o Mark estão tentando Juntar os Melhores Amigos? Porque eu já disse, estou COMPROMETIDA. Além do mais. Ele não faz o meu tipo.

J

Para: Jane Harris <jane@wondercat.com>
De: Holly Caputo <holly.caputo@thenyjournal.com>
Assunto: Res: A mãe dele

Você tem algum *tipo*? Qual é? A única coisa que todos os caras com quem você saiu têm em comum é que todos são desempregados. Ou, quando TINHAM emprego, também transavam com a Amy Jenkins, como o Dave.

Holly

Para: Holly Caputo <holly.caputo@thenyjournal.com>
De: Jane Harris <jane@wondercat.com>
Assunto: Res: A mãe dele

Aliás, o que aconteceu com ela?

J

Para: Jane Harris <jane@wondercat.com>
De: Holly Caputo <holly.caputo@thenyjournal.com>
Assunto: Res: A mãe dele

Quem? A Amy Jenkins?

Ela se casou com um advogado rico, mudou para Pound Ridge e teve dois filhos.

Holly

Para: Holly Caputo <holly.caputo@thenyjournal.com>
De: Jane Harris <jane@wondercat.com>
Assunto: Res: A mãe dele

Não! Não acredito! Por que você foi me contar isso? NÃO É JUSTO!!! Ela tentou acabar com a minha vida!!! Por que ELA teve um final feliz?

J

✉

Para: Jane Harris <jane@wondercat.com>
De: Holly Caputo <holly.caputo@thenyjournal.com>
Assunto: Res: A mãe dele

Você acha que morar em Pound Ridge com um advogado e duas crianças é um final feliz? Você sabe muito bem que ela passa o dia inteiro fazendo exercício e ajudando a babá a preparar lanchinhos sem trigo.

Não se preocupe. Daqui a uns anos ela vai embarangar e ele vai trocá-la por um modelo mais novo e ela não vai conseguir arrumar emprego em lugar nenhum para se sustentar porque não tem nenhuma referência, e um dia você e o Cal vão passar em uma ponta de estoque da Benetton para comprar meias e ela vai estar trabalhando de caixa.

Holly

✉

Para: Holly Caputo <holly.caputo@thenyjournal.com>
De: Jane Harris <jane@wondercat.com>
Assunto: Res: A mãe dele

Não quero mais falar sobre isso.

J

✉

Para: Jane Harris <jane@wondercat.com>
De: Holly Caputo <holly.caputo@thenyjournal.com>
Assunto: Res: A mãe dele

Por que não?

Holly

✉

Para: Holly Caputo <holly.caputo@thenyjournal.com>
De: Jane Harris <jane@wondercat.com>
Assunto: Res: A mãe dele

Bom, para começar, ele está sentado bem aqui do meu lado. Ele pode ver! Pára com isso!

J

✉

Para: Jane Harris <jane@wondercat.com>
De: Holly Caputo <holly.caputo@thenyjournal.com>
Assunto: Res: A mãe dele

Ele não está prestando atenção. Tem os próprios e-mails dele para ler. Conta logo. O que ele disse? Ele deve ter dito ALGUMA COISA. Vocês ficaram sentados lado a lado durante sete horas. Vai dizer que ele não disse NADA durante todo esse tempo?

Holly

....

✉

Para: Holly Caputo <holly.caputo@thenyjournal.com>
De: Jane Harris <jane@wondercat.com>
Assunto: Res: A mãe dele

Nada. Mesmo. Ah, na esteira de bagagem, pediu desculpa por pisar no meu pé.

J

....

✉

Para: Jane Harris <jane@wondercat.com>
De: Holly Caputo <holly.caputo@thenyjournal.com>
Assunto: Res: A mãe dele

SÓ isso? Uau. Que esquisito. Ele chegou a falar alguma coisa sobre o casamento dele?

Holly

....

✉

Para: Holly Caputo <holly.caputo@thenyjournal.com>
De: Jane Harris <jane@wondercat.com>
Assunto: Res: A mãe dele

O QUE DELE????????????????????

J

....

✉

Para: Jane Harris <jane@wondercat.com>
De: Holly Caputo <holly.caputo@thenyjournal.com>
Assunto: Res: A mãe dele

Caramba, mas você gosta tanto assim de pontos de interrogação?

O CASAMENTO dele. Ela já foi casado, sabe como é. É divorciado. Só queria saber se ele tinha comentado alguma coisa.

Holly

....

✉

Para: Holly Caputo <holly.caputo@thenyjournal.com>
De: Jane Harris <jane@wondercat.com>
Assunto: Res: A mãe dele

Não disse nenhuma palavra sobre isso. Mas isso explica muita coisa. Quem era a moça NÃO TÃO sortuda assim?

J

....

✉

Para: Jane Harris <jane@wondercat.com>
De: Holly Caputo <holly.caputo@thenyjournal.com>
Assunto: Res: A mãe dele

O nome dela era Valerie Qualquer Coisa. Não sei, mesmo, foi há dez anos, quando ele e o Mark tinham acabado de se formar na faculdade. Eles se conheceram em um bar. Ele era o novo foca do jornal e ela era modelo. Namoraram mais ou menos um mês quando ele resolveu que ela era a melhor coisa que tinha acontecido na vida dele e resolveu se casar com ela. Só durou mais ou menos um ano. Parece que logo que o divórcio saiu, ela se casou com um especulador do mercado financeiro, e ele pediu para ser correspondente no exterior. De acordo com o Mark, ela acabou com o Cal.

E o que você quer dizer com isso explica muita coisa?

Holly

....

✉

Para: Holly Caputo <holly.caputo@thenyjournal.com>
De: Jane Harris <jane@wondercat.com>
Assunto: Res: A mãe dele

Nada.

Ah, então você está dizendo que ele tem coração, no final das contas?

J

....

✉

Para: Jane Harris <jane@wondercat.com>
De: Holly Caputo <holly.caputo@thenyjournal.com>
Assunto: Res: A mãe dele

Fala sério. Ele é legal. É que ele se deu mal com as mulheres – acho que a mãe dele foi embora para "se achar" quando ele ainda estava no Ensino Médio e, há pouco tempo, a irmã mais nova dele resolveu fazer a mesma coisa. Ele simplesmente foi sacaneado por outra modelo, e passou a última década se recuperando em lugares onde não existe serviço de celular. Nem banheiros que funcionam. Você pode culpá-lo por ser meio arredio?

Além do mais, ele não pode ser assim TÃO mau. O Mark diz que o Cal sempre foi mulherengo – que tem uma mulher em cada porto, se é que você me entende. Aliás, o Mark tinha certeza de que vocês dois iriam se entender de cara. Ele disse que você é exatamente o tipo do Cal. Parece que ele só gosta de morenas.

Ele não deve mesmo ter gostado de você.

Holly

Para: Holly Caputo <holly.caputo@thenyjournal.com>
De: Jane Harris <jane@wondercat.com>
Assunto: Res: A mãe dele

Uau. Foi superlegal ficar sabendo disso. Valeu mesmo.

J

P.S. Ah, e obrigada por tentar me arranjar com ele mas, mesmo que eu CONSEGUISSE suportá-lo, o que não consigo, ele gosta de modelos. Você SABE: depois que um cara fica com uma modelo, não pode mais voltar atrás. Então, bela tentativa.

Para: Cal Langdon <cal.langdon@thenyjournal.com>
De: Mark Levine <mark.levine@thenyjournal.com>
Assunto: Benvenuto

As garotas estão trocando e-mails sobre a gente.

Mark

Para: Mark Levine <mark.levine@thenyjournal.com>
De: Cal Langdon <cal.langdon@thenyjournal.com>
Assunto: Res: Benvenuto

Isto é inteiramente óbvio.

Cal

Para: Cal Langdon <cal.langdon@thenyjournal.com>
De: Mark Levine <mark.levine@thenyjournal.com>
Assunto: Res: Benvenuto

O que você acha que elas estão dizendo?

Mark

Para: Mark Levine <mark.levine@thenyjournal.com>
De: Cal Langdon <cal.langdon@thenyjournal.com>
Assunto: Res: Benvenuto

Sinceramente, pra mim não faz a menor diferença.

Cal

Para: Cal Langdon <cal.langdon@thenyjournal.com>
De: Mark Levine <mark.levine@thenyjournal.com>
Assunto: Res: Benvenuto

Você não gostou dela? Da Jane, quer dizer? A Holly tinha certeza de que você ia gostar.

Mark

Para: Mark Levine <mark.levine@thenyjournal.com>
De: Cal Langdon <cal.langdon@thenyjournal.com>
Assunto: Res: Benvenuto

Ela parece bem inofensiva.

Cal

Para: Cal Langdon <cal.langdon@thenyjournal.com>
De: Mark Levine <mark.levine@thenyjournal.com>
Assunto: Res: Benvenuto

Você não gostou dela.

Mark

Para: Mark Levine <mark.levine@thenyjournal.com>
De: Cal Langdon <cal.langdon@thenyjournal.com>
Assunto: Res: Benvenuto

Não disse isso. Só disse que ela parece inofensiva. Assim como uma sucuri parece inofensiva quando está enrolada em um galho de árvore três metros acima da sua cabeça.

Cal

Para: Cal Langdon <cal.langdon@thenyjournal.com>
De: Mark Levine <mark.levine@thenyjournal.com>
Assunto: Res: Benvenuto

Ela não é assim.

E, aliás, já tem namorado.

Então vê se se enxerga, cabeção.

Mark

✉

Para: Mark Levine <mark.levine@thenyjournal.com>
De: Cal Langdon <cal.langdon@thenyjournal.com>
Assunto: Res: Benvenuto

Cabeção. Que maldade.

Cal

✉

Para: Cal Langdon <cal.langdon@thenyjournal.com>
De: Mark Levine <mark.levine@thenyjournal.com>
Assunto: Res: Benvenuto

Falando sério. Você ESTÁ saindo com alguém – com alguém ESPECIAL – ultimamente?

Mark

✉
Para: Mark Levine <mark.levine@thenyjournal.com>
De: Cal Langdon <cal.langdon@thenyjournal.com>
Assunto: Res: Benvenuto

Todas são especiais, meu amigo.

Mas especial o bastante para eu me algemar a ela pelo resto da eternidade, como você vai fazer?

Não.

Mas a sua preocupação pelo meu bem-estar romântico é, como sempre, enormemente apreciada.

Cal

✉
Para: Cal Langdon <cal.langdon@thenyjournal.com>
De: Mark Levine <mark.levine@thenyjournal.com>
Assunto: Res: Benvenuto

Olha, é só que eu sei como as coisas ficaram difíceis para você depois que...

Para: Mark Levine <mark.levine@thenyjournal.com>
De: Cal Langdon <cal.langdon@thenyjournal.com>
Assunto: Res: Benvenuto

Ah, olha. O hotel. Pára de me mandar e-mail, por favor.

Cal

RICEVUTA TAXI-ROMA

Percoso:
Da. . . Fiumacino A. . . Hotel Alexander
Firma
Importo Corsa 80,00 Euros

Benvenuto al nostro albergo!
(*Bem-vindo ao nosso hotel!*)

Gentile Ospite,
Nel porgerLe il nostro cordiale benevuto, abbiamo pensato fe FarLe cosa gradita offrendoLe, al suo arrivo, un assaggio di acqua dalle proprietaria salutari.

Caro Hóspede,
Desejamos expressar as mais calorosas boas-vindas ao nosso hotel. Levando em conta o cuidado genuíno que temos com nossos hóspedes, convidamos todos a experimentar as qualidades saudáveis desta água mineral.

Diário de Viagem de
~~Holly Caputo e Mark Levine~~
Jane Harris

CHEGAMOS!!!!!!!! Ao hotel, quer dizer.

O lugar é lindinho, enfiado em uma ruazinha estreita onde não dá para passar dois carros ao mesmo tempo. E lotada de gente! Achei que era um calçadão de pedestres e que o táxi tinha entrado em um lugar proibido, mas acontece que era a Via di Buffalo, que é a rua onde fica o nosso hotel.

Mesmo assim, foi meio assustador quando todos aqueles colegiais italianos começaram a bater nas janelas do carro. Fico só imaginando o que o taxista gritou para fazer com que saíssem correndo daquele jeito. Isso é o que acontece quando não existem programas sociais suficientes para os jovens. Essa garotada devia ter algo melhor para fazer em um sábado à tarde do que ficar na Via di Buffalo batendo nas janelas dos carros dos turistas.

Não que eu tenha a pretensão de dizer a outro país como criar seus jovens. Mas, mesmo assim...

Eu só queria chegar ao meu quarto e tirar uma soneca, mas o Cal teve que começar a discutir com o taxista quando viu o recibo. Disse que não pagaria 80 euros por uma corrida do aeroporto nem morto e que o taxista até podia achar que era capaz de roubar turistas daquele jeito, mas que ele, Cal, já tinha estado em Roma e sabia que a corrida do aeroporto não era nem um centavo mais cara do que 40 euros. Em inglês. E acontece que o taxista entendeu tudo perfeitamente. E, depois de muita discussão, ele finalmente concordou que 40 euros seriam suficientes.

Então, foi bom o Mark ter convidado o Cal para vir com a gente. Acho.

Mas, bom, o meu quarto é adorável, uma coisinha azul e branca com cortinas douradas que, ao serem abertas, revelam uma janela com vista para um pátio maravilhoso, com pombas brancas voando de um lado para o outro, e primaveras saindo de floreiras de todas as janelas ao redor, e o céu que se estende por cima de tudo, juro, parece mais azul do que o céu de Manhattan, de algum modo. É EXATAMENTE igual ao quarto da Helena Bonham Carter na pensão em Uma Janela para o Amor. Só que não tem vista. Bom, só o pátio e o céu.

E há enormes garrafas de água bem aqui no meu quarto, para mais tarde, e eu liguei a TV, e tudo era em italiano!

Eu sei, eu sabia que seria, só que é MUITO ESQUISITO!

Achei que eu estaria cansada demais para ter vontade de sair para passear, mas agora que finalmente cheguei, estou ligada demais! Quero sair e ver TUDO. Afinal de contas, só temos umas 24 horas em Roma antes de viajar para Le Marche.

Pensando melhor, eu não dormi muito bem no avião graças ao Nazista do Descanso de Braço. Acho que não devo mais chamá-lo assim, por ele ter levado aquele pé na bunda tão trágico da tal modelo há tantos anos.

Mas, falando sério, o que ele esperava ao se casar com uma modelo? Homens que gostam de modelos recebem exatamente o que merecem.

Talvez eu vá repousar os olhos por um momento ou dois...

Engraçado. Estou com saudade do Cara. Estou tão acostumada com o corpão cinzento dele enrolado junto com o meu na cama que nem sei se vou conseguir dormi—

—

—

—

—

—

✉

Para: Cal Langdon <cal.langdon@thenyjournal.com>
De: Arthur Pendergast <a.pendergast@editorarawlings.com>
Assunto: O livro

Onde você está esta semana? Na Nigéria? Bom, seja lá onde for, eu queria dar uma boa notícia: *Extensão de Areia* entrou na lista geral dos livros mais vendidos do jornal *New York Times*. No número 18. Se você tivesse concordado em fazer uma turnê de lançamento, nossa estréia provavelmente teria sido em posição mais alta. Mas eu sei, eu sei. Você teve que ir a este casamento. Ah, e também está no número 48 da lista do *USA Today*. O que não é nada mau para um livro de capa dura.

Dê uma olhada neste esboço para a capa da edição britânica e me diga o que acha.

Já pensou um pouco a respeito do tema do nº 2? Estou falando do segundo livro do seu contrato. Não tem pressa, é só que você tem que entregar daqui a uns dois meses e ainda não recebemos a proposta. Pensou nos diamantes sujos? Este é um assunto bem quente hoje em dia. E ouvi dizer que o clima é ótimo em Angola nesta época do ano.

Arthur Pendergast
Editor Sênior
Editora Rawlings
1418 Avenue of the Americas
Nova York, NY 10019
212-555-8764

✉

Para: Cal Langdon <cal.langdon@thenyjournal.com>
De: Aaron Spender <a.spender@cnn.com>
Assunto: Coisas

Que história é essa que eu ouvi a respeito de você jogar a toalha na carreira de correspondente internacional e aceitar um posto nos EUA? O que é? Está ficando preguiçoso depois de velho? Não pode ser por causa do contrato literário multimilionário que eu fiquei sabendo que você assinou há um tempo, porque o Cal Langdon que eu conheço nunca ligou para dinheiro. Eu me lembro especificamente de você dizer, naquela noite em que ficamos presos em um abrigo antibomba em Bagdá, que nunca queria ter nenhum bem material porque isso podia "pesar" sobre você.

Só posso dizer que você vai poder comprar um montão de luvas térmicas com todas as verdinhas que vai receber, camarada.

Bom, mas se você está falando sério sobre ficar no país por um tempo, por que trabalhar para aquele trapo? Pode acreditar, eu já passei por lá, e não é o tipo de lugar de que você vai gostar. Venha para onde as notícias DE VERDADE são feitas. A imprensa de papel morreu. Hoje tudo gira em torno da televisão. Posso arrumar um contrato bastante bom para você, se estiver interessado. Me diga.

A Barbara mandou um beijo.

Aaron Spender
Correspondente Sênior
CNN – Nova York

Para: Cal Langdon <cal.langdon@thenyjournal.com>
De: Mary Langdon <m.langdon@freemail.com>
Assunto: Mamãe

Então, o papai me disse que você voltou para os EUA para ficar um tempo - bom, tirando uma viagenzinha para a Itália para ser padrinho de casamento de alguém chamado Mark (não é o Mark que era nosso vizinho, é? Ele não virou médico ou alguma coisa tão chata quanto isso? Típico).

Também ouvi dizer que você recebeu um belo milhão por algum livro que escreveu, e que encomendaram mais outro. O que você vai fazer com toda essa grana? Tentar fazer a sua ex largar o Sr. Investidor? Por que você não manda um pouco para mim? Essa coisa de tecelagem não está dando muito certo, aliás, e eu estava pensando em ir para o norte com um cara que faz tie-dye na Kombi dele.

Bom, mantenha contato. E bem-vindo de volta aos bons e velhos Estados Unidos da América. Continuam a mesma porcaria que eram quando você foi embora.

Mare

P.S. Você está sabendo da mamãe? Ela conseguiu mesmo uma EXPOSIÇÃO. Uma exposição de ARTE. Com aquele negócio idiota dos bonequinhos de pregador com fiapo de tecido. Não sei como ELA consegue uma exposição e eu não. Meus trabalhos de tecelagem são muito mais artísticos do que os bonequinhos de fiapo dela.

Para: Cal Langdon <cal.langdon@thenyjournal.com>
De: Graziella Fratiani <graziella@galleriefratiani.co.it>
Assunto: Você

Que história é essa que eu soube de você vir a Roma e não me ligar? Eu não teria a mínima idéia se por acaso a Dolly Vargas não tivesse mencionado o fato durante a nossa entrevista. Você é mesmo um garoto malvado, muito malvado. Onde vai ficar hospedado? Me liga. Você tem o número. Eu passo no seu hotel para dar as verdadeiras boas-vindas italianas.

Ciao, amore
Bjs,
Grazi

Palmtop de Cal Langdon

O departamento de arte mandou o design da capa de *Areia* para o Reino Unido hoje. Tem um ar muito romântico, e não tenho certeza se é inteiramente apropriado, levando em conta o tema do livro. Bom, se servir para fazer leitores desavisados comprarem, achando que é uma obra de ficção sobre alguma maldição da múmia, e não um tratado sobre os campos de exploração de petróleo que estão se exaurindo na Arábia Saudita, tanto melhor.

Não acredito que o Aaron Spender ainda está no reino dos vivos. Eu achava que a Barbara Bellerieve já tinha arrancado a cabeça dele a dentadas e engolido na noite de núpcias. Ainda me gabo de ter escapado das garras dela. Se não fosse por aquela Daisy Cutter...

E a Mary. Acho que aqueles mil que eu mandei para ela no mês passado não duraram muito. Que diabo ela fez com tudo aquilo? Ela nunca consegue mostrar onde gastou o dinheiro. Ela não pode ter fumado TUDO, pode? Eu bem que gostaria que a mamãe e o papai a tivessem controlado mais no início da adolescência. Provavelmente, assim, não estaria até hoje vivendo na traseira da Kombi de algum cara, aos 25 anos.

Mas acho que eles não foram exatamente os melhores modelos de conduta, levando em conta a obsessão do papai pelas corridas de cavalo e a convicção da mamãe de que ela seria a próxima Grandma Moses – aquela senhora que começou a pintar aos 70 anos e acabou famosa. Aliás, é uma surpresa a Mary não ser ainda mais louca do que é...

Bem parecida com certas pessoas que eu poderia mencionar. Foi divertido, no caminho do aeroporto, ver a amiga da Holly soltando gritinhos cada vez que via um monumento – e cada vez que passávamos por um outdoor. Já faz muito tempo desde a última vez que vi alguém ficar tão animada ao ver um cartaz de anti-séptico bucal. Achei que ela ia ter um infarto quando passamos na frente do Coliseu. Não tenho bem certeza do que a deixou mais impressionada... o fato de ele estar lá há mais de dois mil anos ou o fato de a Britney Spears ter passado por lá recentemente, gravando um comercial de televisão (pelo menos, foi o que a amiga da Holly anunciou para todos nós).

É interessantíssima a maneira como os americanos demonstram entusiasmo por tudo que é antigo. Acho que eu me esqueço de como é isso, já que fiquei fora tanto tempo, de que ainda existe algum lugar nesta terra onde as estruturas não têm mais do que meio milênio de idade. Deve ser impressionante ver algo que existia mil e quinhentos anos antes do *Mayflower* – o navio que transportou os primeiros colonizadores dos EUA...

Claro que, se não tivéssemos assassinado todos os índios e destruído suas terras, tudo seria diferente.

Meu Deus. Acabou de me ocorrer. E se não foi por isso que ela ficou impressionada? E se foi por causa da coisa da Britney Spears?

Mas não. Não pode ser. Nem mesmo uma artista poderia ser assim tão superficial.

Preciso me lembrar de trocar dinheiro mais tarde, se conseguir encontrar algum lugar com uma taxa de câmbio decente. Acabei com todos os meus euros naquela corrida de táxi, e–

Era o *concierge*. A Grazi chegou. Ela não demorou muito. Faz menos de meia hora que eu liguei para ela. Mesmo assim, achei que ela passaria aqui à noite, não AGORA.

Mas acho que não seria nada cavalheiresco da minha parte se eu não me encontrasse com ela...

Para: Julio Chasez <julio@streetsmart.com>
De: Jane Harris <jane@wondercat.com>
Assunto: O Cara

Oi, Julio! Sou eu de novo! Só queria confirmar, porque não recebi notícias suas. Como vai o Cara? Ele gostou daquele patê de salmão que eu comprei para ele? Achei que ele iria gostar de um mimo, já que estou viajando. Espero que você tenha encontrado a Garra. Deixei em cima do balcão, junto com as luvas de cozinha. Mas você só vai precisar da Garra se ele tentar atacar. E ele não vai querer atacar você, quer dizer, ele CONHECE você. Vocês são amigos. Certo?

Bom, diga se ele está bem assim que puder. Não tem problema nenhum. É só mandar um e-mail, se você quiser. Ou ligue. Do meu telefone no apartamento. Não se preocupe com o fuso horário. Pode ligar a qualquer hora. Eu não me importo de ser acordada, se for por causa do Cara.

J

Diário de Viagem de
~~Holly Caputo e Mark Levine~~
Jane Harris

Ai, meu Deus, este lugar é FABULOSO! Quando acordei da minha soneca, eram duas horas, e eu liguei para a Holly para ver se ela estava com fome, e ela estava, mas o Mark ainda estava dormindo, e o Tarado por Modelos/Nazista do Descanso de Braço não atendeu ao telefone (para o meu grande alívio) quando a Holly ligou... sabe como é, para ser educada e não deixá-lo de fora.

Então a Holly e eu nos encontramos na recepção e nós duas saímos caminhando direto para a minúscula Via di Buffalo, que eu suponho ser batizada em homenagem à mozzarela, que é feita de leite de búfala, pelo menos na Itália, e saímos passeando e, em meia hora, a menos de cinco quarteirões do nosso hotel, já tínhamos visto a Fontana di Trevi, o Panteão, a Piazza Navona e um monte de outros cartões-postais de que eu nem me lembro, já que todos incluíam obeliscos com escrita em relevo.

Mas isso não é tudo! Vimos retratistas na rua mesmo — dos bons, não daqueles cafonas como os de Nova York — e pessoas comendo *gelati*, e um grupo de senhoras e senhores seguindo guias turísticos com bandeiras, e eu joguei dinheiro na Fontana di Trevi — não sei quanto, porque era italiano — e parece que isso garante que algum dia *você* vai voltar. Espero que seja verdade, porque aquela fonte é um arraso, quase tão legal quanto a piscina do Ozzy em The Osbournes.

E um anão corcunda sem camisa e com uma tatuagem no ombro que dizia Antonio pediu esmola para a gente, e eu dei um pouco de dinheiro para ele, e então comprei uma garrafa de Diet Coke que custou cinco euros, o que é mais do que um pacote de seis garrafas nos EUA, e eu percebi que dei ao anão corcunda dinheiro bastante para comprar CINCO Diet Cokes italianas.

Eu realmente preciso me ligar nesta coisa do dinheiro. Mas tenho certeza de que o Antonio (se o nome dele for esse) precisa mais do dinheiro do que eu preciso de Diet Coke.

E daí a Holly quis tirar uma foto com um gostoso vestido de gladiador na frente do Panteão, então comecei a tirar, mas daí uma senhora de idade toda desleixada, de toga, chegou e pediu MAIS cinco euros só para me deixar tirar a foto do namorado gostoso dela vestido de gladiador! O cara só ficou lá parado, com cara de bobo, enquanto isso acontecia, mas a Holly falou: "Eu quero, vai ser engraçado", então arranquei mais cinco euros do bolso e tirei a foto.

Depois a Holly disse que, logo antes de eu bater a foto, o gladiador entregou para ela a espada de plástico dele, e quando ela perguntou: "O que você quer que eu faça com isto?", ele respondeu, com uma voz de quem está sofrendo há muito tempo: "Me mata, por favor".

O que, por si só, totalmente já valeu os cinco euros.

E, a todo lugar que íamos, camelôs italianos vinham para cima de nós, a cada cinco segundos, e falavam assim: "Bolsa, Califórnia?". Acho que é porque nós parecemos ser da Califórnia, apesar de obviamente não sermos, só que estamos um pouco bronzeadas porque a Holly e o Mark têm uma casa de praia alugada em East Hampton.

Mas como souberam que nós éramos americanas eu não faço a menor idéia, apesar de estarmos conversando muito, suponho. E parece que eu sou a única mulher em toda a Roma que usa tamancos Steve Madden.

Mas daí o Mark ligou para o celular da Holly e disse que estava com fome e que o Cal não estava atendendo o telefone no quarto dele, então combinamos de encontrar o Mark para tomar um lanche.

Só que, quando estávamos voltando para o hotel, passamos por uma igreja onde estava acontecendo um casamento – ou estava para começar, sei lá. Vi a multidão e achei logo que era mais um monumento que deveríamos ver, mas daí descobrimos que era só um monte de turistas como nós parados na frente da igreja com algumas daminhas e madrinhas, e percebemos que era um casamento!

Então a Holly disse que tinha que ficar para ver a noiva para ter sorte, já que ela também ia se casar.

Então entramos na igreja e ficamos lá e esperamos e não demorou muito até que um Mercedes sedã bege bem chique estacionou, e a noiva, que estava chiquérrima com um tubinho cor de marfim e um véu bem pequenininho, saiu, toda radiante e falando em italiano com as daminhas que começaram a pular para cima e para baixo.

Tirei algumas fotos muito boas da coisa toda e quis perguntar a ela se queria que eu mandasse cópias (a noiva, quer dizer), mas eu não sabia as palavras certas em italiano e, além do mais, o pai dela já tinha saído da igreja e lhe dado o braço, e foi aí que a Holly e eu percebemos que estávamos bem no meio do caminho, com o noivo na frente com o padre, tentando olhar atrás de nós para enxergar a linda noiva dele com o tubinho cor de marfim.

Então saímos da frente e eu olhei para a Holly e vi lágrimas nos olhos dela!!!!

Pensei que ela tinha sido picada por uma abelha ou algo assim, então eu disse: "Vamos arrumar um pouco de gelo!", mas acontece que não era nada disso. A Holly olhou para mim toda chorosa e disse: "Eu quero que o <u>meu</u> pai me leve até o altar! Só que ele não sabe que eu vou me casar. E eu nem vou ter altar. Porque um juiz vai nos casar em um <u>cartório</u> qualquer."

Daí ela caiu no choro ali no meio daquela rua de que eu nem lembro o nome.

Claro que eu não tive escolha além de levá-la o mais rápido possível para o café onde combinamos de nos encontrar com o

Mark para fazer um lanche. Só que eu sabia que era minha função como dama de honra/testemunha deixá-la bonita antes que o futuro marido dela pudesse ver que iria se casar com uma louca. Não que ele já não soubesse, porque a Holly chora no final de todos os episódios de Seventh Heaven a que assiste, mesmo quando são reprises, e por isso não atende ao telefone às segundas à noite.

Mesmo assim.

Arrumamos logo uma mesa no café na frente do Panteão – era até uma mesa na calçada. Em Nova York, a gente praticamente tem que mastigar o próprio pé para conseguir uma mesa na calçada em qualquer lugar. Talvez o garçom tenha percebido como nós estávamos necessitadas daquilo, levando em conta as lágrimas da Holly. Mas bom, ele arrumou um lugar para nós na sombra embaixo do toldo esvoaçante do restaurante dele, e eu disse: "Un verre de vin blanc pour moi et pour mon amie", esquecendo que não estava na aula de francês do Ensino Médio, e sim na Itália.

Mas o garçom levou na esportiva. "Frizzante?", perguntou para mim.

Eu não fazia a menor idéia do que ele estava falando, mas me lembrei de que estava na Itália, e não na França, e consegui responder Si em vez de Oui.

Minha primeira interação em uma língua estrangeira! Eu tinha falado em inglês com o cara da Diet Coke e com a cafetina do Sr. Gladiador. E, tudo bem, a interação não tinha sido exatamente na língua que se fala neste país. Mas ainda assim tinha sido uma língua estrangeira.

Então chegou a cestinha de pão, com um potinho de manteiga branca cremosa, e nós mandamos ver, porque mesmo quando a Holly está chorando, ela consegue continuar comendo, e esta é uma das muitas razões por que eu a adoro.

E eu disse que ela tem muita sorte por o pai dela NÃO estar aqui, já que, como a mãe dela, ele não é exatamente o maior fã do Mark. O que é ridículo, porque o Mark é totalmente o modelo de marido perfeito, já que ele é um amor completo e é preocupado e engraçado e não é exibido, totalmente o oposto do amigo dele Cal, o Tarado por Modelos em todos os aspectos. Além do mais, o Mark até que é bem bonitinho. Ah, e é médico. E tem uma coluna de saúde semanal em um jornal de Nova York que é lido por milhões de pessoas. O que mais os Caputo podiam querer?

Parece que queriam um católico.

Às vezes eu fico tão brava com os pais da Holly por estarem fazendo isso com ela que tenho vontade de cuspir.

Mas bom, os pais do Mark também não são nem um pouco melhores, do jeito deles.

"A-até parece que isso faz diferença para nós", a Holly soluçou, quando o garçom voltou com duas taças de vinho branco em uma bandeja. "Quer dizer, eu não vou à igreja desde os 18 anos! A igreja é importante para eles, não para mim. E o Mark não coloca os pés na sinagoga desde o bar mitzvah dele. Não temos intenção de criar os nossos filhos nem em uma religião, nem na outra. Vamos educar nossos filhos sem religião nenhuma. E, quando tiverem idade, vão poder decidir a qual religião querem pertencer – se é que vão querer pertencer a alguma."

Assenti com a cabeça porque já tinha ouvido isso muitas vezes antes. O vinho nas taças que o garçom colocava à nossa frente parecia refletir o sol e dançar perante os meus olhos como o ouro-de-tolo que a Laura encontrou no fundo do riacho naquele episódio de Os Pioneiros.

"Por que eles simplesmente não podem respeitar o fato de este ser o homem que eu amo?", a Holly perguntou, pegando a taça dela e dando um gole. "E, sim, ele é judeu. Vejam se conseguem superar."

Eu também experimentei o meu vinho...

E quase cuspi tudo! Porque não era vinho coisa nenhuma! Era champanhe!

Só que muito melhor do que champanhe! Porque as bolhas do champanhe geralmente me dão dor de cabeça na hora.

Mas essas bolhinhas eram minúsculas e leves — parecia que nem estavam lá.

"O que é isto?", perguntei, maravilhada, erguendo meu copo contra a luz e olhando para todas aquelas bolhinhas adoráveis.

"Frizzante", a Holly respondeu. "Está lembrada? Ele perguntou, e você respondeu Si. É tipo... vinho com gás. Você não gostou?"

"Eu amei."

Amei tanto que tomei mais uma taça. Quando o Mark se juntou a nós, eu já estava de MUITO bom humor.

Por sorte, a Holly também estava. Tinha tanta gente para olhar no nosso canto da piazza que ela logo se esqueceu de tudo a respeito do casamento que tínhamos visto e a vontade que tinha de o pai dela acompanhá-la até o altar. Logo passamos a distinguir os turistas americanos com tanta rapidez quanto os italianos obviamente distinguiam. Não tenho a intenção de dizer nada de ruim contra os meus conterrâneos, mas, alô, aquele pessoal do Queer Eye for the Straight Guy está mesmo trabalhando no país certo.

A Holly ficou logo animada, como sempre, ao ver Mark. Ele pediu um cardápio e recebeu — em inglês! — e pediu uma entrada de mariscos e antepasto, e ficamos lá comendo pedações de queijo parmesão e azeitonas picantes frescas e fatias amanteigadas de salame e mariscos com alho e nos divertimos vendo outros desavisados serem atraídos pelo gladiador bonitão aborrecido e sua cafetina.

Então as sombras começaram a ficar mais compridas e o Mark deu uma olhada no Blackberry dele e disse que devíamos voltar para o hotel para nos trocar para o jantar. Então pedimos a conta — que o Mark insistiu em pagar — e começamos a retornar, o Mark com o braço em volta da cintura da Holly, e a cabeça dela apoiada no ombro dele, toda a infelicidade de poucas horas antes completamente esquecida.

E eu desejei TANTO que aquele pavoroso Tarado por Modelos do Cal estivesse conosco, para ver como a Holly e o Mark ficam fofos juntos, e como serão ótimos pais, e que crime seria se não se casassem. Quer dizer, como é que alguém pode olhar para a Holly e o Mark e pensar, até mesmo por um minuto, que o casamento é uma instituição antiquada que deveria ser abolida? Eles são a prova viva de que funciona. Só porque a mulher do Tarado por Modelos por acaso era uma desqualificada do golpe do baú, isso não significa que...

Aaaah! Recebi um e-mail! No meu Blackberry! POR FAVOR, tomara que seja o Julio!!!!

Para: Jane Harris <jane@wondercat.com>
De: Malcolm Weatherly <malcolmw@snowstyle.com>
Assunto: Ciao!

Oi, amor! Como está tudo? E aí, já chegou? O que está achando? Maior radical, né? É, a Itália me deixou chapado quando eu estive aí no ano passado para o Aberto da Europa. Até a porra do *café* é melhor aí.

Mas não entendi o papo de "tudo fecha entre o meio-dia e as quatro e o almoço e ninguém serve nada além de massa depois das dez". É uma droga quando a gente acorda à uma e quer uma porcaria de um *waffle*.

Mas não se esqueça de experimentar um daqueles bidês. Vai mudar a sua vida!

Fique longe daqueles caras tipo Amante Italiano. Eu sei bem como esses caras agem. Mas a única coisa que eles querem é um *green card*. Não que você não seja, sabe como é, totalmente a maior gostosa.

Ah, preciso ir. Sou o próximo no *half-pipe*. Te amo.

Mal

P.S. Sabe o quê? Eu meio que estou com saudade do Cara. Dê um beijão nele para mim, pode ser? Ah, não dá, porque você está na Itália. Desculpa aí.

Diário de Viagem de
~~Holly Caputo e Mark Levine~~
Jane Harris

Não é um amor? Eu também estou com saudade do Cara. Se ele estivesse aqui, agora, estaria enrolado nos meus pés.

E os meus dedos dos pés estariam ficando sem circulação, porque ele é pesado demais. Mas não faz mal.

Mas não sei por que o Julio não escreveu. E se ele se esqueceu? De dar comida para o Cara, quer dizer?

Mas como é que ele poderia esquecer? Eu colei um aviso enorme na porta do apartamento do pai dele, para lembrar...

Onde eu estava? Ah, lembrei. Caminhando pela piazza atrás do Mark e da Holly.

Bom... enquanto eu estava olhando para eles, e pensando como são fofos, e como era uma pena o Tarado por Modelos do Cal não estar lá conosco para ver os dois juntos e tudo o mais, eu senti uma pontada.

UMA PONTADA.

Confesso. Quer dizer, eu estou totalmente feliz pela Holly e dou meu apoio total a este plano de fugir para casar. Mesmo, levando em conta a situação, não vejo que escolha ela e o Mark podiam ter ALÉM de se casar em segredo.

Mas daí, ao ver os dois juntos daquele jeito, a cabeça dela apoiada no ombro dele, o braço dele em volta da cintura dela... eu senti uma pontada.

Porque, cadê o MEU Mark? Falando sério. CADÊ ele?

Porque eu sei que ele não está no Canadá neste exato momento, abalando no *half-pipe*. Quer dizer, eu gosto do Malcolm e tudo, a gente se diverte um monte. Mas não dá exatamente para imaginá-lo passeando pela piazza com o braço em volta da minha cintura. Provavelmente ele a estaria atravessando de skate. Mas tomar uma bela taça de bianco frizzante ao pôr-do-sol? Acho que não.

Tenho certeza que ele está por aí. O meu Mark, quer dizer. Ele tem que estar, certo?

Mas e se eu nunca encontrá-lo? Ou e se eu já encontrei, e estraguei tudo de alguma maneira? Não seria assim tão improvável, já que eu costumo estragar tudo mesmo. Quer dizer, e se o meu Mark fosse o DAVE, aquele que me traiu com a Amy Jenkins (aquela vagabunda)?

Ai, meu Deus, não. O destino jamais seria assim tão cruel.

E se o meu Mark foi o Curt Shipley, que me levou ao baile de formatura no 2º ano do Ensino Médio, e depois a gente ficou no Chevette dele, e depois, no verão, eu descobri que ele ficou naquele mesmo Chevette com o Mike Morris depois da queima de fogos de artifício do Quatro de Julho?

E isso significa que eu devo ter feito o Curt ficar gay, porque ele com toda a certeza não era gay ANTES de a gente ficar.

Ai meu Deus. E se o Curt Shipley era o homem dos meus sonhos e eu FIZ COM QUE ELE VIRASSE GAY?????

Espera um pouquinho, vou até ali me matar.

✉

Para: Mark Levine <mark.levine@thenyjournal.com>
De: Cal Langdon <cal.langdon@thenyjournal.com>
Assunto: Desculpa

Desculpa não ter atendido quando você ligou antes. Eu estava morto para o mundo. O jantar hoje à noite ainda está de pé?

Cal

✉

Para: Cal Langdon <cal.langdon@thenyjournal.com>
De: Mark Levine <mark.levine@thenyjournal.com>
Assunto: Res: Desculpa

É, por acaso eu ouvi como você estava "morto para o mundo" quando passei pelo seu quarto quando saí para encontrar as meninas. Eu não sabia que cadáveres tinham atividade sexual... pelo menos, se eu for partir da conclusão de que a voz feminina com sotaque forte que gritava o seu nome cada vez mais alto enquanto gozava estava, de fato, vindo do quarto 204.

Mark

Para: Mark Levine <mark.levine@thenyjournal.com>
De: Cal Langdon <cal.langdon@thenyjournal.com>
Assunto: Res: Desculpa

Ah. Foi a Graziella. Ela não vai nos acompanhar hoje à noite.

Cal

Para: Cal Langdon <cal.langdon@thenyjournal.com>
De: Mark Levine <mark.levine@thenyjournal.com>
Assunto: Res: Desculpa

Sinto muito, mais do que é possível exprimir por meio de palavras. A gente se vê às oito.

Mark

Palmtop de Cal Langdon

Foi um erro convidar a Grazi para vir aqui. Eu devia ter insistido para ir à casa dela. Eu tinha esquecido... como ela faz *barulho*.

ANTIPASTI

Insalatina mista all'aceto balsamico
Carpaccio tiepido di manzo con parmigiano e rucola
Medaglioni d'astice con insalata di stagione

PASTA

Fusilli con pomodori e basilico
Garganelli con pesto, patate e fagiolini
Tagliolini con zafferano, gamberoni e zucchine

SECONDI PIATTI

Medaglioni di vitello in crosta di basilico con purea de melanzane e parmigiano
Filetto di manzo alle erbe aromatiche
Tagliata di manzo con timballo de patate e cardamomo
Filetto di rombo al forno con limone e capperi

INSALATE DI STAGIONE

SELEZIONE DI FORMAGGI ITALIANI

DOLCI

Bavarese al cioccolato bianco con crema cocoa ala liquirizia e latte di madorle
Mousse al cioccolato fondente con sedano candito
Crema al limone
Budino al cocco con fruto della passione

Palmtop de Cal Langdon

Fiz questão de pagar o jantar, já que passei o tempo todo falando de *Varrendo a Areia*, e achei que precisava compensar. Também, foi o mínimo que eu pude fazer depois de o Mark falar sobre a Grazi. Oitocentos euros, mas valeu a pena – principalmente o vinho.

Mas acho que não fiz amizade com a Srta. Harris. O que é uma pena, porque ela fica bem atraente de salto alto – aspecto que entrou pelo cano de maneira abrupta quando ela tropeçou ao sair do restaurante e eu fui obrigado a arrancar o salto dela de onde ficou preso, entre duas pedras do calçamento.

Aquela tatuagem é MESMO do Wondercat. É a mesma cabeça de gato que ela tem desenhada na mala. Nunca fui muito de gostar de tatuagem, mas a dela é bastante charmosa.

Não acredito que escrevi a palavra *charmosa*. Este país sobe à minha cabeça como prosecco.

Diário de Viagem de
~~Holly Caputo e Mark Levine~~
Jane Harris

Ai, meu Deus, aquele restaurante era tão chique que tinha até cadeirinhas para as mulheres colocarem a bolsa! É sério! Tipo, o garçom puxou a cadeira para mim e daí apareceu com um banquinho combinando para eu colocar a minha bolsa! A bolsa que eu comprei em um camelô na Canal Street, em Chinatown, lá em Nova York, e depois bordei uma cara do Wondercat com miçangas! Em um assento de honra!

Foi quase demais. Tinha talheres na mesa que eu nunca tinha visto.

Além do mais, no banheiro, tinha toalhinhas individuais de verdade, dobradas para cada pessoa que usasse a instalação. Não eram toalhas de papel. Mas sim uma pilha enorme de toalhinhas de mão. Então, para enxugar a mão, a gente pegava uma, usava e depois colocava em um cesto de roupa suja embaixo da pia.

Não faço a menor idéia do que comi no jantar. Mas estava delicioso. O garçom disse um monte de coisa, e a Holly, que fala um pouco de italiano, e o Tarado por Modelos do Cal, que eu acho que fala um pouco mais do que isso, só ficaram assentindo com a cabeça e dizendo: "Si, si". E daí pratos começaram a aparecer, de flores de abóbora recheadas com queijo de cabra, e pequenos círculos perfeitos de foie gras, e rolinhos de endívias pingando de manteiga e de queijo...

Devia ter umas três mil calorias naquela refeição, pelo menos.

Mas eu nem liguei. Porque estava tudo absolutamente delicioso. ISTO AQUI É DIVERTIDO DEMAIS!!!!!!!

Bom, tirando o Cal. Não é SURPRESA nenhuma ele nunca ter ouvido falar do Wondercat. Duvido que ele alguma vez na vida tenha lido algo só para se divertir. A Holly cometeu o – ENORME – erro de perguntar sobre o que era o livro que ele tinha escrito.

Claro que um Tarado por Modelos como ele não podia ter escrito algo bacana como um romance policial de suspense ou literatura masculina descompromissada, tipo o Nick Hornby ou alguém assim. Ah, não. ELE tinha que ter escrito um livro sobre – veja só – como os campos de petróleo da Arábia Saudita estão em declínio e em breve não serão capazes de atender à demanda mundial. Isto, é claro, vai acabar com a economia da Arábia Saudita, e também terá sérias repercussões por todo o resto do globo.

Certo. E daí? Adivinha só, Cal? Na Arábia Saudita, as mulheres não têm direito de votar nem de dirigir. Por que eu vou me importar se a economia daquele país entrar pelo cano? Quem sabe, se eles deixassem as mulheres darem opinião a respeito do governo do país, não estivessem nessa posição deplorável para começo de conversa.

Infelizmente, ele VIU quando eu bocejei. O Cal, quer dizer.

E, em vez de simplesmente aceitar a minha desculpa educadamente – "Desculpe, é o fuso horário" –, ele ficou todo assim: "Isto também pode surtir impacto profundo sobre você, Jane. Do que você acha que são feitas aquelas garrafas de água de que você tanto gosta? De petróleo."

Caramba! Eu adoro o Mark de morrer, mas por que ele é amigo de um cara desses? Ah, claro, talvez a ex o tenha transformado em um caco de um homem amargo. Mas ele tem mesmo que descontar em mim?

Além do mais, ele pode até se achar refinado, mas quando eu estava saindo do meu quarto para encontrar a Holly e o Mark para um drinque no lobby, pude ver total o que ele passou a tarde inteira fazendo, quando ela se esgueirou para fora do quarto dele e desceu a escada. Não ligo para o que a Holly disse a respeito de eu ser o tipo dele, é a maior mentira. O "tipo" do Cal Langdon CONTINUA sendo obviamente modelos loiras de 1,75m de altura, e NÃO morenas cartunistas de 1,65m em cuja calça jeans caberiam confortavelmente DUAS das modelos supracitadas.

E como se isso já não fosse ruim o bastante, quando estávamos esperando um táxi para voltar para o hotel, olhei e vi o Mark tirar o paletó e colocar nos ombros da Holly, que estava tremendo um pouco com o seu vestido cor-de-rosa sem manga. Então ele a abraçou e os dois ficaram trocando carinhos com o nariz.

Eles ficaram TROCANDO CARINHOS COM O NARIZ.

E eu olhei para ver se o Cal tinha reparado, e ele tinha notado total, e estava olhando bem para eles.

E reconheço que era impossível saber o que estava se passando atrás daqueles olhos azul-bebê de aço.

Mas eu imaginei – meu segundo GRANDE ERRO – que ele estava se sentindo como eu... achando que o Mark e a Holly formam o casal mais fofo que JÁ EXISTIU e que eles totalmente têm que ficar juntos e que é um CRIME o que a família deles está fazendo com eles, por serem tão irracionais a respeito da coisa de diferença de religião.

Então, eu falei bem baixinho, para o Mark e a Holly não escutarem: "Você ainda acha que aqueles dois não deviam se casar?"

E o Tarado por Modelos falou assim: "Dou um ano. No máximo, dois."

!!

Não consegui acreditar! Quer dizer, de onde é que ele PODIA estar tirando aquilo?

Então, eu falei assim: "Você está louco? Eles estão completamente apaixonados. Olhe só para eles."

Cal: "Você sabe que o amor não passa de uma reação química no cérebro causada por um pico de feniletilamina, não sabe?"

Eu: (confusa) "Você está dizendo que a Holly e o Mark não se amam de verdade? Que está tudo na cabeça deles?"

Cal: "Estou dizendo que ninguém ama ninguém. As pessoas se atraem umas às outras e formam pares devido ao nosso instinto de reprodução. Mas essa atração não dura muito. Assim como acontece com todas as drogas, o corpo desenvolve tolerância à feniletilamina e, no fim, a atração que você um dia sentiu pelo seu parceiro diminui. É tudo perfeitamente natural. É possível obter a mesma quantidade de feniletilamina, um estimulante a que a mente anseia, tanto ingerindo grandes quantidades de chocolate quanto, abre aspas, se apaixonando, fecha aspas."

Eu: "Então... você não acredita em amor romântico?"

Cal: "Acredito que acabei de dizer exatamente isso."

Eu: "Devido ao extenso período que você passou estudando o assunto?"

Cal: "Devido à minha própria experiência pessoal, sim. E às relações ao meu redor que observei."

Eu: "Então, a Holly e o Mark vão se separar porque não existe uma coisa chamada amor?"

Cal: "Ah, não. Bom, sim, no final. Mas, antes que isso aconteça, vão terminar porque a bagagem que carregam é muito diferente."

Acho que realmente não posso ser culpada por ter dito: "Pelo menos os dois são humanos, ao contrário da vagabunda que eu vi saindo do seu quarto antes."

Tive a satisfação de vê-lo, pela primeira vez desde que nos conhecemos, completamente sem palavras.

Infelizmente, o efeito foi rompido quando um dos meus saltos-agulha ficou preso entre as pedras do calçamento na frente do restaurante. Todo o lamê prateado descascou. E também acho que não vai dar para consertar.

Reconheço que o calçamento é charmoso, mas será que essa gente nunca ouviu falar de asfalto? E também foi a maior humilhação, porque o Tarado por Modelos teve que me ajudar a soltar. O salto, quer dizer.

A mão dele envolveu o meu tornozelo completamente, sabe como é, os dedos encontraram o polegar do outro lado.

Graças a Deus eu me lembrei de raspar as pernas no chuveiro antes do jantar.

Meu Deus, estou tão tonta com toda aquela comida gostosa que acho que nunca mais vou conseguir cair no sono. Além do mais, não paro de pensar no Cara. Ele tem que estar bem, não é mesmo? Quer dizer, o Julio teria ligado se houvesse algo de errado. Eu deixei o número do meu celular ao lado do telefone, para o Julio poder ligar da minha casa, e não estourar a conta do telefone da casa dos pais dele.

E eu acabei de checar, e ele não ligou. Então, o Cara está bem. Nenhuma notícia é uma boa notícia, certo? O Cara TEM QUE estar bem.

É que a gente só deve ter passado umas cinco noites, no total, longe um do outro desde que ele era filhote. Quem é que vai acordar às 4h durante o miado para a lua da madrugada do Cara e reconfortá-lo se eu não estiver lá? Aquele miado costumava me deixar louca. Mas agora eu meio que estou com saudade dele. Eu daria tudo para ouvir aquele miado neste momento. Aliás, acho que nem vou conseguir dormir sem ele—

—

—

—

—

—

—

—

—

—

—

Para: Serviço de Atendimento ao Cliente do New York Journal - Privilégios de Viagem <sacviagem@thenyjournal.com>
De: Mark Levine <mark.levine@thenyjournal.com>
Assunto: Aluguel de carro

Sei que é domingo e que o escritório está fechado. No entanto, quando fiz reserva para o aluguel de um carro em Roma, especifiquei que precisava de um sedã quatro portas com espaço no porta-malas para quatro malas MUITO GRANDES. Pedi um Jaguar ou um Mercedes, NÃO um Toyota. Agora vou ter que enfiar uma das malas no banco de trás com dois passageiros, e nós vamos passar por uma região de MONTANHAS. Vocês acham mesmo que é seguro passar por uma cadeia de montanhas com uma mala grande e lotada entre os passageiros do banco de trás?

Acho que não. Espero ter notícias de vocês na segunda-feira.

Mark Levine, médico

Para: Julio Chasez <julio@streetsmart.com>
De: Jane Harris <jane@wondercat.com>
Assunto: O Cara

Oi, Julio! Preciso reconhecer que estou ficando um pouco preocupada. Está tudo bem? Quer dizer, você não respondeu aos meus e-mails, e eu só quero saber se está tudo bem. Sei que você está ocupado com a escola e com o hóquei e com tudo o mais, mas se você puder me mandar só um recadinho, para dizer se o Cara está bem, eu vou ficar bem feliz.

Acho que vou tentar mandar uma mensagem para o seu pager.

J

✉

Para: Jane Harris <jane@wondercat.com>
De: Holly Caputo <holly.caputo@thenyjournal.com>
Assunto: Cadê você?

????????????????????

✉

Para: Holly Caputo <holly.caputo@thenyjournal.com>
De: Jane Harris <jane@wondercat.com>
Assunto: Res: Cadê você?

Continuo no restaurante, terminando o café-da-manhã. Cadê VOCÊ?

J

Para: Jane Harris <jane@wondercat.com>
De: Holly Caputo <holly.caputo@thenyjournal.com>
Assunto: Res: Cadê você?

Estou aqui fora. Anda logo e termina seu café-da-manhã. Você precisa ver isto. O Mark e o Cal estão tentando enfiar todas as nossas malas no porta-malas, só que não cabem. Então, estão fazendo cálculos. Bem sérios. Como se fosse um quebra-cabeça ou algo assim. Como se fosse algo muito IMPORTANTE. Vem logo, senão você vai perder.

Holly

Para: Holly Caputo <holly.caputo@thenyjournal.com>
De: Jane Harris <jane@wondercat.com>
Assunto: Res: Cadê você?

Ainda não terminei o meu iogurte.

J

Para: Jane Harris <jane@wondercat.com>
De: Holly Caputo <holly.caputo@thenyjournal.com>
Assunto: Res: Cadê você?

Ai, meu Deus, é só um IOGURTE. Vem para cá, você pode tomar iogurte a qualquer hora.

Holly

Para: Holly Caputo <holly.caputo@thenyjournal.com>
De: Jane Harris <jane@wondercat.com>
Assunto: Res: Cadê você?

Não como este. Este é o melhor iogurte que eu já tomei.

Aliás, o que significa Fett-Grassi 3,7g?

J

Para: Jane Harris <jane@wondercat.com>
De: Holly Caputo <holly.caputo@thenyjournal.com>
Assunto: Res: Cadê você?

Gramas de gordura.

Holly

✉

Para: Holly Caputo <holly.caputo@thenyjournal.com>
De: Jane Harris <jane@wondercat.com>
Assunto: Res: Cadê você?

SÉRIO??? SATURADA OU INSATURADA??? AI, MEU DEUS, COMI QUATRO POTINHOS!!!!!!!!!!!!!!!!

✉

Para: Jane Harris <jane@wondercat.com>
De: Claire Harris <charris2004@freemail.com>
Assunto: Tudo bem?

Oi, querida! Obrigada por responder ao meu e-mail tão rápido. Espero que tenha chegado bem ao hotel. As coisas aqui estão bem. Bom, tirando o seu pai, que quase quebrou o cóccix porque caiu do telhado quando estava limpando as calhas. Mas o arbusto de hortênsias aparou a queda dele, então está tudo bem.

Não quero que você se preocupe, mas depois que escrevi para você ontem, cruzei com a mãe da Holly de novo, dessa vez no supermercado Kroger Sav-On, e mencionei como achava adorável vocês todos irem para a Itália juntos para ficar na casa do tio dela, e parecia que a Marie não estava sabendo de nada. Sei que eu não devia falar nada sobre o negócio de fugir para se casar em segredo, mas a Holly contou para a mãe que ia para a casa do tio, não contou? Espero que eu não tenha estragado nada.

Com amor,
Mamãe

P.S. Cal Langdon, o repórter do *New York Journal*? Mas que coisa, acabei de vê-lo no programa do *Charlie Rose* outra noite! Ele estava sendo entrevistado por causa de algum livro importante que acabou de escrever. Parece que está vendendo muito bem. Ele é bonitão, Janie.

Mesmo assim, imagine só se a Holly e o Mark não se casarem. Aqueles dois foram feitos um para o outro! E quem é que nunca ouviu falar do Wondercat? O que ele tem feito? Estava morando embaixo de uma pedra???? Bom, acho que sim, na verdade, porque o livro dele é sobre a Arábia Saudita...

Mamãe

Para: Claire Harris <charris2004@freemail.com>
De: Jane Harris <jane@wondercat.com>
Assunto: Res: Tudo bem?

Oi, mãe, as coisas aqui estão ótimas. Bom, tirando o fato de que eu e a Holly estamos esperando os rapazes fazerem o check-out do hotel para a gente poder tentar arrumar novamente as malas no carro alugado. Ele é pequeno demais para todos nós mais as nossas malas, então a Holly e eu vamos ter que ir sentadas atrás com a mala gigantesca da Holly. A gente não liga para isso, o problema é que colocaram a nossa mala com Toblerone no porta-malas. De que adianta ela ficar lá?

Vamos para a casa do tio da Holly hoje. O lugar fica a umas quatro horas de carro de Roma, no litoral do mar Adriático. Não agüento mais esperar para ver! Tudo aqui é tão diferente e divertido! Até o iogurte é melhor.

Mas então eu descobri que era porque eu estava comendo iogurte integral pela primeira vez na vida. Fazer o quê?

Nem precisa se preocupar com a mãe da Holly. As pessoas da família dela pedem a casa do tio emprestada o tempo todo, já que ele viaja tanto.

Diga para o papai que ele pode contratar alguém para limpar as calhas.

Com amor,
Janie

P.S. Você viu o Cal Langdon no programa do *Charlie Rose*? É a cara dele. Ele é tão exibido. E quanto a ele não achar que a Holly e o Mark são perfeitos um para o outro... Faça-me o favor! Nem gosto de me lembrar de como a Holly era antes de começar a namorar o Mark. Quer dizer, está lembrada daquela fase toda do cabelo verde?

E é preciso mesmo estar morando embaixo de uma pedra para não ver a campanha de reciclagem do Wondercat no supermercado D'Agostino. Tem folhetos com isso em todo lugar em Nova York.

J

Para: Holly Caputo <holly.caputo@thenyjournal.com>
De: Jane Harris <jane@wondercat.com>
Assunto: Que negócio é este?

Por que você deixou o Mark dirigir?

J

Para: Jane Harris <jane@wondercat.com>
De: Holly Caputo <holly.caputo@thenyjournal.com>
Assunto: Res: Que negócio é este?

Alô! Você estava lá. Como é que eu ia poder impedir?

Holly

Para: Holly Caputo <holly.caputo@thenyjournal.com>
De: Jane Harris <jane@wondercat.com>
Assunto: Res: Que negócio é este?

É, mas ele é péssimo. Quer dizer, péssimo, péssimo, de verdade.

J

✉

Para: Jane Harris <jane@wondercat.com>
De: Holly Caputo <holly.caputo@thenyjournal.com>
Assunto: Res: Que negócio é este?

Alô! Estamos na Itália. Todo mundo é péssimo na direção. Ele combina.

Além do mais, eu tive que deixar ele dirigir, depois daquela coisa toda de o Cal rearrumar as malas.

Holly

✉

Para: Holly Caputo <holly.caputo@thenyjournal.com>
De: Jane Harris <jane@wondercat.com>
Assunto: Res: Que negócio é este?

É. Aliás, que NEGÓCIO foi aquele, hein? Por que o Cal é tão... mandão?

J

✉

Para: Jane Harris <jane@wondercat.com>
De: Holly Caputo <holly.caputo@thenyjournal.com>
Assunto: Res: Que negócio é este?

O Mark diz que é porque o Cal tem um você-sabe-o-que enorme.

Holly

Para: Holly Caputo <holly.caputo@thenyjournal.com>
De: Jane Harris <jane@wondercat.com>
Assunto: Res: Que negócio é este?

Um cabeção?

J

Para: Jane Harris <jane@wondercat.com>
De: Holly Caputo <holly.caputo@thenyjournal.com>
Assunto: Res: Que negócio é este?

Não, sua idiota. Você SABE do que eu estou falando.

Holly

Para: Holly Caputo <holly.caputo@thenyjournal.com>
De: Jane Harris <jane@wondercat.com>
Assunto: Res: Que negócio é este?

Espera. O QUÊ??? CALA A BOCA!!!!!!!!!!!

J

Para: Jane Harris <jane@wondercat.com>
De: Holly Caputo <holly.caputo@thenyjournal.com>
Assunto: Res: Que negócio é este?

O Mark jura que é verdade. Ele diz que o Cal sempre foi imensamente seguro de si mesmo devido à enormidade de seu você-sabe-o-quê. Bom, pelo menos até aquela modelo partir o coração dele e tudo o mais.

Holly

Para: Holly Caputo <holly.caputo@thenyjournal.com>
De: Jane Harris <jane@wondercat.com>
Assunto: Res: Que negócio é este?

Você está inventando. Sobre o você-sabe-o-que dele, quer dizer.

J

Para: Jane Harris <jane@wondercat.com>
De: Holly Caputo <holly.caputo@thenyjournal.com>
Assunto: Res: Que negócio é este?

Hum. Por acaso VOCÊ viu ele sentar com as pernas cruzadas?

Holly

Para: Holly Caputo <holly.caputo@thenyjournal.com>
De: Jane Harris <jane@wondercat.com>
Assunto: Res: Que negócio é este?

Isso não quer dizer... Ai, meu Deus, você está MESMO falando sério.

J

Para: Jane Harris <jane@wondercat.com>
De: Holly Caputo <holly.caputo@thenyjournal.com>
Assunto: Res: Que negócio é este?

Parece que, apesar de a mulher dele o ter abandonado no que seria o primeiro aniversário de casamento deles, ele tem todas as razões do mundo para se sentir bem feliz consigo mesmo.

Por acaso ASSIM você vai pensar de um jeito um pouco mais positivo nele?

Holly

Para: Holly Caputo <holly.caputo@thenyjournal.com>
De: Jane Harris <jane@wondercat.com>
Assunto: Res: Que negócio é este?

NÃO!!! Tamanho não faz a menor diferença, e você sabe muito bem disso.

Bom, não muito.

Ela o abandonou mesmo no primeiro aniversário de casamento?

J

Para: Jane Harris <jane@wondercat.com>
De: Holly Caputo <holly.caputo@thenyjournal.com>
Assunto: Res: Que negócio é este?

Ele chegou em casa do trabalho, estava se preparando para trocar de roupa e levá-la para sair em uma noite de comemoração quando encontrou um bilhete.

Ela tinha chamado uma empresa de mudança enquanto ele estava na redação. Levaram tudo. Menos o gato.

Holly

Para: Holly Caputo <holly.caputo@thenyjournal.com>
De: Jane Harris <jane@wondercat.com>
Assunto: Res: Que negócio é este?

Eles tinham um GATO????

J

Para: Jane Harris <jane@wondercat.com>
De: Holly Caputo <holly.caputo@thenyjournal.com>
Assunto: Res: Que negócio é este?

O gato era dela. Ela deixou com o Cal porque o namorado novo dela era alérgico. O Cal tomou conta dele durante quase um ano, achando que a Valerie ia mudar de idéia e voltar. Mas ela não voltou. Então o Cal arrumou uma cobertura no Iraque.

Holly

Para: Holly Caputo <holly.caputo@thenyjournal.com>
De: Jane Harris <jane@wondercat.com>
Assunto: Res: Que negócio é este?

O que aconteceu com o GATO?????

J

Para: Jane Harris <jane@wondercat.com>
De: Holly Caputo <holly.caputo@thenyjournal.com>
Assunto: Res: Que negócio é este?

Ah. O gato morreu logo antes de ele resolver ir embora. De câncer. O Mark diz que não sabe o que deixou o Cal mais arrasado... a mulher abandoná-lo ou o gato morrer.

Holly

Para: Holly Caputo <holly.caputo@thenyjournal.com>
De: Jane Harris <jane@wondercat.com>
Assunto: Res: Que negócio é este?

Você é a maior mentirosa. Inventou essa história toda do gato que morreu. O que aconteceu de verdade?

J

Para: Jane Harris <jane@wondercat.com>
De: Holly Caputo <holly.caputo@thenyjournal.com>
Assunto: Res: Que negócio é este?

Ele deu para o Tim Grabowski do Suporte.

Mesmo assim. Pelo que sei, o gato DEVE estar morto a esta altura. Coitadinho do Cal.

Holly

✉

Para: Holly Caputo <holly.caputo@thenyjournal.com>
De: Jane Harris <jane@wondercat.com>
Assunto: Res: Que negócio é este?

Você é mesmo ridícula.

E eu não teria tanta pena assim do Cal Langdon se fosse você. Ele está se dando muito bem.

Promete que você não vai deixar o Mark dirigir quando chegarmos às montanhas. Ele vai cair em um abismo e a gente vai morrer.

J

✉

Para: Jane Harris <jane@wondercat.com>
De: Holly Caputo <holly.caputo@thenyjournal.com>
Assunto: Res: Que negócio é este?

Ah. Certo. Quem sabe eu dirijo depois do almoço. Ou a gente pode pedir para o Cal Langdon, ou melhor, "Anexo Grande", para dirigir.

Holly

Para: Holly Caputo <holly.caputo@thenyjournal.com>
De: Jane Harris <jane@wondercat.com>
Assunto: Res: Que negócio é este?

CALA A BOCA!!!!!!!!!!!!!!! Você confia nele para dirigir????

J

Para: Jane Harris <jane@wondercat.com>
De: Holly Caputo <holly.caputo@thenyjournal.com>
Assunto: Res: Que negócio é este?

Claro que sim! Diferentemente de algumas pessoas, ele está acostumado a dirigir em países estrangeiros.

Mas afinal, qual é o seu problema com ele? Ele foi um cavalheiro perfeito durante o jantar ontem à noite, você não achou? E ele está sendo um amor total desde de manhã. Então, o que está pegando?

Holly

....

✉

Para: Holly Caputo <holly.caputo@thenyjournal.com>
De: Jane Harris <jane@wondercat.com>
Assunto: Res: Que negócio é este?

Nada. Pare de me mandar e-mail, eles sabem total que a gente está falando deles.

Mas graças a Deus que não sabem exatamente do QUE estamos falando.

Eca.

J

....

✉

Para: Mark Levine <mark.levine@thenyjournal.com>
De: Ruth Levine <r.levine@levinedentistasassociados.com>
Assunto: Olá!

Por acaso isso é maneira de falar com a sua mãe? Eu SEI que você acha que está apaixonado pela Holly.

E reconheço que ela é uma garota muito simpática.

Mas não acho que ela seja a garota CERTA para você, Mark. Vocês dois vêm de mundos muito diferentes. Não me entenda mal, eu acho a herança cultural italiana dela ótima. Eles deram muitas contribuições maravilhosas ao mundo, como a massa e aquele maravilhoso Mario Batali do Canal de Culinária.

Mas que tipo de futuro você e a Holly podem ter juntos? Em que religião vocês criariam seus filhos? Vocês vão fazer árvore de Natal? Você sabe que os DiMarco, aqui da rua, montam um presépio completo na frente da casa deles todo ano, feitos com pedaços cortados de madeira compensada. É isso que você quer, Mark? O Menino Jesus no jardim da sua casa? Você quer me matar?

Só estou dizendo que tenho certeza de que a Susie Schramm se transformou em uma mulher muito interessante e vibrante. Por que você não marca pelo menos um almoço com ela? Que mal um almocinho pode fazer? Vocês comem alguma coisa, relembram os velhos tempos... vai saber aonde isto pode levar...

Ligue para mim, Markie. Estou preocupada com você. De verdade.

Mamãe

....

✉

Para: Holly Caputo <holly.caputo@thenyjournal.com>
De: Darrin Caputo <darrin.caputo@graficacaputo.com>
Assunto: Olá, é a sua mãe

Estou usando o e-mail do seu irmão para escrever para você. O seu pai diz que eu não devo fazer isso, porque você é adulta e eu devo deixar que cuide da própria vida, como seus irmãos.

Mas todos os seus irmãos acharam boas moças italianas – tirando o Frankie, que arrumou aquela stripper. Mas até mesmo ela é uma boa moça cristã, quando não está tirando a roupa para ganhar dinheiro.

Até o Darrin, até ELE encontrou um bom rapaz italiano. O Bobby veio jantar aqui ontem à noite e comeu TODO o meu frango à parmigiana. Ele tem um ótimo apetite.

Não sei por que você não pode fazer como os seus irmãos. O que há de tão errado em encontrar um bom rapaz italiano para sossegar? Até um rapaz polonês estaria bem, se fosse católico. Por que você tem que ficar com este Mark? Ele é um rapaz muito simpático, mas não é católico. O que é que ele sabe sobre as coisas?

Estou pedindo a você que pense sobre o que está fazendo com a sua vida. As pessoas estão começando a pensar coisas a respeito de você e esse Mark. Encontrei a mãe da Jane Harris no mercado, e ela falava como se você e o Mark fossem se casar. Se você não tomar cuidado, outras pessoas vão começar a pensar a mesma coisa, e no fim o boato vai chegar aos ouvidos do padre Roberto, e então, como é que eu vou poder ficar de cabeça erguida na missa de domingo?

Pense na sua vida, Holly. Faça a coisa certa.

Mamãe

....

✉

Para: Cal Langdon <cal.langdon@thenyjournal.com>
De: Graziella Fratiani <graziella@galleriefratiani.co.it>
Assunto: Ontem

Foi realmente bom demais encontrar com você ontem à tarde. Você é um homem do século 21, bem diferente desses moleques italianos que vivo encontrando. Sabe como é, que ainda moram com a mamãe e acham que todas as mulheres vão ficar limpando e lavando para eles. É legal estar com um homem que lava as próprias meias.

Eu comentei que neste momento estou em um intervalo entre exposições? Então, posso tirar uma folguinha da galeria. Quem sabe se eu for me juntar a você no interior mais para o fim da semana? Acho que consigo... "ficar rústica"? Diga o que você acha.

Grazi

Para: Jane Harris <jane@wondercat.com>
De: Julio Chasez <julio@streetsmart.com>
Assunto: Res: O Cara

Oi, Srta. Harris, Recebi suas mensagens. Só estou escrevendo para dizer que o seu gato está bem. De verdade.

E, não, ainda não precisei usar as luvas de cozinha. E, sim, ele comeu todo o patê de salmão. E a ração seca Tender Vittles. E a ração especial Science Diet. E a ração de lata Fancy Feast. E a outra ração de lata Sheba. E tentou roer uma caixa de biscoito das bandeirantes que você deixou em cima do balcão, mas eu tirei antes que ele conseguisse.

Ele também abriu um buraco a dentadas no seu sofá. Mas acho que você já sabe disso. E ele tirou um bom pedaço do meu dedão quando eu o peguei mastigando um tubo de pasta de dente e tentei arrancar dele. Mas o médico disse que eu vou ficar bem.

Acho que o cuspe dos gatos é mais limpo do que o dos humanos ou o dos cachorros ou qualquer coisa assim.

Espero que a viagem esteja sendo boa.

Julio

Para: Julio Chasez <julio@streetsmart.com>
De: Jane Harris <jane@wondercat.com>
Assunto: Res: O Cara

Ai, meu Deus, sinto muito mesmo a respeito do seu dedão! POR FAVOR, guarde a conta do médico para eu poder reembolsar o valor para você quando eu voltar!

Você é o MÁXIMO!!! Não tenho como agradecer o suficiente por você cuidar tão bem dele!

É, estou sabendo do sofá. Não faz mal, mesmo.

OBRIGADA!!!! A gente se vê daqui a uma semana!

Bjs,
Jane

Diário de Viagem de
~~Holly Caputo e Mark Levine~~
Jane Harris

Na verdade, é meio difícil escrever isto aqui com a mala que está no banco entre mim e a Holly, mas é melhor do que tentar conversar, porque parece que todo mundo está de mau humor desde que demos uma olhada nos Blackberrys depois do almoço. Bom, menos eu. Porque o Julio disse que o Cara está ótimo!

Claro que vou ter que me lembrar de pagar a conta do médico do Julio. Mas só de saber que o Cara estava tão de bom humor a ponto de dar umas mordidas deve significar que ele não está assim com tanta saudade de mim.

Não sei qual é o problema de todo mundo neste carro...

Bom, meio que sei, sim. O Mark, que estava encarregado de trazer os CDs para a gente ouvir no carro, esqueceu. Então, a única coisa que temos para ouvir é a rádio italiana (Alô! Você não sabe o que é incômodo até ouvir rap italiano) ou o CD do Queen que o Cal por acaso tinha na mochila.

É. Queen.

Agora eu já ouvi "Fat-Bottomed Girls" doze vezes. A Holly brincou que esta música vai ser o tema do casamento dela e do Mark.

Graças a Deus o Mark encostou quando chegamos ao sopé da montanha e deixou o Cal assumir. Nunca vi estradas tão estreitas e cheias de curvas na vida. Achei que ia vomitar. Graças a Deus eu trouxe Dramin.

Além do mais, cada vez que fazíamos uma curva, a mala da Holly caía em cima de mim. Bom, não caía de verdade, porque a Holly estava segurando, mas ela se INCLINAVA COM TUDO para cima de mim. Quando paramos para almoçar, eu estava toda ralada porque aquela coisa idiota ficava se esfregando no meu ombro, e eu mesma estava bem de mau humor... principalmente quando vi o restaurante na frente do qual o Cal tinha parado.

Quer dizer, Deus me livre se ele pudesse escolher um lugar em uma CIDADE de verdade. Ah, não, o Sr. Eu Já Viajei De Mochila Pelo Mundo Inteiro Sem Nada Além De Um Barbeador E O Meu CD Do Queen (e algumas camisinhas, espero, já que ele parece ter o hábito de traçar supermodelos em cada parada com seu ANEXO ANORMAL DE TÃO GRANDE – se o que a Holly disse é verdade, o que eu duvido. Ela provavelmente só está dizendo isso para me fazer gostar dele. Bom, NÃO vai dar certo).

Mas bom, o Tarado por Modelos tinha que parar neste lugar ridículo, que é um hotel/restaurante de beira de estrada com janelões de vidro no meio do nada, praticamente desabando em cima de um PENHASCO.

Só que, quando entramos – eu esfregando o ombro para ver se o fazia voltar à vida – vimos que tinha tipo um milhão de pessoas ali, olhando através dos janelões de vidro para uma cachoeira linda que passava bem do lado do salão.

E o garçom foi totalmente legal, apesar de a gente não ter reserva, e nos colocou em uma mesa maravilhosa, bem do lado da janela da cachoeira. E, em vez de nos dar cardápios, ele simplesmente nos disse (em italiano, é claro) o que iam servir, e a Holly e o Cal responderam que Si, apesar de eu não ter entendido uma palavra.

E daí, sem que eu nem me desse conta, apareceu uma jarra de bianco frizzante na nossa frente, vinda do nada!

Depois o garçom trouxe uma travessa gigantesca de uma massa com queijo deliciosa, que ele serviu no prato de cada um de nós, e que pareceu derreter instantaneamente ao tocar na minha língua.

Então ele trouxe um peixe ENORME, nadando em manteiga, para toda a mesa dividir, e uma tigela gigantesca de salada crocante ao molho vinagrete, e um monte de pão, e a coisa toda só custou, ouça esta: 28 euros.

Foram cinco Diet Cokes romanas bem ali.

Mas a verdadeira questão é a seguinte:

Por que não há mais mulheres gordas na Itália? É isto que eu quero saber. Porque as mulheres naquele restaurante pareciam ter o peso totalmente normal.

O Mark disse que é porque elas não se enchem de calorias vazias, como as americanas fazem. Sabe como é, de refrigerante e batata frita e coisas assim.

E talvez seja verdade.

Mas, com mais algumas refeições destas, garanto que não vou caber no meu maiô. O que seria um saco, porque a Holly disse que tem uma piscina de arrasar na casa.

Então, depois do almoço, caminhamos um pouco pelo estacionamento para recuperar a circulação e aproveitar a vista, que era um arraso. E eu estava lá parada, aproveitando o sol batendo no meu rosto e ouvindo o murmúrio da água quando o Cal — quer dizer, o Anexo Grande — chegou para mim e disse assim: "Sobre aquilo que você falou ontem à noite...".

Achei que ele estava falando de eu ter dito que a Holly e o Mark eram perfeitos um para o outro, e que ele ia pedir desculpa por ter dito o contrário — principalmente porque eles estavam perto do carro discutindo que agora era a vez de a Holly dirigir e o Mark dizendo que ele ficava mais à vontade com carro de câmbio mecânico do que ela e foi uma discussão totalmente fofa e eu fiquei louca para arrumar logo uma alma gêmea com quem discutir.

Só que, em vez disso, ele disse: "Graziella Fratiani por acaso é dona de uma das galerias de arte de maior sucesso em Roma e, além de ser uma empresária bem-sucedida, também é muito minha amiga. Ela não é nem um pouco... como foi mesmo que você disse? Ah, já sei. Uma vagabunda."

DÁ PARA ACREDITAR???? Fiquei totalmente chocada. Só fiquei lá parada olhando para ele (aliás, por que é que ele precisa ser tão alto? E por que os homens altos são sempre tão... gostosos?), totalmente incapaz de pensar em alguma coisa enérgica ou sarcástica para dizer. Como sempre.

E, de certo modo, ele tinha MESMO direito de estar bravo. Quer dizer, eu não conheço a Graziseiláquem Fratitantofaz. Talvez ela não seja vagabunda mesmo. Talvez ela tenha um coração enorme e seja uma mulher generosa que doa quantias enormes para a pesquisa do câncer e trabalha como voluntária no orfanato local...

Ah, sei. Ninguém na casa dos 30 tem coxas finas daquele jeito sem a ajuda da comunidade médica.

E ninguém que fez tanta plástica daquele jeito fica andando com órfãos.

Além do mais, ninguém que não seja uma vagabunda dá uma passadinha no quarto de hotel de um cara à tarde.

E apesar de a Holly ter pedido para eu tentar me dar bem com o Anexo Grande, pelo menos durante a viagem, e de ficar falando dele como um enorme herói trágico, porque a ex dele o abandonou por um cara mais rico (aposto que ela está arrependida agora, se é que viu o programa do <u>Charlie Rose</u> sobre o qual a minha mãe comentou), eu ergui os olhos para ele antes que pudesse me conter e falei assim: "Uau, que coisa, uma das galerias de arte de maior sucesso em Roma?"

Cal: "É."

Eu: "E ela, tipo, não herdou do pai nem recebeu em um acordo de divórcio do ex-marido?"

Cal: (com uma cara meio contrariada) "Bom. É. Quer dizer, o avô dela abriu o negócio, mas..."

Eu: "Entendi. Bom, talvez você se interesse pelo fato de que existem mulheres que deram início ao próprio negócio do zero sem a ajuda do pai, e que conseguiram fechar contratos na casa dos milhões de dólares com o Cartoon Network devido a seu próprio trabalho e sua perseverança."

O que é tudo verdade. Quer dizer, eu só vou RECEBER os tais milhões de dólares se o Cartoon Network escolher o Wondercat para fazer um desenho animado.

Mas ele não precisa saber disso.

Além do mais, mesmo sem aqueles milhões, eu estou me dando bem. Tão bem quanto a Graziseiláquem. Provavelmente.

E mesmo que não estiver, o dinheiro é MEU. Eu ganhei com o MEU trabalho duro, não com o do meu avô. E daí que eu moro em uma quitinete? Ele não precisa saber disso. Para que eu preciso de muito espaço, aliás? Afinal de contas, somos só eu e o Cara.

Mas ele nem teve a fineza de parecer constrangido. Só falou assim: "Isso não faz a menor diferença. Você não tem o direito de chamá-la de vagabunda."

Então eu olhei para ele bem nos olhos – bom, o mais perto que pude, de qualquer modo, devido à minha desvantagem de trinta centímetros de altura – e disse: "Bom, você não tem direito de dizer que o Mark e a Holly não deviam se casar."

"Na verdade", ele respondeu, "tenho sim."

E DAÍ ELE SAIU ANDANDO!!! Antes que eu pudesse proferir qualquer outra palavra! Antes que eu pudesse sair andando!

O que provavelmente foi uma coisa boa, porque quando eu tentei sair andando na outra direção, o salto do meu tamanco Steve Madden escorregou no cascalho e eu quase caí e teria caído se não tivesse me agarrado ao pára-choque de um Smart Car estacionado ali do lado.

Mas ele não viu.

Mas bom, o negócio agora já está praticamente resolvido.

Cal Langdon = Cria de Satanás.

Mas pelo menos eu sei qual é a nossa posição. E agora vou poder começar a tomar ações evasivas. Obviamente, a partir deste momento, nunca mais poderei

a) Deixar o Cal e o Mark sozinhos em lugar nenhum
b) Deixar o Cal e a Holly sozinhos em lugar nenhum
c) Deixar o Cal sozinho em lugar nenhum

Vou ter que vigiá-lo como um falcão. Seria tão a CARA dele ficar jogando diquinhas sobre a feniletilamina e a dissolução do casamento dele aqui e ali para abalar as convicções do Mark em relação a ir até o fim nisto aqui.

E a Holly, como eu sei muito bem, já está se perguntando se está fazendo a coisa certa. Não POSSO permitir que aquele homem destrua a única relação romântica verdadeiramente sólida que restou no universo... bom, tirando a da minha mãe e do meu pai, mas, eca, não quero pensar nisto agora.

O único problema é que ele obviamente pensa que sabe o que é melhor... não só para o Mark, mas para todo mundo. Quer dizer, aquele jeito mandão como ele escolheu onde a gente ia almoçar e daí, quando chegamos lá, o que a gente ia comer.

E, tudo bem, estava delicioso.

Mas, ainda assim...

Preciso encontrar um jeito de mostrar a ele que ele NÃO manda aqui – SEM deixar que a Holly desconfie que tem alguma coisa errada. Se ela descobrir que o padrinho nem acha que o casamento é uma boa idéia, estará tudo acabado.

Preciso provar para este cara que não estou NEM UM POUCO impressionada com o tamanho do membro dele. O fato de ele ter um você-sabe-o-que enorme não tem absolutamente NENHUM efeito intimidatório sobre MIM.

E, sabe como é, eu realmente não acredito que a coisa dele possa ser assim tão grande, porque ele também não anda com as pernas arqueadas nem nada. O do Curt Shipley era ENORME e dava para ver o sol brilhando entre as partes de dentro das coxas dele quando ele vinha na sua direção...

Aaaaah, tive uma idéia. Se o e-mail dele for igual ao de todo mundo que trabalha no Journal...

Para: Cal Langdon <cal.langdon@thenyjournal.com>
De: Jane Harris <jane@wondercat.com>
Assunto: Holly e Mark

Sou eu. Aquele negócio que você disse no estacionamento – sobre como você vai fazer tudo o que for preciso para o Mark não cometer o maior erro da vida dele –, foi um tanto presunçoso da sua parte, não acha?

J

Para: Jane Harris <jane@wondercat.com>
De: Cal Langdon <cal.langdon@thenyjournal.com>
Assunto: Res: Holly e Mark

Srta. Harris. Que surpresa. Você me mandando e-mail...

Do banco de trás.

Para: Cal Langdon <cal.langdon@thenyjournal.com>
De: Jane Harris <jane@wondercat.com>
Assunto: Res: Holly e Mark

Ah, faça-me o favor. Até parece que você e o Mark não estavam fazendo a mesma coisa no táxi, ontem.

Eu sei que você e o Mark são amigos – bons amigos, desde criança, como a Holly e eu.

Mas você não o vê há muito tempo. Como é que ainda pode saber o que é bom para ele? E você com certeza não conhece a Holly o suficiente para fazer qualquer tipo de julgamento a respeito dela. Como é que você pode presumir que sabe o que é melhor para qualquer um deles quando, na verdade, você mal os conhece?

J

Para: Jane Harris <jane@wondercat.com>
De: Cal Langdon <cal.langdon@thenyjournal.com>
Assunto: Res: Holly e Mark

Você com certeza tem direito à sua opinião. Da mesma maneira como eu tenho direito à minha.

Cal

Para: Cal Langdon <cal.langdon@thenyjournal.com>
De: Jane Harris <jane@wondercat.com>
Assunto: Res: Holly e Mark

Você não tem direito à sua opinião de jeito NENHUM. Porque está ERRADO. Você não tem absolutamente nenhuma base factual para tanto. Você não pode saber se o Mark está "cometendo o maior erro da vida dele" ao se casar com a Holly porque você mal conhece a Holly. Está baseando a sua opinião nos seus próprios preconceitos pessoais contrários ao amor e ao casamento. E isso não tem nada a ver com o Mark NEM com a Holly. É só a sua própria estupidez.

J

✉

Para: Jane Harris <jane@wondercat.com>
De: Cal Langdon <cal.langdon@thenyjournal.com>
Assunto: Res: Holly e Mark

Agora, quem é que está dando uma opinião sem base factual?

Cal

✉

Para: Cal Langdon <cal.langdon@thenyjournal.com>
De: Jane Harris <jane@wondercat.com>
Assunto: Res: Holly e Mark

Hum, alô!, qualquer IMBECIL poderia dizer que se casar com uma modelo que você conhece há um mês é uma estupidez. Sinto muito, mas é verdade.

J

Para: Jane Harris <jane@wondercat.com>
De: Cal Langdon <cal.langdon@thenyjournal.com>
Assunto: Res: Holly e Mark

Por acaso alguém já lhe disse, Srta. Harris, que falta de tato é uma coisa apavorante?

Cal

Para: Cal Langdon <cal.langdon@thenyjournal.com>
De: Jane Harris <jane@wondercat.com>
Assunto: Res: Holly e Mark

EU??? Não sou eu que sofro de falta de tato, Sr. Não Existe Tal Coisa Como Amor Romântico. A Holly e o Mark já estão na casa dos trinta, não na dos vinte, e já moram juntos há dois anos. NÃO estão cometendo o mesmo erro que você cometeu. São adultos conscientes – nenhum dos dois trabalha na indústria da moda – que estão apaixonados. Ponto final.

J

Para: Jane Harris <jane@wondercat.com>
De: Cal Langdon <cal.langdon@thenyjournal.com>
Assunto: Res: Holly e Mark

Talvez devêssemos discutir o assunto cara a cara. Os meus poderes de persuasão ficam em desvantagem nos nossos aparelhos portáteis de comunicação.

Cal

Para: Cal Langdon <cal.langdon@thenyjournal.com>
De: Jane Harris <jane@wondercat.com>
Assunto: Res: Holly e Mark

De jeito nenhum! Não quero que a Holly desconfie que você não está cem por cento a favor deste casamento. Ela já está bem apavorada com o fato de a família dela não apoiar a idéia. Se ela descobrir que o padrinho também é contra, vai morrer.

J

Para: Jane Harris <jane@wondercat.com>
De: Cal Langdon <cal.langdon@thenyjournal.com>
Assunto: Res: Holly e Mark

Eu quis dizer em algum momento quando a Holly e o Mark não estiverem conosco.

Cal

Para: Cal Langdon <cal.langdon@thenyjournal.com>
De: Jane Harris <jane@wondercat.com>
Assunto: Res: Holly e Mark

Bom, não sei quando isto vai acontecer.

J

Para: Jane Harris <jane@wondercat.com>
De: Cal Langdon <cal.langdon@thenyjournal.com>
Assunto: Res: Holly e Mark

Você não acha que, no decurso dos próximos sete dias que passaremos juntos, vai haver algum momento em que estaremos só nós dois juntos?

Cal

Para: Cal Langdon <cal.langdon@thenyjournal.com>
De: Jane Harris <jane@wondercat.com>
Assunto: Res: Holly e Mark

Meu Deus, espero que não. Quer dizer, não, não acho. Vamos manter esta conversa apenas no papel. Ou no e-mail. Ou sei lá o quê. Não quero que a Holly desconfie. Eu...

AAAAAAAAAAAAAAH!

Diário de Viagem de
~~Holly Caputo e Mark Levine~~
Jane Harris

Bom, AQUILO foi a maior humilhação. O telefone da Holly tocou bem quando eu estava para reescrever aquela última mensagem para o Cal, e eu apertei o Enviar sem querer.

Daí a Holly pediu para eu atender o telefone dela, porque ela estava concentrada em dirigir, e a bolsa dela estava mesmo no banco de trás, comigo e o Mark (o Cal, é claro, teve que ir na frente, porque é alto DEMAIS) e o telefone estava tocando.

Então eu atendi, e uma senhora bem velhinha falou assim: "Alôôô? Alôôô-ôôô?", e eu respondi: "Telefone da Holly Caputo", e a senhora disse: "Quê? Quê?", com um sotaque alemão, e eu falei: "Holly, tem uma senhora alemã no telefone."

E a Holly disse: "Ah, é a Frau Schumacher, a caseira do meu tio. Ela vai nos encontrar na saída da estrada para nos levar à casa, já que eu não vou lá desde pequena e não me lembro do caminho, e ela diz que é difícil demais para explicar. Diga a ela que estamos chegando."

Então eu falei: "Ah. Certo. Alô, Frau Schumacher?"

E a Frau Schumacher disse assim: "Alôôôô, Holly?"

"Não, aqui é a amiga da Holly, a Jane", respondi. "A Holly não pode falar porque está dirigindo. Mas ela disse para falar que estamos chegando."

"Onde vocês estão?", a Frau Schumacher quis saber.

Então, para tentar ajudar, olhei pela janela e vi uma daquelas placas em verde e branco que informa o nome da próxima cidade.

"Estamos pertinho de Carabinieri", eu disse.

E isso fez o Cal começar a rir MUITO, mas MUITO mesmo. Apesar de, até onde eu sabia, não ter dito nada de engraçado.

"Quê?", a Frau Schumacher parecia confusa. Mas era difícil saber, com tanta RISADA no carro. "*Onde* vocês estão?"

"Acabamos de passar por Carabinieri", eu disse ao telefone. Agora a Holly também estava rindo. Eu me inclinei para a frente e dei um cutucão nela, enquanto o Mark perguntava, confuso: "Qual é a graça?"

"Jane", a Holly engasgou, entre gargalhadas. "*Carabinieri* não é o nome de uma *cidade*. Significa polícia. A gente acabou de passar por um posto *policial*."

Realmente, não sei o que há de tão engraçado nisto. Quer dizer, como é que eu vou saber o que carabinieri significa? Só agora eu consegui aprender *si* – sim – e *grazie* – obrigada. Ainda estou tentando decorar *buon giorno* – bom dia – e *buona sera* – boa noite – direito... isso sem falar em *Non ho votato per lui* (não votei nele), para o caso de algum ataque de antiamericanismo para cima de nós.

"Onde os carabinieri estão?", Frau Schumacher quis saber, parecendo estar em pânico. "Estão seguindo vocês?"

"Não, não", eu disse ao telefone. "Desculpe. Não, eu cometi um erro."

"Eles acham que são donos da estrada, os carabinieri!", Frau Schumacher gritou. "Na Alemanha, a polizia sabe qual é o seu lugar!"

"Não, não tem carabinieri nenhum", respondi. "Os carabinieri não estão atrás de nós... eu cometi um erro..."

"Me dê isto aqui." De repente, o Tarado por Modelos estava se inclinando para trás, tentando arrancar o telefone da minha mão.

"Eu CUIDO disto", respondi, ofendida, tirando o telefone do alcance dele.

"Pessoal", a Holly gritou, e deu uma guinada com a direção.

"Eu falei que você não sabia dirigir com câmbio manual", o Mark disse quando a mala da Holly caiu em cima dele.

Daí, por causa do olhar de sabichão que o Cal lançou para cima de mim – como se, só porque o Mark estava criticando a maneira de a Holly dirigir, eles não estivessem destinados um para o outro — eu joguei o telefone em cima dele.

"Aqui está, seu bebezão", eu disse — provavelmente eu mesma soando como uma bebezona. Mas não estou nem aí.

O Cal pegou o telefone e começou a falar com a caseira do tio da Holly em um alemão suave e fluente. Enquanto os dois tagarelavam, cutuquei a Holly no ombro e perguntei: "Aliás, por que o seu tio tem uma caseira alemã na Itália?"

"Como é que eu vou saber?" Agora já estávamos quase saindo das montanhas, mas a Holly ainda estava prestando atenção total à estrada. "É que ela mora no chalé ao lado desde sempre, então o tio Matteo a contratou para ser a caseira."

Essa explicação foi muito insatisfatória.

Mais ou menos tão insatisfatória quanto a conversa por e-mail com o Cal. Mas, aliás, quem é que ele pensa que é, achando que vai me dizer que a MINHA amiga não é digna do amigo dele? E que história foi aquela de querer conversar sobre isso cara a cara? Ele está chapado? Nunca vou me permitir ficar sozinha com ele em lugar nenhum. Ele pode tentar fazer o truque do Anexo Grande comigo! Exatamente como o Curt Shipley fazia! As meninas — e, agora eu sei, os meninos também — ficavam impotentes quando entravam na mira de Curt Shipley. Podia acontecer a mesma coisa com o Cal Langdon! Homens que confiam demais no tamanho de seu próprio você-sabe-o-que parecem liberar um certo ar...

Mas, falando sério, ele é tão cheio de pompa que eu não consigo me ver entrando na dele, com seus truques do Anexo Grande ou não.

Mas ele é meio gostoso, do jeito que o cabelo dele às vezes cai por cima dos olhos...

Se pelo menos ele pudesse calar a boca de vez em quando e parasse de falar da porcaria da Arábia Saudita...

AAAAAAAAAOOOOOOOOOOEEEEEEEEOOOOOOOOO

Desculpe. De repente, passamos por um pico e os meus olhos ficaram OFUSCADOS pelo que eu vi lá embaixo:

Vales verdes profundos, sobre os quais cidades pequenininhas se empoleiram (as antigas cidades fortificadas do guia) aglomeradas dentro de muros de pedra em encostas iluminadas pelo sol...

Castelos em ruínas avultando-se por sobre uma colcha de retalhos de terras cultivadas abaixo deles...

Casas ensolaradas com telhado cor de laranja, com galinhas no quintal ciscando embaixo de lençóis coloridos pendurados nos varais na frente de janelas com persianas...

Ai, meu Deus. Acho que chegamos! Le Marche!

E aquele cara da imigração estava errado. É LINDO.

Para: Graziella Fratiani <graziella@galleriefratiani.co.it>
De: Cal Langdon <cal.langdon@thenyjournal.com>
Assunto: Ontem

Se você falou sério quando disse que queria vir, será totalmente bem-vinda... pelo menos por mim. Uma aliada me seria útil. O meu ego já ficou bem machucado durante esta viagem. A madrinha é, para resumir em uma palavra, uma vaca.

Estou ansioso para encontrar você.

Cal

Para: Cal Langdon <cal.langdon@thenyjournal.com>
De: Ruth Levine <r.levine@levinedentistasassociados.com>
Assunto: Olá!

Cal, sou eu, a mãe do Mark! Como vai? Sei que você está com o Mark neste momento, no passeiozinho dele pela Europa. Ouvi dizer que a Itália é muito bonita nesta época do ano. Espero que você esteja descansando e relaxando bastante – com certeza merece, depois de tanto trabalho que teve com o seu livro. Vi outro dia para vender na livraria Barnes and Noble. Estava na posição número seis dos mais vendidos. Parabéns! Isto é fantástico.

Claro que o pai do Mark e eu sempre soubemos que você estava destinado ao sucesso. Isso ficou óbvio desde o dia em que o conhecemos, quando você e o pequeno Markie desmontaram o motor do nosso aspirador no chão da cozinha para ver como funcionava. Ele continuou funcionando direitinho depois que vocês montaram de novo, apesar das peças que sobraram.

Bom, imagino que esteja se perguntando por que eu estou escrevendo para você depois de tantos anos, então vou direto ao assunto:

Estou preocupada com o Mark. Tenho certeza de que essa Holly é uma moça muito bacana. Mas não estou bem certa de que ela é adequada para o nosso Mark. Ela é do tipo ARTÍSTICO, para começar. Sei que ela tem um emprego muito bom no jornal para o qual o Mark de vez em quando escreve aquela coluninha dele. Mas vamos encarar: ela não ganha exatamente tão bem quanto eu sei que algumas das ex-namoradas do Mark ganham atualmente – a Susie Schramm, por exemplo. Você se lembra da Susie, não se lembra, Cal? Agora ela é advogada, em um escritório muito importante. Acho que a Susie é BEM MAIS o tipo do Mark do que essa tal moça, a Holly.

E NÃO é porque a Holly não é judia. Você sabe que eu NUNCA julgo as pessoas pela religião. Afinal de contas, a sua família não era – o que era mesmo? Protestante? – e isso nunca me incomodou nem um pouco! Nós gostávamos muito do coquetel que a sua mãe dava todo ano na véspera de Natal.

É só que o Mark sempre foi romântico demais. Tenho certeza de que, lá no fundo, ele acha que coisas como a formação religiosa não importam. Mas você sempre foi muito mais prático, Cal – isso sem falar que você já viajou o mundo todo e já viu muito mais coisa do que o Mark – então eu sei que você compreende.

Além do mais, por já ter passado pessoalmente por um divórcio, tenho certeza de que gostaria muito de que alguém o tivesse puxado de lado, como um irmão, e dito a você para não fazer nada às pressas com aquela tal de Valerie. Ela não era adequada para você, qualquer pessoa era capaz de perceber. No minuto em que eu a conheci, já vi isso. O que ela tinha na cabeça de usar aquela coisa com decote no ombro no seu casamento? Sei que era alta costura e que era um Oscar de la Renta feito especialmente para ela. Mesmo assim, não combinou muito bem com o nosso country club, você não acha?

E os filhos? Do Mark e da Holly, quer dizer, se, Deus me livre, eles forem ter algum? Como é que vão criar estas crianças? Não quero que os meus netos não tenham noção de identidade por terem sido criados com DUAS religiões. Isso é pior do que ser criado sem nenhuma!

De todo modo, achei que, como você está com o Mark neste momento, poderia tentar colocar um pouco de juízo na cabeça dele. Ele sempre o respeitou, e sei que se você disser a ele para não tomar nenhuma atitude precipitada – que dê uma ligadinha para Susie Schramm quando voltar para casa – ele vai escutar. O queixo dela não é mais para a frente, sabe? Foi um dos milagres de que a ortodontia é capaz.

Obrigada, Cal. E, por favor, mande lembranças aos seus pais. Tirando a carta anual de Natal da sua mãe, não tive muitas notícias dela desde que se separaram. Mas o sítio da Joan em Tucson parece lindo – pelo menos, de acordo com a carta dela. E espero que o Hank esteja bem na Cidade do México, e que aquele pequeno mal-entendido no jóquei de Dayton tenha sido esclarecido.

Atenciosamente,
Ruth Levine

Palmtop de Cal Langdon

Bom... esta com certeza vai ser uma viagem interessante.

Parece que o tio da futura noiva emprega uma alemã meio retardada como caseira. Ela ficou falando *ad nauseum* sobre como as coisas são diferentes hoje em Le Marche em relação a como eram logo depois da guerra (nem é preciso perguntar qual... por aqui, só existiu uma guerra) e que os americanos são recebidos de braços abertos, apesar do que fizeram à Ancona. Isso sem falar, é claro, no fato de que foi o próprio país de origem dela que começou a guerra.

A mãe do noivo tem na cabeça uma outra moça para ser sua nora.

E parece que a madrinha me odeia profundamente.

Vai ser mesmo muito divertido.

Deixando o sarcasmo de lado, Le Marche é uma área extraordinariamente linda do mundo, cheia de cidades renascentistas, todavia praticamente intocadas pela influência norte-americana... não tem McDonalds, não tem lojinhas de conveniência 24 horas, não tem megalojas. Não é para menos que tantos italianos vêm para cá todo verão. Os resorts na beira-mar ficam lotados em julho e agosto. E parece que, perto de Portoforno e Osimo, há praias que rivalizam com as de Côte d'Azur por sua beleza natural.

Mesmo assim, tirando as paisagens estonteantes e as igrejas, Le Marche não é exatamente o lugar que eu escolheria para me casar. Se eu fosse cometer o erro de me casar de novo. O que, é claro, nunca cometerei.

E sinto uma certa responsabilidade de impedir que Mark cometa o mesmo erro também. Não porque, apesar do que a Jane Harris possa pensar, eu ache que a Holly é uma outra Valerie. E também não é porque a mãe dele pediu. Mas porque o cara ainda não viveu! Quanto tempo ele passou entre escola e faculdade? Uns vinte anos? E daí, saiu para um emprego em tempo integral... o cara não fez NADA. Nunca viajou de mochila pelo Nepal. Nunca fez caminhada pela Amazônia. Nunca engoliu a minhoca no fundo da garrafa de tequila em Belize. Aventura, para o Mark, é uma convenção de *Jornada nas Estrelas*.

E ele acha que está pronto para se *casar*? Está é pronto para o divã de um terapeuta, isso sim.

A Holly é uma garota ótima – não tenho dúvidas a este respeito. Mas casamento? Não. Não agora. O cara primeiro precisa viver. Depois, se ele e a Holly estiverem mesmo destinados um para o outro, podem se amarrar.

Obviamente, vou ter que agir com muita sutileza. A Srta. Harris sem dúvida vai ficar me vigiando em busca de qualquer sinal de motim. O que não é necessariamente algo ruim. Ela fica bem fofa quando empina o queixo em sinal de indignação.

Não acredito que acabei de escrever isto. Primeiro, charmosa. Agora, fofa. Acho que preciso sair deste carro. E beber alguma coisa.

Ela é a mulher que mais tem problemas com sapatos que eu conheço. Primeiro, o salto preso no calçamento ontem à noite, e hoje, o calcanhar torcido no cascalho. Não sei como ela consegue ficar em pé.

E ela tem o hábito irritante de ficar olhando para a minha virilha. Certo, ela é baixinha, mas não tanto a ponto de os olhos dela pousarem naturalmente neste ponto.

Ah, chegamos à saída em que Frau Schumacher vai nos encontrar. Ela disse que tem um Mercedes prateado. Parece que ela sabe falar inglês por ter assistido a muitos episódios daquela série de uma velhinha que resolve mistérios, *Murder She Wrote*.

Esta semana vai mesmo ser extremamente divertida.

Diário de Viagem de
~~Holly Caputo e Mark Levine~~
Jane Harris

Ai, meu Deus, CHEGAMOS. Villa Beccacia!

E é LINDO.

Vou confessar: no começo, tinha lá minhas dúvidas. Aquela tal Frau Schumacher – acho que deve ter a idade daqueles castelos pelos quais nós passamos. E, hum, ela só está LEVEMENTE apaixonada pelo Anexo Grande. É enjoativo! Só porque ele fala alemão! Descemos do carro para nos apresentar a ela no acostamento da saída e ela ficou toda: "Qual de vocês é o Cal?", e quando ele levantou a mão, praticamente dava para ver que ela se derreteu toda no asfalto.

E ela deve ter no mínimo cem anos! Quem poderia imaginar que os truques do Anexo Grande funcionam com centenárias?

Antes que eu percebesse, os dois já estavam no maior papo em alemão, deixando nós todos de fora.

Por sorte, o bisneto dela, o Peter, estava junto. Ele tem catorze anos e fala inglês... bom, fala bem direitinho. Também não me pergunte por que o Peter está morando com a bisavó na Itália e não está na escola, nem aqui nem no país dele, a Alemanha. Vai ver que ela o educa em casa. Ele tem aquele jeitinho de quem apanharia muito em uma escola de ensino médio nos Estados Unidos. Quer dizer, ele é mais para o gordinho e tem a fala bem mansa, e ainda usa uma camiseta dos X-Men por baixo da jaqueta jeans.

De todo modo, achei que não seria educado perguntar. Sobre por que ele não está na escola, quer dizer.

Bom, o Peter perguntou para nós, que não falávamos alemão, como tinha sido a viagem, e se estávamos com fome, e explicou que a "Grandmuzzer" tinha enchido a geladeira da casa, então nós íamos passar bem até as "lojas" abrirem de novo amanhã, já que estão todas fechadas porque hoje é domingo.

O Mark perguntou se tinha bebida – deu para notar que o fato de ele ficar sentado sem fazer nada enquanto a Holly dirigia tinha acabado com ele – e o Peter respondeu, com ar confuso: "Bom, acho que tem muitas garrafas na casa agora."

O Mark pareceu visivelmente aliviado.

Então Frau Schumacher disse para todos nós que voltássemos para o carro e a seguíssemos. E foi o que fizemos. E, durante o trajeto, eu não pude deixar de notar que um enorme paredão de nuvens estava se formando ali perto de uma colina com um castelo em cima, pensando que provavelmente não ia dar para nadar, quando a Holly exclamou: "Olhem, o mar Adriático!"

E lá estava, aquele pedaço lindo de azul-safira, logo ali! Não tinha ninguém na praia, porque já estamos no meio de setembro, claro, fora da estação... apesar de a temperatura ainda estar acima dos 25°.

Mas alguém tinha colocado para fora um monte daquelas espreguiçadeiras com pano listrado branco e amarelo, para o caso de alguém aparecer.

E atravessamos uma cidadezinha adorável à beira-mar, Porto Recanati, cheia de lojinhas adoráveis – uma sorveteria e uma Benetton italiana – e uma coisa chamada Crazy Bar and Sexy Tatoo Shop, que eu acho que pode não se qualificar como adorável – e então dobramos à esquerda em uma estrada que eu não tenho exatamente certeza, tecnicamente falando, se é MESMO uma estrada. Quer dizer, é de TERRA, e voava um monte de pó enquanto a percorríamos, então precisamos fechar as janelas.

Mesmo assim, era toda ladeada de árvores, e através do espaço entre os troncos vislumbrávamos o Centro Ippico – um centro para andar a cavalo na mesma rua da Villa Beccacia... mas parece que não é longe o SUFICIENTE da casa, já que estou ouvindo relinchos enquanto escrevo isto.

E sente-se um leve odor de cavalo no ar quando o vento sopra.

Mas tanto faz. Seguimos Frau Schumacher até um portão de madeira elétrico e esperamos enquanto ela apertava um botão e a coisa se abria bem devagar...

E daí a avistamos. Villa Beccacia, a casa do tio da Holly, que está aí há muito tempo mesmo... centenas de anos, já que foi construída no século XVII.

Claro que, desde lá, já foi reformada.

Mas não de modo que se possa notar do lado de fora. Quando percorremos a longa entrada, passando por árvores frutíferas ao redor das quais abelhas zumbiam e borboletas esvoaçavam, passando por uma lagoa de verde profundo, com a superfície coberta de lírios, passando por colinas verdejantes, a casa de pedra, com trepadeiras por todos os lados, apareceu.

E era exatamente como eu tinha imaginado!

Bom, tudo bem, não tinha nenhuma torre. Mas, falando sério, é IGUAL a um castelo. Quer dizer, é bem velha mesmo, e dentro tem teto bem escuro e abobadado. E tem tapeçarias penduradas nas paredes e, na cozinha antiquada, tem um fogão de tijolos.

Não pode ser USADO... colocaram um fogão elétrico moderno para cozinhar. Mas o fogão de tijolos continua LÁ.

Os caixilhos das janelas ficam bem no fundo das paredes grossas, com peitoris em que se pode sentar, e abrem para fora como persianas. Não há telas porque, se houvesse, não daria para abrir as janelas.

E, no fundo, a piscina fica a apenas alguns passos do pátio de pedra – a terrazza, de acordo com o Peter – com uma churrasqueira/lareira antiga embutida. Parece que é ali que o Zio Matteo passa a maior parte do tempo quando está em casa, já que havia cera espalhada por cima de toda a mesa de ferro fundido das muitas velas que pingaram por cima dela enquanto ele saboreava aquilo que Frau Schumacher descreveu como uma de suas muitas lautas refeições (pelas fotos que eu vi espalhadas pela casa, Zio Matteo com toda certeza gosta muito de comer). Havia muita lenha na pilha para o futuro e alguns tristes pega-moscas pendurados nas vigas.

A piscina é linda. Tem pelo menos 15 x 6m, com espreguiçadeiras listradas de branco e azul por toda a volta, e palmeiras em cada extremidade, com as folhas farfalhando baixinho ao vento (que está ficando forte, graças às nuvens de chuva que se aproximam). Eu vou ficar colada ao lado daquela piscina assim que o céu limpar.

Ah, e a coisa toda do casamento está encaminhada.

A Holly deu a notícia a Frau Schumacher enquanto nós seguíamos a velhinha pela casa, ouvindo enquanto ela explicava com seu inglês capenga como havia montes de toalhas limpas, mas ela tinha acabado de lavar e estavam secando no varal perto da casa dela.

"Vocês vão precisar de muitas toalhas", Frau Schumacher ia dizendo, "para a piscina e a praia."

"Bom", a Holly disse, olhando toda meiga para o Mark. "Na verdade, não viemos aqui para nadar, Frau Schumacher. O Mark e eu planejamos nos casar nesta semana, em Castelfidardo."

Frau Schumacher reagiu da maneira que qualquer pessoa NORMAL – leia-se, não como Cal Langdon – reagiria ao ficar sabendo que um casal jovem e bonito como o Mark e a Holly ia se casar: bateu palmas de alegria e quis saber todos os detalhes, tipo como era o vestido da Holly e se o tio dela sabia e se algum parente viria.

Ao que a Holly respondeu, com o rosto vermelho: "Bom, eu não contei para o Zio Matteo nem para os meus pais. Na verdade, vamos casar escondido..."

E isso deixou Frau Schumacher animadíssima – assim que o Cal traduziu, porque nem ela nem o Peter tinham entendido muito bem o que ia acontecer. Ela exclamou, com seu inglês capenga, que conhecia o prefeito de Castelfidardo muito bem e que, se houvesse qualquer problema, que ela deveria ser consultada imediatamente. Onde seria o café-da-manhã do casamento? O quê? Não tínhamos planejado um café-da-manhã para o dia do casamento? Bom, tinha de haver um café-da-manhã de casamento. Ela organizaria tudo...

Então o olhar de Frau Schumacher pousou sobre o Cal (na verdade, nunca se desviou dele por muito tempo, eu reparei) e ela olhou rápido dele para mim e perguntou, já sem sorrir: "E vocês dois? Também vão se casar?"

Tanto o Cal quanto eu nos apressamos para assegurar à caseira que não – o Cal com um pouco mais de pressa, o que me pareceu educado, para dizer a verdade. Quer dizer, ele pode não saber, mas teria SORTE se se casasse com uma garota como eu. Pelo menos eu posso me sustentar sem o dinheiro do papai – ou de algum investidor do mercado financeiro –, diferentemente de ALGUMAS mulheres que ele pode conhecer.

E o meu peso é absolutamente normal, e eu não preciso enfiar o dedo na garganta para mantê-lo.

Além do mais, tenho dois aparelhos de televisão. Quantos o Cal tem? Ah, a resposta seria nenhum. Eu perguntei. É isso aí. O Cal não "acredita" em TV.

Certo. Sabe no que eu não acredito? Em pessoas que não acreditam em TV.

E daí tem o Cara. Qualquer sujeito teria sorte de compartilhar o domicílio com o Cara.

Mas tanto faz. O azar é dele.

E até parece que eu QUERO me casar com ele. Ou com qualquer outra pessoa. Quer dizer, eu tenho um contrato de desenvolvimento. Para que preciso de marido?

De todo modo, Frau Schumacher fez questão de preparar um lanche para nós enquanto Peter nos ajudava a levar as malas para o andar de cima. O Mark pegou a mala da Holly além da dele e o Cal colocou nas costas a mochilinha ridícula dele (Queen. É o único CD que ele carrega. QUEEN. Mas, pensando bem, eu até que gosto do Queen. Só que nunca vou permitir que ELE saiba disso), então a única mala que sobrou foi a minha e, quando Peter foi pegá-la, ele meio que aprumou o corpo e disse: "Wondercat?", com uma voz cheia de surpresa, olhando para mim.

Então a Holly, já no meio da escada, exclamou, rindo: "É, Peter, você não sabia? Foi a Janie que criou o Wondercat."

E o Peter — para minha eterna gratidão — gritou: "Você é a Jane Harris, a desenhista do Wondercat? O Wondercat é a minha tirinha preferida de todos os tempos! Eu tenho a coleção inteira do Wondercat! Eu tenho um site dedicado a tudo sobre o Wondercat!"

"Ah, é mesmo?" Não pude evitar dar uma olhada para o Cal, que ia atrás da Holly e do Mark escada acima. Será que era minha imaginação ou ele estava mesmo dando um sorrisinho de remorso? É isso aí, pode sentir MUITO remorso mesmo, Sr. Nunca Ouvi Falar do Wondercat. O Wondercat é RECONHECIDO INTERNACIONALMENTE. Ah, sim. Até mesmo garotos alemães estranhos na Itália, que aparentemente são educados em casa, ouviram falar do Wondercat! Eu posso não saber o que carabinieri quer dizer, amigo, mas pelo menos sou capaz de desenhar algo que tem apelo INTERNACIONAL.

"Bom, enquanto eu estiver aqui", eu disse, mais para irritar o Cal, "posso desenhar com prazer alguns Wondercats originais para o seu site ou algo assim, Peter."

Um ar de alegria completa encheu o rosto redondo do Peter e ele subiu a escada em disparada com a minha mala, falando a um quilômetro por minuto a respeito de suas tirinhas preferidas do Wondercat. Eu também fiz de tudo para ele não parar de falar, para o Cal Langdon escutar cada palavra.

A Villa Beccacia tem sete quartos. A Holly disse para eu e o Cal escolhermos qualquer um deles. Seis são enormes, com camas antigas com dossel com cortinas dos lados, igualzinho à cama do Scrooge em Canção de Natal, de Charles Dickens, e as paredes são forradas de painéis escuros e estantes de livros, nas quais há volumes de tudo, desde livros sobre observação de pássaros até O Vale das Bonecas em italiano.

O sétimo quarto fica enfiado embaixo de um telhado inclinado, com a única janela dando vista para a piscina. Obviamente é um quarto de menino, com colchas azul-escuras nas duas camas de solteiro e ladrilhos azul-escuros combinando no banheiro contíguo. Todos os quadros nas paredes são de navios. O mais antigo tem a inscrição A sua eccellenza il sig Cav Francesco Seratti gravada embaixo. Sei lá o que isso quer dizer.

Na hora vi que era o quarto certo para mim.

O Peter ficou horrorizado. Ele disse: "Não, você não pode ficar neste quarto. Fique no quarto cor-de-rosa, que é lindo."

Mas eu disse: "O Cal pode ficar com aquele." (Eu sei que ele ouviu sim, porque percebi uma gargalhada vinda do corredor.)

Então o Peter colocou minha mala lá, resmungando, e desceu para ver o que a bisavó queria, porque ela estava gritando o nome dele (ela tem um belo par de pulmões para uma senhorinha tão pequena).

E agora estou deitada em uma das camas de solteiro escrevendo isto, enquanto o resto das pessoas está fazendo sei lá o quê. Durante toda a vida, a Holly falou da Villa Beccacia, um sugadouro de dinheiro que o tio excêntrico dela comprou com o primeiro milhão que ganhou... bom, sei lá como. E agora eu finalmente estou AQUI! E me sinto tão em casa como se Zio Matteo fosse o MEU tio!

Aaah, Frau Schumacher está nos chamando. O lanche italiano autêntico (ainda que preparado por uma alemã) deve estar pronto. Nham-nham!

Para: Jane Harris <jane@wondercat.com>
De: Malcolm Weatherly <malcolmw@snowstyle.com>
Assunto: Ciao

Ei! Por onde você anda? Não recebi notícias. Espero que esteja tudo bem.

Olha, você se lembra se eu esqueci meu gorro verde da ESPN na sua casa? Porque não estou achando em lugar nenhum. Eu sei que posso simplesmente sair e comprar um novo, mas aquele era o meu gorro da sorte. Se você se lembrar, pode me dizer? E quando voltar, pode mandar para mim, se ainda estiver lá?

Legal.

Detona aí.

M

Para: Servidor de Listas <Wondercat@wondercatlives.com>
De: Peter Schumacher <webmaster@wondercatlives.com>
Assunto: Jane Harris

Ouçam esta, pessoal! Vocês não vão acreditar no que está acontecendo! A JANE HARRIS, criadora do nosso amado Wondercat, está aqui na Itália! Isso mesmo! NA CASA VIZINHA À DA MINHA BISAVÓ! Ela está ajudando uma amiga a se casar em segredo em Castelfidardo!

E eu conversei com ela! Ela disse que vai desenhar para mim alguns originais do nosso gato mais adorado para este site! FALOU!!!!!

E a JANE HARRIS ainda é a maior GOSTOSA! Ela tem cabelo castanho (comprido, do jeito que a gente gosta, rapaziada!) e olhos castanhos enormes, e um corpo bem bonito (desculpem, garotas). Ela se parece muito com a linda vampira guerreira Selene (interpretada pela maravilhosa Kate Beckinsdale) no melhor filme de todos os tempos, *Underworld*!

E ela dilacerou o coração deste reles mortal!

Darei mais notícias sobre JANE HARRIS na medida em que forem acontecendo!

Até lá,

PARA SEMPRE WONDERCAT!!!!

P. Schumacher
Webmaster, www.wondercatlives.com

Diário de Viagem de
~~Holly Caputo e Mark Levine~~
Jane Harris

Tudo bem, eu sei que os italianos contribuíram muito para a nossa sociedade, com Da Vinci e o jogador de beisebol Mike Piazza e tudo mais, isso sem falar na pizza.

Mas, falando sério, por que a Holly e o Mark não fugiram para se casar em algum país onde existe eletricidade?

Tudo bem, tudo bem, eu SEI que tem eletricidade na Itália. Em teoria. Na maior parte das regiões. Só que parece que isso não se aplica à casa do tio dela. Pelo menos quando o fogão elétrico está ligado.

Porque, no minuto em que Mark ligou o fogão elétrico para ferver a água para o macarrão que Frau Schumacher deixou para nós, as luzes se apagaram.

E quando ligamos para Frau Schumacher para perguntar se ela também estava sem luz, ela respondeu que "Não", e daí quando explicamos o que estávamos fazendo quando a luz caiu, ela deu uma gargalhada: "Ah, vocês não podem ligar o fogão elétrico e acender as luzes ao mesmo tempo!"

Falando sério. Ela ficou rindo como louca frente à idéia dos idiotas dos americanos tentando usar o fogão elétrico E deixar as luzes acesas ao mesmo tempo.

Então, quando perguntamos onde ficava o quadro de luz, para podermos religar a eletricidade (e acho que só comer o antepasto de jantar), ela falou: "Ah, sim. Bom, vá até a estrada, até o portão..."

E a Holly perguntou assim: "O portão ELETRÔNICO de entrada?"

E Frau Schumacher disse assim: "É", como se dissesse: "De que outro portão eu poderia estar falando, sua burra?", e daí continuou a explicação: "Passe do portão, vá até a estátua da Virgem Maria embaixo da árvore grande..."

Falando sério. Ela mandou PASSAR do portão. A quilômetros da casa. Bom, tudo bem, são uns duzentos metros. ATÉ A ESTÁTUA DA VIRGEM MARIA. Embaixo da árvore grande.

"...e daí abra a parte de trás dela e vai encontrar o quadro de luz."

Certo. É assim que voltam a ligar a luz quando cai na Itália. Eles PEGAM a estrada, PASSAM pelo portão, VÃO até a estátua da VIRGEM MARIA, ABREM as costas dela e ligam a chave de força.

Ah, sim. No escuro. Embaixo de uma chuva torrencial.

Como a Holly achou que não tinha entendido direito o que Frau Schumacher tinha dito, entregou o telefone para o Cal e fez com que ele perguntasse de novo, em alemão.

A mesma resposta.

Então o Cal disse que iria até lá.

E devo dizer que esse foi o primeiro sinal de generosidade – bom, tirando o fato de ter pagado o jantar ontem à noite – da parte dele até agora. Principalmente porque Frau Schumacher disse que podia mandar o Peter.

Mas o Cal fez questão. Correu lá para fora, e a Holly e o Mark e eu ficamos no escuro, fazendo piada a respeito dos presidiários italianos fugidos que podiam estar à espreita, esperando alguém ligar o fogão elétrico para a luz cair e eles poderem assaltar a casa.

Depois de um tempinho, ouvimos a porta da frente bater e o Cal voltou, pingando de molhado e xingando igual a um marinheiro bravo.

Mas a luz não tinha voltado.

"O que aconteceu?", o Mark quis saber.

Só que o Cal não dizia. Ficou lá tropeçando pelo escuro, encontrou a garrafa de Jack Daniel's que o tio da Holly tinha no armário de bebida, serviu uma dose caubói para si mesmo, bebeu a coisa toda de um gole. Então ele se sentou – e molhou todo o sofá branco do Zio Matteo – e enterrou o rosto nas mãos.

"Ah", o Mark disse de repente, como se soubesse qual era o problema. "Tinha...?"

Cal só assentiu com a cabeça, sem erguer os olhos.

Então o Mark disse: "Tudo bem, não faz mal. Eu vou." E pegou a lanterninha fraca que tínhamos encontrado na despensa do Zio Matteo.

Claro que eu não tinha como deixá-lo ir sozinho depois daquilo. Quer dizer, eu tinha mesmo que ver o que tinha destruído o Tarado por Modelos daquele jeito.

E acontece que tinha sido uma cobrinha! Bem pequenininha, enrolada no fundo do quadro de força, que alguém tinha sido esperto o suficiente para prender nas costas da Virgem Maria. O Mark disse que o Cal tem pavor de cobras desde sempre.

O que até é meio fofo. Sabe como é, o fato de ele realmente ter uma fraqueza? Quer dizer, assim eu quase pude perdoá-lo por causa da história da feniletilamina.

Quase.

Só que agora eu estou ensopada e um dos meus tamancos Steve Madden ficou preso na lama da estrada e saiu e tive que arrancá-lo dali com as mãos enquanto o Mark morria de rir de mim e do fato de não podermos preparar comida quente a menos que o façamos à luz de velas (apesar de o Cal, depois de se recuperar de ter visto a cobra, estar na terrazza ou sei lá como aquilo se chama, tentando acender aquele negócio de pedra que parece uma churrasqueira, dizendo que podemos grelhar o peixe que Frau Schumacher deixou para nós. Como se o fato de ele conseguir fazer isso pudesse fazer com que nós nos esquecêssemos da parte toda de ele ficar apavorado com uma cobrinha. Certo, isto não vai acontecer mesmo, Sr. Ganhei Um Milhão de Dólares de Adiantamento Pelo Meu Livro Comprido e Chato Mas Tenho Medo de Cobra).

E estou com saudade do Cara — mesmo de ele me acordar às 4 da manhã para sua serenata ao luar.

E não consigo parar de pensar que perdi o episódio do E.R. desta semana porque estava ocupada demais fazendo a mala para vir para cá, e como realmente é uma pena a Holly ter convidado a mim e não ao irmão dela, Darrin, para ser a madrinha. Tenho certeza de que o DARRIN não estaria sentado aqui neste quarto tentando enxugar o cabelo com uma toalha molhada (qual é o problema dessas toalhinhas italianas minúsculas? São do tamanho das toalhinhas quentes que nos deram no avião vindo para cá – não para mim, é claro, mas na primeira classe. Eu só as vi por acaso porque a fila do banheiro estava comprida demais na classe executiva, então eu dei um jeitinho de usar as instalações da cabine da frente), pensando no Dr. Kovac.

Não, em um momento destes o Darrin – e o namorado dele, Bobby – provavelmente estariam conversando para ter uma idéia do que dar de presente para a Holly e o Mark. Sabe como é, como presente de casamento. Tipo lençóis de algodão egípcio, ou uma gravura de Audubon colorida à mão, ou um grill George Foreman, ou algo assim significativo.

Não um diário de viagem idiota que, adivinha só, agora eu nem posso mais dar para eles porque já mencionei vezes demais que o padrinho tem um suposto Anexo Grande...

A Holly acabou de bater na porta para dizer que o Cal acendeu o fogo e que ele e o Mark estão tentando grelhar o peixe e que está hilário e que eu preciso descer e, aliás, será que agora eu gosto mais do Cal, depois de saber que ele tem medo de cobra?

Só a Holly mesmo: em um momento destes, quando o casamento escondido que ela planeja há um ano inteiro finalmente está a apenas dias de distância, fica imaginando se o Cal é O Homem Certo para mim.

Dá para ver direitinho que ela está torcendo para o Cal e eu nos apaixonarmos para que a gente se case e compre uma casa vizinha à que está na cara que ela e o Mark algum dia vão comprar em Westchester (também conhecido como a Boca do

Inferno) para mandarmos os nossos filhos para a mesma escola e nos reunirmos todos para fazer churrascos no sábado à noite e ficar bebendo cerveja Amstel Light enquanto passamos repelente Off nos nossos rebentos para impedir que peguem febre do carrapato.

Certo. Acho que isto não vai rolar, Holl. O padrinho não ACREDITA em amor. Mas não se preocupe, tenho certeza de que o brinde dele vai ser do fundo do coração...

Ah, espera, não vai ser não. Porque ele não TEM coração.

Então, agora estou molhada e com frio, sentada no meu quarto com uma toalha pequena demais enrolada na cabeça, tentando tirar a lama do meu tamanco Steve Madden, perguntando a mim mesma qual é o meu problema. Eu deveria estar me divertindo. Afinal, esta é a primeira vez que viajo para o exterior. E há meses não tiro umas boas férias, possivelmente há anos. Só passo todo o tempo que tenho apertada no meu conjugado minúsculo desenhando gatos idiotas.

E eu sei que, apesar do que o cara da Imigração disse, Le Marche supostamente é um lugar mágico, apesar de estar chovendo a cântaros desde que chegamos aqui e de os pingos fazerem um barulho oco esquisito quando batem no telhado de cerâmica por cima da janela e juro por Deus que se o Cal Langdon e eu ficarmos presos nesta casa durante uma semana por causa da chuva, só um dos dois vai sobrar vivo, e vou ser eu porque agora conheço a fraqueza dele.

Mas ai, meu Deus! Que negócio é esse de lama e de tudo ficar fechado no domingo e de a luz cair quando a gente liga o fogão elétrico e a coisa de não falar inglês? Isso sem mencionar tanto peixe. Quer dizer, eu gosto de peixe, acho, mais ou menos, em doses pequenas, e obviamente me preocupo com o meu consumo de ácidos graxos Ômega 3. Quem não se preocupa?

Mas com certeza eu dou conta disso comendo um patezinho de salmão com bagel na H & H três vezes por semana. Não preciso comer peixe de manhã, à tarde e à noite, como esses italianos aparentemente fazem.

Espera. Será que isso explica por que todos são tão magros?

Ai, meu Deus, qual é o meu problema? Estou em um país estrangeiro exótico, hospedada em uma casa adorável (tirando o negócio de não ter TV. E das pinturas da Virgem Maria por todos os lados — o tio da Holly parece colecioná-las, e os quadros são daquele tipo em que os olhos seguem a gente para todo lugar que se vai, é tão arrepiante que eu precisei tirar o que estava no meu quarto da parede e guardar no armário; ah, e o fato de que não há banheira, só chuveiro, em todos os banheiros. Ah, e o padrinho do marido da minha melhor amiga fica usando palavras como <u>vicissitudes</u> e aparentemente quer encontrar algum tempo para ficar sozinho comigo para a gente poder "conversar". Mas, tirando isso, o lugar é adorável) com a minha melhor amiga, que vai se casar, vai se CASAR, com o homem que ama desde sempre. Eu devia estar feliz por ela.

É só que, de verdade, com esta tempestade lá no céu, caindo torrencialmente, estamos presos aqui nesta casa, sem nada além de estátuas da Virgem Maria e o peixe que Frau Schumacher deixou para nós, e eu só consigo pensar que o tempo está uma porcaria e como o padrinho do Mark é maldoso e como eu vou ter um monte de trabalho quando voltar e como provavelmente o Julio vai estar sentido porque o Cara o mordeu e por conseqüência vai se esquecer de gravar todos os meus seriados e daí eu não vou mais saber o que está acontecendo em todos eles e vou ter que perguntar para a Dolly Vargas que vai me dizer com aquele tom de pena na voz que qualquer mulher solteira que se importa tanto com televisão quanto eu não tem vida e por que eu não deixo que ela me apresente para alguém.

A Holly está chamando. Disse que o jantar está pronto.

Juro por Deus, se algum deles encontrar o baralho que algum outro hóspede ensopado pela chuva deixou para trás e sugerir que a gente jogue buraco ou qualquer outra coisa igualmente sem graça, com toda a certeza vou até a piscina, com chuva ou sem chuva, e vou me afogar.

Para: Holly Caputo <holly.caputo@thenyjournal.com>
De: Jane Harris <jane@wondercat.com>
Assunto: Cadê ele?

Holly, o Mark está com você?

J

Para: Jane Harris <jane@wondercat.com>
De: Holly Caputo <holly.caputo@thenyjournal.com>
Assunto: Res: Cadê ele?

Ai, meu Deus, Jane. Cadê você? Por que está me mandando e-mail? Continuo acordada. Por que não vem aqui falar pessoalmente comigo? Estou no nosso quarto. Tudo bem, o Mark continua lá embaixo.

Holly

Para: Holly Caputo <holly.caputo@thenyjournal.com>
De: Jane Harris <jane@wondercat.com>
Assunto: Res: Cadê ele?

O Cal está com ele? Com o Mark, quer dizer?

J

Para: Jane Harris <jane@wondercat.com>
De: Holly Caputo <holly.caputo@thenyjournal.com>
Assunto: Res: Cadê ele?

Como é que eu vou saber? Já disse que estou no meu quarto. Subi e vim para a cama porque estou exausta. Qual é o PROBLEMA? Onde você ESTÁ? Por que de repente começou a agir desta maneira tão esquisita?

Holly

Para: Holly Caputo <holly.caputo@thenyjournal.com>
De: Jane Harris <jane@wondercat.com>
Assunto: Res: Cadê ele?

Não tem nada de errado. Também estou indo para a cama. Estou em um armário do andar de baixo. Simplesmente não quero esbarrar com o Cal. Volte para a cama. Peço desculpa se acordei você.

J

Para: Jane Harris <jane@wondercat.com>
De: Holly Caputo <holly.caputo@thenyjournal.com>
Assunto: Res: Cadê ele?

Certo, até parece que eu vou conseguir voltar a dormir AGORA. Janie, POR QUE você está em um armário do andar de baixo? E POR QUE você não quer esbarrar com o Cal? Diga já ou eu vou aí embaixo e escancaro a porta do armário.

Holly

Para: Holly Caputo <holly.caputo@thenyjournal.com>
De: Jane Harris <jane@wondercat.com>
Assunto: Res: Cadê ele?

Não é NADA, certo? Depois que você foi para a cama, e o Mark foi ver se encontrava outra garrafa de uísque depois que secamos a última, o Cal disse que queria dar uma palavrinha comigo a sós antes de ir para a cama. Só isso. Agora estou escondida no armário porque não quero dar uma palavrinha com ele, certo? Está satisfeita?

J

P.S. Se você descobrir onde ele está, me diz, e se ele estiver longe da escada, vou subir correndo para o meu quarto. Daí posso apagar todas as luzes e fingir que estou dormindo, para o caso de ele bater na porta.

Para: Jane Harris <jane@wondercat.com>
De: Holly Caputo <holly.caputo@thenyjournal.com>
Assunto: Res: Cadê ele?

Janie, pára de ser tão esquisitona! Ele GOSTOU de você. DEVE ter gostado. Por que outro motivo ia querer falar a sós com você? Ele provavelmente quer... você sabe.

E por que não? Vocês dois estão de férias, vocês dois são bonitos, vocês dois são solteiros... por que NÃO ficar juntos?

Holly

Para: Holly Caputo <holly.caputo@thenyjournal.com>
De: Jane Harris <jane@wondercat.com>
Assunto: Res: Cadê ele?

Hum, por que nós FICARÍAMOS? Ele é tarado por modelos, para o caso de você ter se esquecido.

E pode acreditar, NÃO é sexo que ele quer de mim.

J

Para: Jane Harris <jane@wondercat.com>
De: Holly Caputo <holly.caputo@thenyjournal.com>
Assunto: Res: Cadê ele?

Então, o que é? Sobre que diabos você acha que ele quer falar com você?

Holly

Para: Holly Caputo <holly.caputo@thenyjournal.com>
De: Jane Harris <jane@wondercat.com>
Assunto: Sobre que diabos ele quer falar comigo

Ah, você ficaria surpresa.

J

Para: Jane Harris <jane@wondercat.com>
De: Holly Caputo <holly.caputo@thenyjournal.com>
Assunto: Res: Sobre que diabos ele quer falar comigo

Janie, você realmente precisa superar esse preconceito absurdo que tem em relação ao Cal. O Mark e eu estávamos conversando sobre isso, quando você estava lavando a louça e o Cal estava limpando a grelha. Vocês dois têm muita coisa em comum. Quer dizer, vocês dois vêm de cidades pequenas. Vocês dois têm muito sucesso profissional, e vocês dois construíram a carreira praticamente a partir do zero. E vocês dois são nossos amigos! Vocês dois formariam um casal FANTÁSTICO. Só dê uma chance a ele. Eu sei que ele não se encaixa no seu padrão normal – tendo em vista que tem emprego e mais de 25 anos –, mas ele pode surpreendê-la.

Holly

✉

Para: Holly Caputo <holly.caputo@thenyjournal.com>
De: Jane Harris <jane@wondercat.com>
Assunto: Res: Sobre que diabos ele quer falar comigo

Dá licença, mas você acabou mesmo de usar a palavra FANTÁSTICO?

J

✉

Para: Jane Harris <jane@wondercat.com>
De: Holly Caputo <holly.caputo@thenyjournal.com>
Assunto: Res: Sobre que diabos ele quer falar comigo

Pára de ser tão boba. Sai do armário. Vai ver o que ele quer!

Holly

Para: Holly Caputo <holly.caputo@thenyjournal.com>
De: Jane Harris <jane@wondercat.com>
Assunto: O que ele quer

Pode acreditar, eu sei. E não vai rolar mesmo. Confie em mim neste assunto, H. É pelo seu próprio bem.

J

Para: Jane Harris <jane@wondercat.com>
De: Holly Caputo <holly.caputo@thenyjournal.com>
Assunto: Res: O que ele quer

Bom, acho que você está sendo completamente ridícula. E não vou mais continuar esta conversa. Vou dormir um pouco. Amanhã teremos muita coisa a fazer – você prometeu que iria até Castelfidardo conosco para entrar com a petição da licença de casamento e escolher o dia da cerimônia. Não sei você, mas eu quero estar bonita no cartório. Boa noite.

Holly

Para: Holly Caputo <holly.caputo@thenyjournal.com>
De: Jane Harris <jane@wondercat.com>
Assunto: Res: O que ele quer

Tudo bem, vá dormir. Traidora. Estou fazendo isto pelo seu próprio bem, sabia?

Bom, não, acho que você não sabe.

E, pode acreditar, minha intenção é que tudo continue assim!

Buona sera.

J

Palmtop de Cal Langdon

Deus abençoe o Zio Matteo. O sujeito pode até não ligar muito para as instalações elétricas da casa dele, mas pelo menos tem um armário de bebidas bem servido. O Mark e eu acabamos com uma garrafa quase cheia de uísque doze anos, e apesar de estar meio difícil digitar isto, já que meus dedos estão tão adormecidos, pelo menos eu consegui tirar a imagem daquela cobra da cabeça, finalmente.

A chuva também finalmente parou. As estrelas apareceram, e começou a soprar uma brisa quente gostosa – com um leve cheiro de esterco de cavalo – que vem do leste. A piscina e a superfície molhada ao redor dela brilham ao luar, e em algum lugar a distância – por cima dos roncos do Mark, que desmaiou com o rosto apoiado na mesa, aqui do meu lado – ouço os relinchos de uma mula. Isso me lembra aquelas noites em Bagdá com Barbara Bellerieve, antes de ela finalmente desistir de arrancar uma aliança de mim e ficar com o Aaron Spender – coitado daquele canalha.

Isso é algo que, percebo, começou a acontecer com regularidade alarmante. Quer dizer, mulheres com quem eu fui para a cama se casarem com outros homens.

Acho que eu não devia reclamar. Deus sabe que não estou nem um pouco ansioso para fazer uma lista de presentes na Williams-Sonoma com nenhuma delas.

Mas é um tanto estranho o fato de todos os meus amigos estarem se assentando. O Mark, por exemplo. Bom, não é que eu não esperasse isto do Mark, tendo em vista como ele nunca exatamente teve arroubos de individualidade na vida. Mas ele prepara um peixe fantástico na churrasqueira.

Mas mesmo pessoas que eu classifiquei como solteirões convictos – o John Trent, por exemplo, que trabalha no *Chronicle,* e o Spender – estão se amarrando.

Será que vai demorar muito até eu me transformar no único solteiro que sobrou no mundo? E se sobrar... por quê? Será que esses caras não percebem no que estão se metendo?

Reconheço que, no caso do Mark, a situação não parece tão medonha quanto eu achava, apesar do que a Ruth Levine possa dizer. A Holly parece ser uma companheira calorosa e dedicada, que também não fica atrás no departamento do visual. Ela montou um antepasto delicioso para combinar com o peixe, um prato muito bem arranjado com alcachofras marinadas, cogumelos, azeitonas, mozzarela fresca, pimentões vermelhos assados, tomates secos e parmesão, tudo com um pouco de azeite de oliva e vinagre balsâmico.

E quando o Mark fez algum comentário autodepreciativo sobre a coluna dele, ela deu uma bronca nele e me disse, toda orgulhosa, que os textos dele são os que mais fazem sucesso na seção de Saúde.

E quando nos sentamos à mesa que a amiga dela, Jane, tinha arrumado – de maneira bastante extravagante, devo dizer, com todas as velas da casa em cima, já que jantamos al fresco na varanda, enquanto a chuva tamborilava logo além dos arcos de pedra ao nosso redor – a Holly fez questão de fazer uma foto, para marcar a nossa primeira refeição na Villa Beccacia.

Então a Srta. Harris – com ênfase um tanto acentuada – fez questão de tirar uma foto do Mark e da Holly juntos – "Para lembrar uma das últimas refeições antes de casar" – e os dois se abraçaram...

Bom, eu consegui ver o que a Jane quer dizer quando fala que os dois são perfeitos um para o outro. Formam um casal adorável. A Holly não me pareceu – até agora – do tipo que, assim que colocar uma aliança no dedo, vai largar o emprego e dividir o tempo entre a loja Neiman-Marcus e as aulas de pilates na academia...

Preciso me lembrar de parar de julgar todas as mulheres com base na Valerie.

Se a Valerie tivesse participado da nossa refeição noturna, por exemplo, em vez da Holly, ela teria consumido duas das garrafas excelentes de vinho do Zio Matteo sozinha. E se a Valerie estivesse aqui, ela se asseguraria de que a conversa, em vez de girar com muito humor em torno dos problemas com o fogão elétrico e a possível vida sexual de Frau Schumacher, fosse unicamente a respeito dela.

E depois, é claro, ela teria ido cambaleando até o banheiro para botar para fora tudo o que tinha consumido.

De alguma forma, não posso imaginar a Holly Caputo fazendo nenhuma dessas coisas.

Mesmo assim, isso não quer dizer que o Mark esteja completamente fora de perigo. Um homem pode entrar em um casamento achando que vai se envolver em uma coisa, quando na verdade está se envolvendo em algo total e completamente diferente. A Holly do Mark pode parecer uma pessoa totalmente prestativa neste ponto da relação deles, mas quem pode saber se, assim que a poeira assentar, por assim dizer, e eles forem declarados marido e mulher – ou *uomo* e *moglie*, como pode ser o caso – ela não vai se transformar em uma mulher absolutamente detestável, exigir que ele ganhe mais dinheiro para comprar jóias caras para ela e passar o tempo todo se pesando de maneira obsessiva e anotando cada migalha que passa por seus lábios em um diário de comida?

Acho que o Mark precisa ser avisado a respeito desta possibilidade.

E se ele estivesse consciente neste momento, eu me asseguraria de informá-lo. Da maneira como estão as coisas, no entanto, vou ter que esperar até de manhã, e torcer para que tenhamos outra oportunidade de conversar em particular antes de fazermos a viagem até o departamento de licença de casamento.

Falando de ter oportunidade de conversar, mencionei à Srta. Harris que eu tinha o desejo de ter uma audiência privada com ela nesta noite, e ela prontamente desapareceu para dentro da casa e nunca mais retornou. Procurei por ela agora há pouco, e vi que tinha se retirado para seu quarto, sendo que a porta do mesmo estava fechada com firmeza. Não tenho dúvidas de que, se tem tranca, ela a usou.

Para uma mulher capaz de enviar e-mails tão hostis e diretos, ela demonstra reticência bastante notável em relação a confrontos cara a cara. Segundo a minha experiência, as mulheres sempre gostam de dizer aos homens o que fazer. Jane Harris, por outro lado, parece só desejar fazê-lo quando são seus dedos, e não seus lábios, que transmitem a mensagem.

De maneira geral, ela me parece ser uma moça bastante peculiar.

Mas bom, ela é artista... e ainda por cima é famosa, se eu puder tomar como base o garoto meio retardado do vizinho, que parece não conseguir desgrudar os olhos dela quando estão no mesmo recinto.

Como reconheço bem a dor dele. Acho que tive o mesmo tipo de paixão avassaladora pela minha professora de ciências do primeiro ano do ensino médio, a Sra. Huff.

Apesar de a Sra. Huff não compartilhar dos atributos mais impressionantes de Jane Harris... aqueles tornozelos esbeltos – sendo que o direito é acentuado pelo rosto sorridente de gato – e aquele sorriso despretensioso.

Despretensioso. Meu Deus. Como diabos eu fui conseguir um contrato para um livro?

Falando nisso... Sobre que merda eu vou escrever a minha próxima obra?

Ah, sei lá. Estou cansado demais – e já é tarde demais – para pensar sobre o assunto agora. Vou guardar isto aqui e ir para a cama. Já deve passar da meia-noite, e eu ainda estou no fuso horário de Nova York. Idéias a respeito da seqüência de *Varrendo a Areia* – e maiores especulações a respeito da Srta. Harris – vão ter que esperar até amanhã.

Palmtop de Cal Langdon

Mas preciso dizer mais uma coisa antes de me recolher:

Ela continua estranhamente fixada na braguilha do meu jeans. Estou começando a me perguntar se o Mark não ressuscitou aquele boato ridículo da nossa época na faculdade estadual do Ohio, de que eu tenho um membro superdimensionado, e que tenha compartilhado a informação com a Holly, que por sua vez a compartilhou com a Srta. Harris. De que outra maneira posso explicar o fato de ela estar sempre olhando para esta região?

Se for verdade, serei forçado, simplesmente, a matar o Mark. É de se pensar que, na idade dele, tais piadinhas infantis já tivessem sido esquecidas.

Mas ele de fato trabalha com a ciência, e as pessoas bem-dotadas nesse campo ocasionalmente parecem não ter senso de humor tão evoluído quanto o restante de nós.

Preciso me lembrar de perguntar para ele amanhã.

Para: Servidor de Listas <Wondercat@wondercatlives.com>
De: Peter Schumacher <webmaster@wondercatlives.com>
Assunto: JANE HARRIS

Bom dia para todos vocês, fãs do Wondercat! Agora vou pegar o meu motorino e ir até a cidade comprar brotchen para a JANE HARRIS! Ela ainda não acordou. Vi que ela ainda não abriu as cortinas da janela do quarto dela.

Mas, quando abrir, vai ver que tem brotchen fresquinhos para saborear com o café! Graças a mim, O Maior Fã do Wondercat de Todos os Tempos!

Para sempre Wondercat!
Peter

Para: Mark Levine <mark.levine@thenyjournal.com>
De: Serviço de Atendimento ao Cliente do New York Journal - Privilégios de Viagem <sacviagem@thenyjournal.com>
Assunto: Aluguel de carro

Caro senhor,

Expressamos aqui nossas mais profundas desculpas em relação ao mal-entendido sobre seu veículo. Nossos escritórios, como pôde constatar, não funcionam aos domingos. No entanto, se o senhor devolver o automóvel que recebeu na agência de aluguel de carros em Ancona na segunda-feira, ficaremos felizes em trocá-lo pelo sedã quatro portas mencionado pelo senhor.

Sally Marx
Especialista em Viagens do New York Journal

Diário de Viagem de
~~Holly Caputo e Mark Levine~~
Jane Harris

Certo, tudo o que escrevi aqui ontem à noite a respeito de detestar a Itália e de querer estar em casa assistindo a E.R.? Pode riscar tudo fora.

Eu AMO a Itália. Eu AMO isto aqui.

Agorinha mesmo, quando acordei, abri as cortinas pesadas da minha janela achando que eu ia ver mais daquela chuva pesada de ontem...

Foi embora. Não tem mais chuva.

Em vez disso, vi um céu azul sem nuvens. E uma colina distante, verdejante, com um castelo no topo, que parecia ter saído direto de um conto de fadas. E uma piscina cristalina brilhando bem debaixo de onde eu estava. E o cheiro de feno recém-cortado. E as paredes de pedra da terrazza banhadas pelo sol, salpicadas de folhas bem verdinhas e de florezinhas cor-de-rosa da buganvília, e os passarinhos cantando na copa das árvores...

Bom, que outra coisa eu podia fazer além de colocar meu maiô e cair na água?

E estava tão, tão...

FRIA!!!!

Certo? A água é fria DE VERDADE. Tipo fria igual a uma bandejinha de gelo. Estou escrevendo isto aqui meio tremendo de tanto frio, quase morrendo, em uma das espreguiçadeiras, completamente envolvida em toalhas.

Mas apesar de só serem tipo nove da manhã, ou algo assim, o sol já está à toda. Sai vapor das toalhas úmidas que cobrem as minhas pernas. Logo eu já vou estar tostando...

SIM. Foi ASSIM mesmo que eu sempre imaginei minhas férias

na Europa. Só eu, a água, o céu bem azul, o sol brilhando quente e uma garrafa de acqua con gas (água com gás, que eu achei na geladeira). Aqui é tudo TÃO silencioso. Não tem alarme de carros disparando. Não tem sirenes. Não tem vizinhos batendo boca a respeito da posse do controle remoto no apartamento ao lado. Só passarinhos chilreando, e cavalos relinchando, e o vento fazendo as folhas das palmeiras e da oliveira ao meu lado farfalharem. Os ramos da oliveira estão pesados de frutinhos redondos que vão de verde bem claro a um marrom bem escuro... totalmente azedas e indigeríveis (sim, eu experimentei uma. Como eu ia saber que elas precisavam ser marinadas ou sei lá o quê? As romãs da árvore na outra ponta da piscina são MUITO melhores).

No ar, dá para sentir o cheiro seco e limpo do cloro da piscina, o cheiro do feno recém-cortado do campo depois da cerca, e... tudo bem, bom, o cheiro de esterco de cavalo que vem do Centro Ippico, mas é bem fraquinho.

E a distância, por cima da elevação verde que parece sair do meio do campo de feno, há outra cidade fortificada, arrematada por um castelo... Castelfidardo, aonde vamos hoje para dar entrada na licença de casamento do Mark e da Holly. Se conseguirem me arrancar deste lugar. O que eu sinceramente duvido, porque a única coisa que vai me fazer sair daqui é...

AAAAAAAAAHHHHHHHHHHHHHHHHHHH!!!!!!!!!!

Para: Servidor de Listas <Wondercat@wondercatlives.com>
De: Peter Schumacher <webmaster@wondercatlives.com>
Assunto: JANE HARRIS

Olá para todos! Servi o café-da-manhã para a JANE HARRIS! Eu a surpreendi bastante com os brotchen e o café quente. Ela tinha acabado de dar seu mergulho matutino quando eu cheguei ao pátio com a bandeja preparada pela minha avó! Ela grita muito alto!

Mas daí ela viu que era só eu, e eu coloquei a bandeja ao lado da espreguiçadeira dela, e tomamos o café e comemos os brotchen. Também levei Nutella, e a Jane Harris gostou muito! Batemos um bom papo e tenho uma NOTÍCIA IMPORTANTE:

A JANE HARRIS TEM UM CONTRATO DE DESENVOLVIMENTO COM O CARTOON NETWORK PARA FAZER UMA SÉRIE DE DESENHO ANIMADO DO WONDERCAT!!!!!!!!!

Isso mesmo!!! Talvez logo vejamos o Wondercat na televisão!

Eu fiquei muito interessado enquanto a JANE HARRIS estava me contando isso, mas daí um dos homens com quem ela está viajando (não se preocupem, rapazes, ele NÃO é namorado dela. Nas palavras de JANE HARRIS: "ELE? MEU NAMORADO? DE JEITO NENHUM!"), o Cal Longdon, saiu da casa e disse que queria falar em particular com a JANE HARRIS.

Eu ia sair quando a JANE HARRIS disse: "Não, Peter, fique aqui." Então eu também dei um pouco de brotchen e de café para o Cal

Longdon e nós três ficamos lá conversando sobre política durante muito tempo, até que a filha da irmã do homem que é dono da casa onde a JANE HARRIS está hospedada saiu e disse que precisavam ir até Castelfidardo.

Estou pensando em ir até Castelfidardo hoje com o meu *motorino* também para ver se a JANE HARRIS precisa de mais alguma coisa.

Este foi o informativo da CENTRAL WONDERCAT! Mando mais notícias quando tiver!

Câmbio e desligo,

Peter, O Maior Fã do Wondercat de Todos os Tempos

✉

Para: Peter Schumacher <webmaster@wondercatlives.com>
De: Martin Schneck <m.schneck@comixunderground.com>
Assunto: Res: JANE HARRIS

Como é que a JANE HARRIS fica de maiô? Você não disse!

Martin Schneck

Para: Claire Harris <charris2004@freemail.com>
De: Jane Harris <jane@wondercat.com>
Assunto: Oi!

Neste momento estamos no carro, a caminho de Castelfidardo para dar entrada na licença de casamento do Mark e da Holly! Que emoção!

Também, aqui é tudo tããããããããããão lindo. Até os OUTDOORS parecem mais bonitos do que os dos EUA. Definitivamente são mais interessantes... apesar de eu não ser capaz de ler nada.

E a comida! Simplesmente é a melhor que eu já comi na vida... uma coisa chamada Nutella em pãezinhos recém-saídos do forno – ainda quentinhos. Ai, meu Deus, achei que tivesse morrido e ido para o paraíso.

Bom, espero que esteja tudo bem com você e o papai!

Ciao por enquanto!

J

Para: Jane Harris <jane@wondercat.com>
De: Cal Langdon <cal.langdon@thenyjournal.com>
Assunto: Hora de conversar

Como você parece reticente em relação a conversar sobre isto cara a cara, não vejo alternativa além de dar continuidade à nossa conversa eletrônica. Acredito que você ia dizendo algo a respeito de como eu devia cuidar da minha própria vida em relação a assuntos que envolvam o coração do Mark, e eu tomei a posição de dizer que sentia ser meu dever como amigo fiel alertá-lo a respeito dos perigos financeiros e emocionais a que ele está se submetendo. Você pensou mais sobre o assunto ou continua cega pelo aspecto romântico da coisa?

Cal

....

✉

Para: Cal Langdon <cal.langdon@thenyjournal.com>
De: Jane Harris <jane@wondercat.com>
Assunto: Res: Hora de conversar

Ai, meu Deus, não acredito que você está me mandando e-mail do banco da frente DE NOVO. PÁRA COM ISSO!

J

....

✉

Para: Jane Harris <jane@wondercat.com>
De: Cal Langdon <cal.langdon@thenyjournal.com>
Assunto: Res: Hora de conversar

Que outra escolha eu tenho, se você se recusa a falar cara a cara comigo? Não arredei pé da minha posição de que estes dois estão cometendo um erro enorme. Será que por acaso você refletiu um pouco sobre a minha maneira de pensar? Reparei que você parecia relutar em deixar a piscina hoje quando a sua amiga Holly veio nos pedir para nos arrumarmos para a viagem até Castelfidardo...

Cal

....

✉

Para: Cal Langdon <cal.langdon@thenyjournal.com>
De: Jane Harris <jane@wondercat.com>
Assunto: Res: Hora de conversar

Porque eu estava me divertindo na piscina! Pelo menos até VOCÊ aparecer por lá.

E, não, eu não mudei de idéia. A Holly e o Mark foram feitos um para o outro e não sei como qualquer pessoa pode pensar de maneira diferente.

E não estou "cega pelo aspecto romântico da coisa", como você colocou. É o amor, só isso. E se você tentar fazer qualquer coisa para estragar, você é um canalha!

J

....

✉

Para: Jane Harris <jane@wondercat.com>
De: Cal Langdon <cal.langdon@thenyjournal.com>
Assunto: Res: Hora de conversar

Um canalha?

Cal

Para: Cal Langdon <cal.langdon@thenyjournal.com>
De: Jane Harris <jane@wondercat.com>
Assunto: Res: Hora de conversar

Você ouviu. Ou leu. Um CANALHA. Só um canalha tentaria convencer o melhor amigo a não se casar com a mulher de seus sonhos. Nem venha me dizer que foi isso que você ficou fazendo ontem à noite inteira na terrazza.

J

Para: Jane Harris <jane@wondercat.com>
De: Cal Langdon <cal.langdon@thenyjournal.com>
Assunto: Res: Hora de conversar

Como é que você sabe o que eu passei a noite inteira acordado fazendo? Você foi para cama às dez.

Cal

Para: Cal Langdon <cal.langdon@thenyjournal.com>
De: Jane Harris <jane@wondercat.com>
Assunto: Res: Hora de conversar

Acontece que eu me levantei para beber um pouco de água e vi você lá fora. Você e o Mark.

Mas obviamente não deu certo. Ou então não estaríamos fazendo esta viagem para Castelfidardo agora, não é mesmo?

J

Para: Jane Harris <jane@wondercat.com>
De: Cal Langdon <cal.langdon@thenyjournal.com>
Assunto: Res: Hora de conversar

Não tive oportunidade de conversar com o Mark, devido à quantidade excessiva de álcool que ele bebeu durante o jantar, e que o deixou comatoso. Gostaria de acrescentar que este não é um bom sinal de que ele esteja ansiando por essas núpcias iminentes com alegria.

Cal

Para: Cal Langdon <cal.langdon@thenyjournal.com>
De: Jane Harris <jane@wondercat.com>
Assunto: Res: Hora de conversar

Ah, faça-me o favor. Eu sou capaz de beber muito mais do que o Mark. Ele sempre foi fraco para o álcool. Ele só devia estar tentando acompanhar você. Isso não significa NADA.

Além do mais, todo cara tem o direito de relaxar um pouco antes de se casar.

J

Para: Jane Harris <jane@wondercat.com>
De: Cal Langdon <cal.langdon@thenyjournal.com>
Assunto: Res: Hora de conversar

"Todo cara tem o direito de relaxar um pouco antes de se casar."

Isto prova a minha afirmação de que o casamento é uma instituição artificial e antiquada que precisa ser abolida. O fato de ser tradição entre os homens perderem os sentidos de tão bêbados na noite anterior a seu casamento só serve para mostrar que se trata de um estado em que entram contrariamente ao que aponta seu intelecto.

As MULHERES querem se casar. Os homens não querem. O comportamento do Mark na noite passada só prova que, no fundo, ele não quer isto. E você sabe disso muito bem.

Cal

Para: Cal Langdon <cal.langdon@thenyjournal.com>
De: Jane Harris <jane@wondercat.com>
Assunto: Res: Hora de conversar

Você é mesmo muito imbecil. Falando sério. Você é assim com TUDO? Quer dizer, você precisa ficar racionalizando cada coisinha? Será que você nunca FAZ nada sem ficar pensando sobre o assunto antes?

Ou é EXATAMENTE por que você fez algo alguma vez sem pensar nas conseqüências, e se queimou, que agora é tão contrário ao casamento?

J

....

✉

Para: Jane Harris <jane@wondercat.com>
De: Cal Langdon <cal.langdon@thenyjournal.com>
Assunto: Res: Hora de conversar

E imagino que você vai afirmar que não sonha com o dia do seu casamento desde que tem sete anos de idade? Que você não colocava vestidos de noiva nas suas Barbies e as fazia entrar na igreja com o coitado do Ken, que não podia fazer nada, desde o nove anos? Que não rabisca esboços do vestido de noiva dos seus sonhos desde a adolescência, e que não pensa em todo homem que conheceu depois dos vinte anos como marido/pai dos seus filhos em potencial, avaliando quanto dinheiro ele pode vir a ganhar e quão bonito ele é, ao mesmo tempo que avalia as probabilidades de ele ser fiel a você?

Cal

....

✉

Para: Cal Langdon <cal.langdon@thenyjournal.com>
De: Jane Harris <jane@wondercat.com>
Assunto: Res: Hora de conversar

Você não respondeu à minha pergunta.

J

Para: Jane Harris <jane@wondercat.com>
De: Cal Langdon <cal.langdon@thenyjournal.com>
Assunto: Res: Hora de conversar

Você não respondeu à minha.

Cal

Para: Cal Langdon <cal.langdon@thenyjournal.com>
De: Jane Harris <jane@wondercat.com>
Assunto: Res: Hora de conversar

Certo. Sim, eu fazia casamentos com as Barbies. Sim, já fiz esboços de vestidos de noiva. E sim, já avaliei o potencial dos meus namorados, pensando se eles iam ou não ser fiéis a mim.

Mas eu nunca me importei com o potencial de GANHO deles. De verdade. Pode perguntar para a Holly.

E em relação a ser um bom pai em potencial, como é que eu posso me preocupar com quem vai ser o pai dos meus filhos se eu nem sei se QUERO ter filhos? A minha carreira está apenas começando. Quero ver o que vai acontecer antes de tentar colocar mais uma vida neste mundo.

Além do mais, eu já tenho um gato. E isso já é uma boa responsabilidade por enquanto.

J

Para: Jane Harris <jane@wondercat.com>
De: Cal Langdon <cal.langdon@thenyjournal.com>
Assunto: Res: Hora de conversar

Você está mesmo comparando ter um gato com educar uma criança?

Cal

Para: Cal Langdon <cal.langdon@thenyjournal.com>
De: Jane Harris <jane@wondercat.com>
Assunto: Res: Hora de conversar

Hum, você não conhece o Cara.

J

Para: Jane Harris <jane@wondercat.com>
De: Cal Langdon <cal.langdon@thenyjournal.com>
Assunto: Res: Hora de conversar

Quem é o Cara?

Cal

Para: Cal Langdon <cal.langdon@thenyjournal.com>
De: Jane Harris <jane@wondercat.com>
Assunto: Res: Hora de conversar

O meu gato. E você ainda não respondeu à MINHA pergunta.

J

Para: Jane Harris <jane@wondercat.com>
De: Cal Langdon <cal.langdon@thenyjournal.com>
Assunto: Res: Hora de conversar

Não lembro mais qual era.

Cal

Para: Cal Langdon <cal.langdon@thenyjournal.com>
De: Jane Harris <jane@wondercat.com>
Assunto: Res: Hora de conversar

Não é verdade que você é tão contrário ao amor e ao casamento só porque o seu não deu certo?

J

Para: Jane Harris <jane@wondercat.com>
De: Cal Langdon <cal.langdon@thenyjournal.com>
Assunto: Res: Hora de conversar

De jeito nenhum. O fracasso do meu próprio casamento não tem absolutamente nada a ver com a minha convicção de que os seres humanos são geneticamente incapazes de praticar a monogamia. Acredito que fomos feitos para ter sete ou oito parceiros na vida, não um. A idéia de que, enquanto comunidade, aplaudimos os casais que conseguem ficar juntos por quarenta, cinqüenta anos ou mais é simplesmente ridícula. Há algo inerentemente errado em exaltar casais como esses. Simplesmente não é natural querer passar tanto tempo assim ao lado de outro ser humano.

Cal

Para: Cal Langdon <cal.langdon@thenyjournal.com>
De: Jane Harris <jane@wondercat.com>
Assunto: Res: Hora de conversar

Os meus pais vão comemorar o quadragésimo aniversário de casamento deles no ano que vem. Você está dizendo que há algo inerentemente errado com eles?

J

Para: Jane Harris <jane@wondercat.com>
De: Cal Langdon <cal.langdon@thenyjournal.com>
Assunto: Res: Hora de conversar

Não quero ofender os seus pais mas, basicamente, é o que eu estou dizendo. Agora você vai me dizer que em todos esses quarenta anos eles nunca brigaram nem foram infiéis?

Cal

Para: Cal Langdon <cal.langdon@thenyjournal.com>
De: Jane Harris <jane@wondercat.com>
Assunto: Res: Hora de conversar

Claro que brigaram. São HUMANOS. Mas ser infiéis? De jeito nenhum.

J

P.S. Você é um imbecil.

Para: Jane Harris <jane@wondercat.com>
De: Cal Langdon <cal.langdon@thenyjournal.com>
Assunto: Res: Hora de conversar

Eu nunca disse que a minha teoria fazia sucesso. Mas acontece que é verdade.

Cal

P.S. Alguém já disse para você que fica meio fofa quando está brava?

Para: Cal Langdon <cal.langdon@thenyjournal.com>
De: Jane Harris <jane@wondercat.com>
Assunto: Res: Hora de conversar

Você está me passando uma CANTADA?

Não vai dar certo. Eu sou um pouquinho mais inteligente do que as mulheres às quais você obviamente está acostumado.

Pára de me mandar e-mails. Chegamos.

J

P.S. Você continua sendo um imbecil.

Casamento de um cidadão norte-americano na Itália

Qualquer cidadão norte-americano que planeje casar-se na Itália deve obter uma declaração (chamada STATO LIBERO) assinada por quatro (4) testemunhas no consulado italiano, afirmando que, de acordo com as leis a que o cidadão está sujeito nos Estados Unidos, não existem obstáculos a seu casamento. Portanto ele ou ela precisa comparecer ao consulado com quatro amigos sem grau de parentesco entre si ou em relação à pessoa em questão. Cada um deles precisa levar uma identificação válida (passaporte ou carteira de habilitação).

O passaporte do cidadão também precisa ser apresentado e, se aplicável, provas da dissolução de qualquer casamento anterior (decreto final de divórcio ou certidão de óbito) traduzidas para o italiano e legalizadas pelo Departamento de Estado competente com uma "Apostila" (consulte a página 2). A declaração juramentada tem validade de três meses.

Diário de Viagem de

~~Holly Caputo e Mark Levine~~

Jane Harris

O Cal Langdon é um idiota imbecil.

Ele é o REI de todos os idiotas. É o CAMPEÃO hors-concours entre os maiores idiotas de todos os tempos. Como é que o Mark pode ser amigo dele? Falando sério. Como?

Quer dizer, ACHO que ele até pode ser interessante, e até espirituoso, quando está falando sobre algum assunto obscuro como a produção de acordeões. E levando em conta que Castelfidardo aparentemente é a capital universal da produção de acordeões, pelo menos é meio útil. Quem poderia saber que o Zio Matteo é um acordeonista de renome mundial, e que foi por isso que ele comprou uma casa tão perto da cidade que produz seu instrumento preferido?

Tem até um MUSEU de acordeão aqui, que apresenta – o que mais? – o maior acordeão tocável do mundo. Tem a altura do Cal Langdon.

Tem também uma estátua no meio da praça principal do vilarejo de um homem em grandes proporções tocando acordeão. Estranhamente, ele está nu em pêlo. Acho que esta não ia colar nos Estados Unidos. Quer dizer, uma estátua de um acordeonista pelado na praça principal?

Mas, bom, que negócio é esse de ficar falando sobre assuntos sem relação com relacionamentos humanos, como as reservas de petróleo que se extinguem na Arábia Saudita ou a história da produção de acordeões? Devia existir uma lei ditando que esses são os únicos assuntos a respeito dos quais Cal Langdon tem o direito de falar. Porque, quando se trata de pessoas, ele é absoluta e completamente canhestro.

Não é para menos que a mulher dele o abandonou.

Sinceramente, não sei como ele foi capaz de durar tanto tempo na carreira de correspondente internacional. Quer dizer, o Cal Langdon voa pelo mundo inteiro – quando não está sacolejando na traseira de um jipe – entrevistando dignitários e líderes mundiais e guerrilheiros.

E, ainda assim, parece que ele sabe menos sobre as pessoas do que EU, e faz cinco anos que eu mal saio do meu apartamento, de tão ocupada que fico com os meus desenhos. Como é que alguém que conhece tantas pessoas pode saber tão pouco a respeito delas? É o que eu gostaria de saber.

Não importa. Não vou permitir que ele estrague este momento lindo para mim. Estamos esperando na frente do Gabinete do Secretário de Castelfidardo, que é onde emitem os formulários de pedido de licença de casamento e marcam as cerimônias na cidade. O Mark e a Holly estão no balcão, tentando fazer o atendente entender o que eles querem. Já têm um monte de formulários que preencheram no consulado italiano em Nova York. Acontece que, se um cidadão norte-americano quer fugir para se casar em um país estrangeiro, não pode fazer isso assim, sem mais nem menos. É preciso preencher um monte de formulários primeiro, ainda nos Estados Unidos. Para um dos formulários, o Mark e a Holly até tiveram que arrastar quatro testemunhas – sem parentesco entre si ou em relação a eles – até a embaixada italiana para jurar que eles já não eram casados com outra pessoa (a Holly e o Mark, quer dizer).

Não sei por que está demorando tanto. Ou por que o Cal Langdon achou que ele tem que ir até lá para ficar escutando. Estou de olho nele, para me assegurar de que não vai sabotar os procedimentos. Agora o próprio secretário saiu para se juntar à conversa.

E aí, o secretário só fica dizendo: “Non”.

Não me parece nada bom. Ele não devia estar dizendo: “Sí”?

A Holly fica fazendo gestos para os documentos do consulado e dizendo: “Mas, em Nova York, disseram...”.

E o secretário fica dizendo, no inglês capenga dele: "Si, mas em Nova Yorka não é como se faz as coisas na Itália."

Hummm. A Holly parece estressada. Sinto que há problemas vindo à tona.

Agora o secretário está começando a ficar com cara de aborrecido.

"Não entendo", ele diz. "Por que vocês têm que se casar aqui em Castelfidardo? Por que não em Las Vegas, como os americanos normais?"

Oh-oh. Agora a Holly ficou brava.

"Porque nós NÃO somos americanos normais", ela diz. "Queremos nos casar aqui em Castelfidardo. Temos os formulários adequados. Qual é o problema? Simplesmente abra a agenda e diga quando o prefeito pode fazer a nossa cerimônia, e a gente já vai..."

Ai, meu Deus. O Peter Schumacher acabou de entrar. Ele deve ter nos seguido com o *motorino* dele.

Coitado deste garoto. Não deve ter nada melhor para fazer...

Ah, o secretário está entregando alguma coisa para a Holly...

CONVENÇÃO DE HAIA QUE ELIMINA A EXIGÊNCIA DE LEGALIZAÇÃO CONSULAR PARA DOCUMENTOS PÚBLICOS ESTRANGEIROS

Os Estados Unidos da América e a Itália e alguns outros países assinaram a convenção que elimina as exigências de reconhecimentos ou legalizações diplomáticas e consulares de documentos públicos originários em um dos países da convenção com intenção de ser usado em outro país signatário da convenção.

Este consulado-geral, portanto, daqui para a frente, não vai reconhecer nem legalizar documentos públicos: documentos de cartório, escrituras, certificados ou estatísticas vitais, testamentos, decretos judiciais etc.

Para que sejam válidos em qualquer um dos países signatários da convenção, todos os documentos devem conter uma APOSTILA.

Para obter a "APOSTILA" em qualquer estado norte-americano, primeiro é preciso reconhecer o documento em cartório no estado em questão e em seguida autenticá-lo pelo Tabelião Nacional no representante do país em que o cartório esteja qualificado.

Para: Servidor de Listas <Wondercat@wondercatlives.com>
De: Peter Schumacher <webmaster@wondercatlives.com>
Assunto: JANE HARRIS

NOTÍCIA QUENTINHA! JANE HARRIS está aqui na Itália para ser testemunha do casamento dos amigos dela. Hoje foram ao Ufficio di Secretario de Castelfidardo para pegar a licença de casamento, e o secretário disse NÃO! Ele não queria permitir, porque os amigos da Jane Harris não pegaram a APOSTILA do consulado-geral dos EUA em Roma!

Eu vim com o meu motorino direto do Ufficio di Secretario para casa, para dar a notícia a vocês, e também para contar para a minha vó, que diz que vai falar pessoalmente com o secretário depois do almoço, porque ela conhece a mãe dele! E ela diz que a mãe dele vai ficar muito brava quando souber que o filho não quer deixar os namorados americanos se casarem! A vovó disse que vai falar com o prefeito Torelli pessoalmente, se for preciso!

No Ufficio di Secretario, a Jane Harris estava com uma camisa cor-de-rosa de manga curta, calça preta de algodão e sandálias rosas! As unhas dos pés dela estão pintadas de rosa para combinar! A JANE HARRIS continua bem bonita.

Aguardem mais notícias do Maior Fã do Wondercat!

Wondercat para sempre!
Peter

Para: Claire Harris <charris2004@freemail.com>
De: Jane Harris <jane@wondercat.com>
Assunto: Você

Desastre! A prefeitura de Castelfidardo não quer deixar a Holly e o Mark se casarem aqui! Não se eles não conseguirem algum tipo de carimbo do consulado dos EUA em Roma!

O que significa que vamos ter que pegar o carro e ir até lá para conseguir. São mais oito horas dentro do carro para ir e voltar! E nós só podemos ficar na casa até sexta, porque depois disso o tio dela volta de sua última turnê tocando acordeão. E o secretário disse que a agenda do prefeito está completamente lotada, e só o prefeito pode realizar cerimônias de casamento!

Todo mundo está bem arrasado. Bom, menos o Cal, é claro. Ele é completamente contrário a casamentos, por princípio. Ele acha que você e o papai têm algo profundamente de errado por estarem juntos há tanto tempo. Ele não faz absolutamente a menor idéia de como os seres humanos normais funcionam. É possível que ele seja um robô.

Mas, bom, vamos almoçar na cidade e depois voltar ao gabinete do secretário, mais tarde. A caseira do tio da Holly pode conseguir fazer algo, de acordo com o bisneto dela. Parece que ela conhece a mãe de todo mundo, e por isso pode forçar qualquer pessoa a fazer o que ela quer.

Espero que as costas do papai estejam melhores! Ainda bem que ele estava usando as luvas.

Com carinho,
Janie

Palmtop de Cal Langdon

Fiz questão de pagar o almoço, já que todo mundo no grupo estava totalmente arrasado (menos eu, é claro).

Parece que a burocracia italiana está dando conta do serviço para mim, na medida em que impede o Mark e a Holly de ingressarem nas delícias (ou desgraças) do casamento. Parece que o jovem casal não pode se casar, a menos que consiga um carimbo específico em um formulário que só pode ser emitido pela embaixada dos Estados Unidos em Roma. A escolha que eles têm é esquecer a coisa toda ou se apertar no carro e ir até lá amanhã.

A esta altura, parece que o Mark está inclinado a empreender a viagem. Surpreendentemente, é sua consorte que parece estar dando para trás. Fico aqui me perguntando se a Holly está assim tão entusiasmada com a idéia de se casar com o Mark quanto eu – e a amiga dela, Jane – achávamos.

Isto, pelo menos, explica por que a Srta. Harris insiste em dar prosseguimento às nossas conversas por meio de mensagens de texto. Ela já deve saber que a amiga dela não está assim tão entusiasmada quanto deveria estar.

E, devo dizer, se um pequeno detalhe como um carimbo em um formulário e uma viagem de oito horas são suficientes para deixar a Srta. Caputo assim tão indignada, talvez o Mark esteja melhor solteiro mesmo.

As moças estão no banheiro, fazendo sei lá o que que as mulheres fazem quando entram em tais lugares juntas. O Mark está ao celular com a agência de aluguel de carros em Ancona. Parece que o carro para a substituição que o *New York Journal* prometeu para ele hoje de manhã não está mais disponível. Ainda bem que ele ligou antes de irmos até lá.

Aliás, o almoço estava delicioso. Encontramos um pequeno estabelecimento familiar, que faz sucesso entre os diversos trabalhadores das fábricas de acordeão da cidade. Pagando o total de 20 euros, comemos uma deliciosa massa com molho de limão, escalopes grelhados, salada caprese e uma jarra de vinho branco frizzante. Recebemos muitos olhares assustados, é claro, da parte dos nativos. Este obviamente é um restaurante que não recebe muitos americanos.

E, claramente, nunca ouviu falar de uma área para não-fumantes.

Ainda assim, no geral, foi uma refeição agradável.

Agora, suponho, vamos retornar ao gabinete para discutir mais um pouco com as autoridades locais. Com um pouco de sorte, juntar-se-á a nós Inga Schumacher – o que vai elevar esta tragicomédia a um nível totalmente novo de hilaridade – e o bisneto dela, que parece ter se grudado em nós... não que a presença quase constante dele pareça incomodar a Srta. Harris. Aliás, estou começando a acreditar que ela de fato gosta que o garoto fique por perto. A presença de Peter dificulta muito a minha vontade de dizer as coisas que preciso dizer a seu objeto de devoção...

Talvez não faça a menor diferença. Parece que eu sempre penso – e digo – coisas estranhíssimas quando estou perto daquela mulher. Dizer a ela que acho que fica fofa quando está brava? O que eu fui fazer? Eu NUNCA digo coisas assim, muito menos escrevo.

É isso aí. Ela tem por *escrito* a prova permanente da minha idiotice. Alguém devia me matar.

Principalmente porque está mais do que claro que ela acha que eu sou – o que foi mesmo? Ah, um imbecil. Muito bom mesmo. Ser chamado de imbecil por uma mulher que ganha a vida desenhando um gato. Com licença, por acaso *eu* criei algo para que desde então as pessoas me obrigam a ficar olhando, pendurado por ventosas no vidro traseiro do carro delas? Não, não criei.

É essa porcaria de vinho frizzante. É isso mesmo. Só preciso de uma cerveja. Talvez hoje à tarde, já que não parece que vamos para Ancona trocar de carro, eu leve o Mark a um bar comigo – tem aquele tal de Bar and Sexy Tatoo Shop em Porto Recanati – e a gente pode discutir este negócio todo de casamento tomando umas geladinhas...

Mas acho que vou guardar minhas idéias a respeito da Sra. Harris para mim. E o fato de que hoje ela colocou um sapato que eu não tinha visto antes. Deixa os dedos à mostra, é claro, com tiras que se cruzam de um lado para o outro por cima da tatuagem de gato...

Preciso tomar um ar.

Diário de Viagem de
~~Holly Caputo e Mark Levine~~
Jane Harris

Coitada da Holly. Está arrasada.

Secretário idiota. E Itália idiota. Odeio tudo de novo! Como é que eles podem ser tão cruéis? Será que não vêem que estão destruindo uma das garotas mais adoráveis e mais gentis do mundo com toda esta burocracia ridícula?

Pelo menos Frau Schumacher compreende. Ela está mesmo mandando ver para cima do secretário. Ele parece meio assustado. Fica falando alguma coisa sobre o prefeito. Parece que ele não tem autoridade para fazer... coisa nenhuma.

Mas o prefeito tem.

Acho que então Frau Schumacher pediu a ele para nos deixar falar com o prefeito.

Uau! Para uma senhora de idade, até que Frau Schumacher sabe ser bem incisiva!

Graças a Deus que o Peter foi correndo para casa chamá-la. Bom, na verdade, graças a Deus pelo Wondercat. Porque, se não fosse o Wondercat, o Peter nem ia saber do nosso problema e não teria ido chamar a bisavó dele.

E, é claro, não existiria Wondercat se não fosse o Cara. Então, realmente, nada disso estaria acontecendo se não fosse o meu gato.

Como sempre. Só serve para comprovar, mais uma vez, que o Cara, como eu sempre desconfiei, realmente é Deus.

Agora o secretário saiu da sala dele. Frau Schumacher parece bem contente consigo mesma. Perguntei ao Peter o que está acontecendo, e ele respondeu: "O secretário vai ver se o prefeito muda a agenda dele para deixar os seus amigos se casarem na quarta. Talvez haja uma brecha na agenda neste dia."

Quando eu comentei que este parecia ser um avanço positivo, o Peter assentiu com a cabeça e disse: "É, eles têm muito medo da minha vó. Ela vai falar com a mãe do prefeito, e eles não querem isto."

Isso! Alegria!

A gente achou que a Holly ficaria mais feliz ao saber disto. Mas ela só está sentada aqui do meu lado, com a mão na barriga e com cara de enjôo.

Bom, acho que não se pode culpá-la. Faz tanto tempo que ela está esperando por este casamento, e agora todos estes atrasos devem ser...

O secretário voltou. Ai, meu Deus! Estão nos chamando para o gabinete do prefeito!

✉

Para: Jane Harris <jane@wondercat.com>

De: Claire Harris <charris2004@freemail.com>

Assunto: Res: Você

Ah, querida, que notícia péssima a respeito da coitadinha da Holly! Desculpa por ter demorado tanto para responder, mas o seu pai deixou cair um quadro no dedão do pé, então fomos ao pronto-socorro fazer uma radiografia. Não quebrou, graças a Deus, mas ficou bem machucado. Eu o coloquei na cama com uma tigela de sorvete Breyers.

Espero que vocês consigam dar um jeito nas coisas para a Holly. Seria uma pena para ela e o Mark – bom, para todos vocês, na verdade – ir até tão longe e daí não poderem fazer seu casamentinho secreto. Estou me sentindo simplesmente péssima.

Mas, mesmo que eles não possam se casar, vocês podem aproveitar as férias, não é mesmo? Como é a casa do tio da Holly? É bonita? As janelas têm tranca? Porque, sabe, eu acabei de ver no jornal da TV que, em muitas dessas comunidades à beira-mar, as pessoas deixam as janelas abertas à noite para deixar a brisa do mar entrar, e isso é como um convite a ladrões e estupradores! Eles simplesmente se esgueiram para dentro através da janela e levam tudo o que querem! Espero que vocês estejam se assegurando de que as janelas ficam bem trancadas à noite.

E espero que você não esteja sendo muito má com aquele bonitão do Cal Langdon. Você é uma moça muito bonita e cheia de vida, Janie, e sabe que os homens não podem evitar se apaixonar por você. Lembra quantos a convidaram para a formatura do ensino médio? Bom, é verdade que vários deles ainda estavam no primeiro ano e não iam mesmo poder levá-la...

Mas a maneira como eles ficavam rodeando a casa, perguntando ao seu pai se podiam aparar a grama, mas ele sabia muito bem que só queriam dar uma olhada em você. Tenha em mente que alguns daqueles garotos a quem você não dispensava nem um minuto conseguiram empregos muito bons nos Laboratórios Pfizer.

E a Helen Shipley me disse que o filho dela, Curt, ganha centenas de milhares de dólares por ano no setor dos navios de cruzeiro!

Por que você vive insistindo que o Curt é um daqueles bissexuais, eu não consigo imaginar. A Helen diz que não é verdade. O Curt ainda não se casou simplesmente porque não encontrou a moça certa, de acordo com a Helen. Provavelmente VOCÊ seja a moça certa, e ele só está esperando que entre em contato.

Além do mais, de acordo com o Charlie Rose, o Sr. Langdon recebeu um adiantamento MUITO bom por aquele livrinho que escreveu. Isso não é algo para que se deva virar o nariz, sabe como é. O Wondercat é uma gracinha, mas não vai ficar fazendo tanto sucesso quanto faz hoje para sempre. Você precisa pensar no seu futuro, Janie – e sabe muito bem disso.

Com carinho,
Mamãe

P.S. O papai pediu para dizer a você que parece que aquele desenho animado dos eletrodomésticos voadores foi cancelado. Isso pode abrir espaço para a série do Wondercat, você não acha?

Para: Servidor de Listas <Wondercat@wondercatlives.com>
De: Peter Schumacher <webmaster@wondercatlives.com>
Assunto: JANE HARRIS

SUCESSO!!! A minha vó deu um jeito em tudo! Os amigos da JANE HARRIS vão se casar na quarta-feira às nove horas da manhã, antes de o prefeito ter que ir treinar a equipe de futebol do primário, onde ele também é diretor atlético quando não está exercendo a função de prefeito.

Mas eles precisam conseguir o carimbo no consulado dos EUA para poderem se casar. Então, amanhã vão a Roma para pegá-lo.

Tudo foi arranjado, e pela minha vó! Todo mundo está muito animado! Menos o secretário e o prefeito.

Mas o melhor de tudo...

É que a JANE HARRIS ME DEU UM BEIJO!!!! ISSO MESMO!!!! Para agradecer por eu ter ajudado os amigos dela a se casar!!!

Nunca mais lavo este rosto.

Isto é tudo por enquanto. Este foi um relato de Peter Schumacher, o Maior Fã do Mundo do Wondercat.

TCHAUZINHO!

Wondercat para sempre!
Peter

GE. SP. AL. S.N.C.
Viale Europa 44
Porto Recanati (MC)
MERCADO

	EURO
PelliCola Co	0,50
6 Minibiscot	2,50
Olive Bella	2,50
Kinder Sorpr	1,80
Birra Peroni, 24	12,76
Insalata Rom	0,66
Tomato Ketch	2,23
Uva Italia P	1,95
The Twinings	1,90
Insalata Tro	0,41
Puro Succo	1,33
Naionese Cal	1,22
Latte Fr.A.Q.	1,37
Insalata Gen	0,38
Latte Fr. Int	1,30
Oro Duepic'c	2,34
637 Pom.Ross	1,90
Banco Taglio	1,01
Oro Piu'caca	1,53
Olive verdi	0,78
Bisc. Conad G	0,89
Pane Dolci I	0,55
Pomodori Pel	0,55
Doricream	0,65
Mais Pop Cor	0,60
Banco Taglio	27,21
Caffe Classi	2,09
Caffe Classi	2,09
Arance Taroc	2,55
TOTALE	77,55
Contati	100,00
Resto	22,45

N. Pezzi 50
Oper: 10
Cassa 1 1
Regalo Bollini: 15
Codice: Bollini

Arriverderci e Grazie!

La Cantinetta
Enoteca
Ricrea di Morresi G. & C.
SNC Viale Europa 36
Porto Recanati

Vino 1	8,66
Vino 1	7,80
Vino 1	7,40
Vino 1	5,40
Vino 1	7,00
Vino 1	9,00
Vino 1	9,00
Vino 1	6,50
Vino 1	6,50
Vino 1	5,00
Vino 1	5,00
Vino 1	10,20
Vino 1	9,00
Vino 1	14,00
TOTALE	110,46

Grazie!

Diário de Viagem de
~~Holly Caputo e Mark Levine~~
Jane Harris

O prefeito disse sim!!!!

Por um instante, achei que estava tudo perdido, mas Frau Schumacher nos ajudou de verdade! Não consegui descobrir o que ela estava dizendo para o homem corpulento atrás da mesa dele – e era uma mesa bem imponente, também, cheia de documentos com cara de importantes por cima de toda a superfície, para um homem bem imponente, usando uma faixa grande, verde e lustrosa por cima do abrigo de moletom – mas depois o Cal traduziu que ela disse, basicamente: "Case esses dois jovens adoráveis ou eu vou fazer você se arrepender."

O Cal disse que não sabe COMO Frau Schumacher faria com que ele se arrependesse, mas parece que o prefeito acreditou nela, a ponto de abrir um espaço na agenda dele para a Holly e o Mark.

E, tudo bem, é de manhã supercedo para um casamento – 9h –, mas é melhor do que nada! Acho que Frau Schumacher tinha razão a respeito do café-da-manhã de casamento. É o que se faz aqui, em vez de uma recepção.

Agora só precisamos pegar o carro e ir até Roma amanhã, pegar o formulário de que a Holly e o Mark precisam, e voltar.

Pelo menos, podemos relaxar um pouco. Fomos ao mercado comprar comida para o resto da semana (e o Cal e o Mark foram a uma loja de bebidas, um lugarzinho adorável chamado La Cantinetta, em Porto Recanati. Sinceramente, acho que 14 garrafas de vinho, champanhe, J&B e uma coisa chamada limoncello talvez seja um pouco demais, mas ESTAMOS falando de um casamento, afinal de contas, mesmo que seja só para nós quatro) e então voltamos para casa e fomos direto para a piscina. Pelo menos a Holly e o Mark e o Peter e eu fomos. O Cal recebeu uma ligação do editor dele ou alguém assim, então ele está sentado na terrazza, berrando ao celular, e dizendo coisas como: "Mas eu disse que estaria na sua mão no mês que vem. Não, eu nunca disse nada disso."

Parece que alguém está um pouco atrasado com algum projeto. Ha ha.

Também fiquei sabendo mais sobre o Peter enquanto estávamos no gabinete do prefeito. Quando entramos, fiquei surpresa de ver uma menina mais ou menos da idade do Peter sentada na mesa do prefeito, falando "Papa" naquele tom de choramingo das filhas adolescentes. Era uma coisinha bonitinha chamada Annika – com olhões azuis e cachinhos loiros e joelhos ossudos –, e quando ela viu o Peter, esqueceu completamente o favor que estava implorando ao pai. Os olhos dela se apertaram, daquela maneira que só as adolescentes conseguem fazer, e ela disse: "O que você está fazendo aqui?"

E o Peter respondeu assim: "Estou aqui para tratar de um assunto oficial com o prefeito."

E a menina começou a rir e disse: "Que assunto você pode ter para tratar com o meu pai?"

E tudo ficou SUPER claro para mim, só com aquelas – deixe-me ver – certo, com aquelas onze palavrinhas. Sabe como é, que o Peter adora a Annika com uma paixão que não pode ser negada, e que ela o deseja também, mas o Peter não é considerado bacana o suficiente no círculo social dela, então ela tem que tratá-lo com desdém.

Ficou tão óbvio, e é uma tristeza.

Então o prefeito desligou o telefone e disse: "Annika. Shhh".

Então ele e Frau Schumacher começaram a maior discussão em italiano, daí eu aproveitei a oportunidade para perguntar ao Peter quem era a menina, sotto voce (que significa "em voz baixa" em italiano. Estou mesmo começando a entender esta língua, apesar de ser só eu mesma que acho isso).

E ele respondeu, com a voz exalando desprezo (obviamente fingido): "É a Annika. É a filha do prefeito. Ela acha que é rainha de toda a Castelfidardo, mas ela não é, não."

E perguntei se ele e a Annika estavam na mesma escola, e ele me disse que estuda na "escola da internet", porque as escolas de Castelfidardo não são avançadas o suficiente para ele, e que não pode estudar na Alemanha porque não tem ninguém com quem ficar, já que o pai dele atualmente está preso.

Na cadeia! O pai do Peter — neto de Frau Schumacher — está preso!

Por quê, não faço idéia. Mas agora eu sei por que o Peter pode ficar nos rodeando o dia inteiro. A Annika, parece, estava no intervalo (de três horas) de almoço da escola. Dá para imaginar toda a confusão em que os adolescentes americanos iriam se meter se tivessem três horas para almoçar? E se todos os shopping-centers ficassem FECHADOS nesse período? Meu Deus, a civilização como a conhecemos desabaria totalmente.

De todo modo, depois que o prefeito e Frau S. negociaram o acordinho deles, houve muita alegria e suspiros de alívio (e, da parte do Cal Langdon, uma careta), então eu aproveitei a oportunidade para me abaixar e dar um beijinho na bochecha do Peter — para agradecer, sabe como é, porque se ele não tivesse ido chamar a bisavó dele, nada disso teria acontecido.

E, enquanto o Peter ficava vermelho igual a um pimentão, tive o prazer de ver a Annika, que tinha testemunhado o beijo, caçoar dele de um jeito todo fofo.

Um ponto para o Peter.

Coitada da Annika. Um dia desses ela vai acordar e perceber que o Peter era o homem certo para ela. Só que, quando isso acontecer, o Peter já vai ter sua própria empresa de programas de computador e vai estar ganhando milhões e saindo com alguma atriz de uma comédia de sucesso da Fox... ou de um canal equivalente à Fox na Itália.

O Cal Langdon acabou de rosnar: "Você vai receber quando receber, Art", ao telefone.

Caramba. Ele é totalmente Tipo A. Realmente precisa aprender a relaxar, como eu, se não vai ter um enfarte antes dos quarenta.

E como é que ele ousa sugerir que há algum problema com os MEUS pais por ficarem juntos por tanto tempo? Perguntei a ele enquanto estávamos no corredor na frente do gabinete do prefeito, sem a Holly ouvir, quanto tempo os pais DELE ficaram juntos, e ele disse: "Foram casados vinte anos, e agora que tomaram cada um seu próprio rumo são pessoas bem mais felizes."

O que está muito bem para eles, mas se o Cal Langdon fosse o MEU filho, eu também ia querer ficar longe dele. Não é para menos que se separaram. O Pólo Norte e a Antártica não estão longe o suficiente para fugir daquela voz: "Eu já disse, Arthur, vou mandar a resposta para você quando voltar. Não no DIA que eu voltar, mas depois de algumas semanas — sim, tudo bem, eu ainda não sei exatamente sobre o que vou escrever. Não, não vai ser sobre os diamantes sujos. Não, não vou para a Angola..."

Algumas mulheres, suponho, podem achar a voz do Cal Langdon sensual. E ela é meio tipo profunda e grave, mais ou menos como a do Robert Redford.

Mas as COISAS que ele diz com ela! ECA!

E, tudo bem, ele é gostoso. Quer dizer, não vou mentir e dizer que não é. A única coisa que preciso fazer para SABER que não é verdade é voltar às primeiras páginas deste diário e ler a parte quando eu o vi pela primeira vez — caramba, mas foi mesmo só há quatro dias? Parece que faz meses — para saber que, inicialmente, achei o Cal Langdon gostoso.

E é verdade que mesmo agora, sabendo o que eu sei a respeito dele, ele ainda tem lá seus momentos. Tipo quando ele tirou o meu salto do meio das pedras do calçamento e a mão inteira dele encaixou em volta do meu tornozelo.

E, às vezes, quando ele olha para mim com aqueles olhos azuis demais, parece que tem uma luz emanando da cabeça dele, como se fosse uma daquelas abóboras de Halloween — uma luz que só eu consigo enxergar, e que faz com que seja muito difícil olhá-lo nos olhos.

Mas, mesmo assim. No carro, voltando de Castelfidardo, fiz um comentário a respeito de como é absurdo tudo neste país fechar do meio-dia às quatro, às vezes até às cinco, todo santo dia, e que, realmente, não é nenhuma surpresa os Estados Unidos serem uma superpotência e a Itália não ser, levando em conta que o nosso intervalo de almoço tem só meia hora, na maior parte dos casos.

E o Sr. Eu Sei Tudo o que Existe Para Saber no Universo Inteiro ainda teve a coragem de dizer: "Pode acreditar, se a temperatura média do verão americano fosse 40 graus Celsius, nós também fecharíamos tudo entre o meio-dia e as quatro."

Uau! Sinto muito, mas isso não significa nada além de pura exibição. CELSIUS? Que americano sabe medir a temperatura em graus Celsius? Nós só conhecemos a escala Farenheit!

Certo, chega de ficar falando sobre o Cal Langdon. Não enquanto tenho este delicioso sol para me bronzear. Na verdade, sabe como é, é difícil se irritar com qualquer coisa quando o sol está brilhando e as folhas das palmeiras balançam levemente com a brisa do mar — carregando consigo, como sempre, o leve odor de esterco de cavalo — e com o único ruído sendo o zumbido das abelhas e a água azul da piscina fazendo suas ondinhas e o Cal reclamando no Blackberry dele.

O sol é tão quente, aliás, que parece penetrar na pele, como se fosse um creme bem grosso. Realmente, é difícil saber se é o bianco frizzante (TÃÃÃÃÃO bom misturado com um pouco de Orangina) ou o sol, mas eu realmente me sinto, sei lá, como se nada mais importasse neste momento... nem mesmo o que vai acontecer com o Dr. Kovac em E.R. Parece que eu poderia ficar deitada aqui para sempre...

Para: Cal Langdon <cal.langdon@thenyjournal.com>
De: Arthur Pendergast <a.pendergast@editorarawlings.com>
Assunto: O livro

Será que você pode se acalmar? Não estou tentando fazer pressão. Sei que você está com muita coisa na cabeça neste momento. Caramba, se eu estivesse voltando para os Estados Unidos depois de passar dez anos fora, e tivesse que achar um lugar para morar, móveis para colocar lá dentro, comprar um carro e tudo o mais, eu estaria completamente maluco.

Bom, na verdade não, porque eu deixaria tudo a cargo da minha mulher. Mas você não tem mulher. Então não se preocupe com isso.

É só que, sabe como é. Se você pudesse pelo menos me dar uma idéia geral a respeito do tema que imagina para o seu segundo livro... seria legal.

Arthur Pendergast
Editor Sênior
Editora Rawlings
1418 Avenue of the Americas
Nova York, NY 10019
212-555-8764

Para: Jane Harris <jane@wondercat.com>
De: Holly Caputo <holly.caputo@thenyjournal.com>
Assunto: Você viu aquilo?

???????????????

Holly

Para: Holly Caputo <holly.caputo@thenyjournal.com>
De: Jane Harris <jane@wondercat.com>
Assunto: Res: Você viu aquilo?

Alô. Por acaso você não vai se casar depois de amanhã? Que negócio é esse de ficar olhando para o peito nu de outros caras?

J

Para: Jane Harris <jane@wondercat.com>
De: Holly Caputo <holly.caputo@thenyjournal.com>
Assunto: Res: Você viu aquilo?

Eu vou me casar, mas não estou MORTA. Meu Deus, quem podia adivinhar que por baixo daquelas roupas alinhadas existia um peito de proporções tão maravilhosas? Você reparou na barriga de tanquinho?

Holly

Para: Holly Caputo <holly.caputo@thenyjournal.com>
De: Jane Harris <jane@wondercat.com>
Assunto: Res: Você viu aquilo?

Foi levemente difícil não notar. Você não acha que ele estava se exibindo só um POUQUINHO quando arrancou a camisa daquele jeito e mergulhou. Quer dizer, o cara MERGULHOU!

J

Para: Jane Harris <jane@wondercat.com>
De: Holly Caputo <holly.caputo@thenyjournal.com>
Assunto: Res: Você viu aquilo?

Bom, ele estava trabalhando, enquanto todos nós estávamos aqui, sem fazer absolutamente nada. Acho que ele simplesmente ficou frustrado e desistiu, desligou o Blackberry e resolveu dar um mergulho. Não achei mesmo que ele tenha "encenado".

Uau, olhe só para ele. Realmente, já nadou um monte de piscinas. Deve mesmo estar irritado com alguma coisa – ou com alguém – para estar nadando assim tão rápido.

Holly

Para: Holly Caputo <holly.caputo@thenyjournal.com>
De: Jane Harris <jane@wondercat.com>
Assunto: Res: Você viu aquilo?

Ele está estragando a minha tarde de relaxamento total. Como é que eu posso relaxar com alguém se exercitando tanto na minha frente? Ele está fazendo com que eu me sinta culpada por causa da massa que comi no almoço.

J

Para: Jane Harris <jane@wondercat.com>
De: Holly Caputo <holly.caputo@thenyjournal.com>
Assunto: Res: Você viu aquilo?

Logo ele pára. Ah, viu, pronto. Ah, olha, que amor. Ele está vindo sentar do SEU lado, Janie! Eu *falei* que ele gostou de você. Talvez tanto quanto o PETER.

Holly

Para: Holly Caputo <holly.caputo@thenyjournal.com>
De: Jane Harris <jane@wondercat.com>
Assunto: Res: Você viu aquilo?

Eu odeio você.

J

Diário de Viagem de
~~Holly Caputo e Mark Levine~~
Jane Harris

Por que os homens – e os garotos – são tão esquisitos?

Quer dizer, com certeza eles conseguem muitas vezes ser bem BONITOS. Especialmente o Cal Langdon, tenho NOJO de reconhecer. Quer dizer, olhe só para ele, sentado ali naquela espreguiçadeira, com o sol refletindo nas gotas d'água que ainda estão cobrindo os pêlos dourados dele.

Ai, meu Deus, não acredito que escrevi pêlos dourados.

Mas bom, não que ele tenha muito. Só a quantidade certa.

Só o suficiente para me fazer ficar imaginando quanto mais ele tem, sabe como é, embaixo do elástico do short.

Não acredito que TAMBÉM escrevi isso!!!

Ainda assim... não interessa o quanto eles são bonitos – eu gostaria muito de saber como é que um homem cujo trabalho envolve ficar sentado atrás de uma mesa, digitando coisas, consegue ter bíceps tão definidos? –, os homens continuam sendo esquisitos.

Falando sério. É só olhar para o que estão fazendo agora. O Tarado por Modelos, o Mark e o Peter estão tendo uma conversa superprofunda – e chata – a respeito do telescópio espacial Hubble e do buraco negro – seja lá o que isso for – e estão COMPLETAMENTE envolvidos. Quer dizer, tanto quanto a Holly e eu nos envolvemos quando conversamos sobre E.R.

Estão falando sobre como o buraco negro – seja lá o que isso for – preenche a maior parte do universo, junto com a matéria negra, e como ninguém sabe o que essas coisas são (o que é um certo alívio, porque, hum, eu achei que estava deixando passar alguma coisa), mas parecem achar que é responsável pela força antigravitacional que provoca a expansão do universo, em vez de fazer com que se contraia, como acontece com todas as coisas submetidas às leis da gravidade.

Alô! Será que eles não percebem que estão na ITÁLIA? Será que não podem calar a boca durante CINCO MINUTOS e aproveitar a luz que brinca com as folhas verdes enquanto o sol se põe, tingindo a piscina e a varanda com uma meia-luz dourada? Ou a maneira como o sol poente parece criar uma névoa nas montanhas retalhadas, fazendo com que pareçam borradas – menos no alto, onde o contorno das construções se destaca contra as enormes nuvens cor de púrpura por trás delas, no cenário posterior a uma tempestade fugidia?

É sobre ISSO que deviam estar falando. Sobre os milagres da natureza bem à frente deles. Não sobre algum buraco negro idiota, a bilhões de quilômetros de distância.

Ah, maravilha. As nuvens, aquelas que eu achei que estavam indo embora? Estão vindo para cá. Vai chover daqui a um segundo.

Ah, que se dane. Já está na hora do jantar mesmo.

✉

Para: Cal Langdon <cal.langdon@thenyjournal.com>
De: Joan Langdon <joan.langdon@arteemtucson.com>
Assunto: Mary

Oi, Calvin! Sou eu, a mamãe. Não sei onde você está neste momento – continua em Riad? Sei que você apareceu no *Charlie Rose* – uma das minhas vizinhas me contou. Mas é claro que eu não vi, porque você sabe que eu não tenho televisão – então você deve ter voltado aos EUA para fazer isso.

Eu comprei o seu livro novo. Achei muito grande.

Mas está na vitrine de uma livraria que só vende mesmo livros populares, então tenho certeza de que vai vender muitas cópias.

Mas bom, espero que você esteja bem, e que não esteja trabalhando demais... Mas como eu conheço você, sei que é o caso. Você sempre foi tão viciado em trabalho. Lembra na escola, quando você enfiou na cabeça que precisava entrar em Yale? O seu pai e eu não conseguimos entender. Qual é o problema de estudar em uma universidade estadual? Nós estudamos em uma, e no final não foi tão ruim assim.

Mas, no fim, você conseguiu o que queria. Como sempre. Bom, quer dizer, você entrou. Pena que não nos deram auxílio financeiro suficiente para você poder estudar lá. Mas veja, deu tudo certo! Parece que estudar na Universidade Estadual do Ohio não doeu tanto assim!

E, pessoalmente, estou me dando muito bem – tenho uma exposição no Centro da Terceira Idade de Tucson no mês que vem, com a minha mais nova série de "bonequinhos de fiapo". Realmente acho que estas últimas peças vão me colocar no mapa do mundo das artes. Eu me vejo como uma espécie de Matthew Barnye mulher de meia-idade. Sabe de quem eu estou falando? Daquele artista que fez nome com esculturas de vaselina?

Nem dá para descrever como é bom, Cal, finalmente poder expressar meu lado criativo. Eu me senti tão AMORDAÇADA durante todos os anos que passei ignorando a minha parte artística... Realmente espero que você tenha encontrado uma maneira de deixar a sua criatividade fluir, Cal. Sei que algumas pessoas chamam a escrita de arte, mas o que você escreve... bom, acho que não-ficção não conta. Você sempre desprezou a mim e a sua irmã, eu sei, dizendo que éramos "loucas".

Mas não tem nada de "louco" na expressão criativa, Cal. Absolutamente nada.

Falando da sua irmã, eu queria saber se você tem notícias dela. Só estou perguntando porque tive um sonho muito estranho ontem à noite, em que você, o seu pai, a Mary e eu estávamos presos em um lago congelado e o gelo estava começando a rachar. Estranhamente, você foi o único que conseguiu se colocar em uma posição segura.

Então eu fiquei aqui me perguntando se você sabe se a Mary está bem.

Foi só isso.

Mamãe

Para: Cal Langdon <cal.langdon@thenyjournal.com>
De: Hank Langdon <hank.langdon@expat.net>
Assunto: Oi

Ei! O que que você acha disto? Estou online! É! Eu sei! É um milagre!

Então, quando é que você vem me visitar? Comprei um conjunto de tacos extra. Os campos de golfe aqui não são nada ruins. Bom, você sabe, tirando os chicanos. Mas não dá para escapar dos chicanos na Cidade do México!

Ei, ouvi dizer que você conseguiu um belo contrato para um livro, ou algo assim. Será que dá para emprestar uns dez mil para o seu velho? Eu me encrenquei um pouco com um sujeito por causa de um cavalo...

Bom, me avisa. E se você falar com a sua mãe e a sua irmã, diga para elas me deixarem em paz. Já me secaram completamente. Não sobraram nem dois pesos para esfregar um no outro.

Mañana.
Papai

Para: Cal Langdon <cal.langdon@thenyjournal.com>
De: Mary Langdon <m.langdon@internetcafenetwork.com>
Assunto: Você

Bom, então, como você não respondeu ao meu e-mail, presumo que você não tem interesse nem em mim nem na minha vida. Acho que a palavra FAMÍLIA não significa nada para você.

Não importa. Eu posso me virar muito bem sem você – e foi exatamente por isso que o juiz me deu status de Menor Emancipada, para começo de conversa.

Agora eu estou no Canadá, para o caso de você se interessar. Não que as MINHAS viagens possam interessar a alguém como você, sempre no jet-set internacional. Onde VOCÊ está agora, aliás? Gstaad? Ougoudagou? Em algum lugar mais fabuloso do que onde eu estou, tenho certeza.

Não se preocupe (e até parece que você se preocuparia), tenho certeza de que vou ficar bem. Ainda não está fazendo muito frio por aqui. Bom, tirando à noite. Mas eu estou dormindo na Kombi. Pena que o Jeff não pode deixar a calefação ligada à noite, porque acaba com a bateria.

A gente se vê na próxima vida.

Mare

Para: Mary Langdon <m.langdon@internetcafenetwork.com>
De: Cal Langdon <cal.langdon@thenyjournal.com>
Assunto: Res: Você

Qual é o seu problema? Por que você anda dormindo na Kombi de um sujeito qualquer? Achei que você já tinha aprendido a lição, levando em conta o que aconteceu da última vez.

E eu respondi SIM ao seu último e-mail. Se você parasse de trocar seu endereço de e-mail a cada dois dias, quem sabe assim receberia as mensagens das pessoas a quem escreve de vez em quando...

Posso dar mais mil dólares para você, se me disser para onde enviar. Mas o que aconteceu com os mil que eu mandei no mês passado? Aliás, o que você está fazendo com todo o meu dinheiro? Se eu descobrir que você está gastando todo o meu dinheiro em drogas, Mary, não vou dar nem mais um tostão. Você entendeu? Porque acho que você não entendeu bem a parte da Emancipação de ser uma menor emancipada. O que, aliás, com 25 anos, você não é mais.

Cal

✉

Para: Cal Langdon <cal.langdon@thenyjournal.com>
De: Mary Langdon <m.langdon@internetcafenetwork.com>
Assunto: Res: Você

Ai, meu Deus, você é o melhor irmão mais velho que qualquer garota JÁ teve! Mande o dinheiro para a agência da Western Union aqui em Whister, Colúmbia Britânica.

E nós precisamos morar na Kombi porque todos os apartamentos e os quartos de hotel baratos estão ocupados com os participantes do campeonato de esportes radicais de inverno, que estão se preparando para a competição. Mas tudo bem, porque estamos vendendo TONELADAS de merdas em tie-dye. Parece que a gente nem consegue produzir peças suficientes.

E eu preciso do dinheiro para as minhas necessidades, como absorventes e comida e essas coisas, até a gente começar a ter lucro. Caramba, Cal. Eu nunca usaria drogas. Preciso dos meus neurônios para a minha ARTE.

Obrigada – você é o MÁXIMO!!

Com muito amor,
Sua irmãzinha

Para: Mark Levine <mark.levine@thenyjournal.com>
De: Ruth Levine <r.levine@levinedentistasassociados.com>
Assunto: Olá!

Querido, sinto incomodar, sei que você está se divertindo no seu passeiozinho pela Europa, mas preciso saber com urgência: qual é o tamanho de suéter que você usa? Eu sei que você geralmente gosta de Grande, mas começou a freqüentar uma academia, não é mesmo? Então talvez você esteja mais forte e agora usa Extra Grande?

Só perguntei porque acontece que a Susie Schramm – você lembra, eu falei dela no meu último e-mail – faz tricô! É isso mesmo! Além de ser uma águia das leis de primeira linha e ter manequim 38, ela tricota no tempo livre (quer dizer, no tempo que sobra do trabalho e do voluntariado na organização judaica B'Nai Brith, é claro).

E eu encomendei a ela um suéter para você. Parece que ela também não tem medo de usar cores ousadas. Eu sei como você gosta de amarelo, então é o que vai receber...

Ooops, era para ser uma surpresa de Hannukah! Ah, tudo bem!

Escreva logo e me diga.

Com amor,
Mamãe

Para: Holly Caputo <holly.caputo@thenyjournal.com>
De: Darrin Caputo <darrin.caputo@graficacaputo.com>
Assunto: Olá, aqui é a sua mãe

Holly, aqui é a sua mãe de novo. O Darrin disse que não é mais para eu usar o e-mail dele para escrever para você, mas você não atende ao seu celular quando eu ligo. Ou o seu celular não funciona na Europa ou você está usando aquele tal identificador de chamada quando vê que sou eu.

E isso não se faz. Compreendo que você não queira falar com a sua mãe. Apesar de ter sido eu que dei você à luz, e chorei de alegria quando o médico disse que você era menina, a filhinha que eu quase perdi as esperanças de ter depois de ter três meninos seguidos.

Estou escrevendo agora porque encontrei a mãe da Jane Harris no supermercado Kroger Sav-On ontem, e o que ela me disse me deixou muito perturbada. O seu pai diz que não é nada, mas eu não concordo. Eu estava dizendo à Sra. Harris como ela tem sorte de ter uma filha como a Jane, que só sai com ótimos rapazes cristãos, como aquele rapaz britânico muito agradável, Dave, e este outro que trabalha em um banco de investimentos, Malcolm.

E a Sra Harris me diz: "Mas o Mark Levine também é muito simpático. Ouça, Marie, você tem que parar de pensar nisso como se fosse perder uma filha, mas sim como se fosse ganhar um filho."

O que a Claire quis dizer com isso? Por que ela acha que eu vou ganhar um filho? Eu não preciso de mais nenhum filho, já tenho quatro... cinco, se contarmos o Roberto, do Darrin. Holly, você não está pensando em fazer nenhuma bobagem enquanto estiver na Itália, está?

Espero que você saiba que, se se casar com este rapaz, Mark, ele NÃO vai ser um filho para mim. Da mesma maneira que você não vai ser mais minha filha. Pense nisso, eu imploro.

Vou rezar por você.

Sua mãe

Diário de Viagem de
~~Holly Caputo e Mark Levine~~
Jane Harris

Alguém precisa puxar o Cal Langdon de lado e dizer para ele que, com aquela camisa que está vestindo, que eu tenho certeza que ele acha muito moderna, com cara de SoHo, na verdade fica parecendo gay. Como é que um heterossexual pode não saber disso?

E eu sei que o Cal é hetero. Não só pelo fato de ele já ter sido casado, ou por causa da vagabunda que eu vi saindo do quarto dele no hotel, porque, sabe como é, isso já não serve para provar mais nada, nestes tempos de hoje (é só olhar para o Curt). Eu sei por causa do que acabou de acontecer no restaurante em que estamos jantando, já que estava chovendo de novo (qual é o PROBLEMA deste país?) e ninguém estava a fim de cozinhar lá fora, muito menos arriscar que a luz caísse de novo se ligássemos o fogão elétrico lá dentro.

Além do mais, parece que todo mundo está no maior mau humor, apesar de ninguém me dizer por quê.

Deve ser a chuva.

Mas, bom, só nos deixaram entrar neste restaurante depois de ficarmos dez minutos na porta, batendo no vidro, e depois implorando para os proprietários com o nosso italiano capenga para, por favor, por favor, nos servirem, já que eles, assim como todos os outros proprietários de restaurante que conhecemos em Porto Recanati (tirando, é claro, o Crazy Bar and Sexy Tatoo Shop), relutam muito em preparar comida e vendê-la para as pessoas, apesar de não se darem ao trabalho de colocar uma placa de "fechado" na porta. Parece que, na baixa estação, o que os restaurateurs de Le Marche fazem é convidar todos os amigos de idade para ficar no restaurante deles assistindo a <u>Magnum</u> na

TV – em italiano, é claro – e ignorar todos os clientes de verdade que possam aparecer.

Graças a Deus que o Mark não aceita não como resposta, ou então nós não poderíamos nos alimentar nunca. Ele carrega um *Guia de Le Marche* consigo o tempo todo e insiste que precisamos comer em todos os lugares que o tio da Holly marcou para a gente. Ele até mostrou a classificação para os donos do restaurante e insistiu para que nos dessem comida. Talvez tenha algo a ver com o fato de ele passar o dia inteiro perto de gente doente, mas o Mark simplesmente passa uma noção de "seja legal comigo", e todo mundo age de acordo.

Quer dizer, menos a mãe da Holly.

E não é assim tão enjoativo quanto parece. Com ele, funciona, e a gente não fica com aquela sensação de que preferiria dar na cabeça dele com um taco de sinuca nem nada.

Mas, bom, o motivo por que eu sei que o Cal não é gay, apesar da camisa e da ex-mulher modelo – e as garantias que a Holly dá do contrário, é claro, mas, bom, a futura mulher do melhor amigo nem sempre é a primeira a saber –, foi porque depois de *Magnum*, começou a passar o filme *Babe – O Porquinho Atrapalhado*, sobre aquele porco que cuida de ovelhas, e todo o pessoal local ficou lá absorto, com suas vestimentas típicas de Le Marche (jeans e camiseta do Bon Jovi), mas o Cal nem piscou. Ele simplesmente continuou bebendo a grappa dele como se aquilo fosse mesmo bom e não algo que só deveria ser vendido como adstringente facial.

Nenhum cara gay consegue resistir ao apelo de *Babe*. Não que eu ache que o restaurateur e todos os amigos de idade dele sejam gays. Eles só são estrangeiros. Provavelmente choraram no final de *Magnum*, só que eu não vi porque estava no banheiro masculino, tentando arrumar um rolo de papel higiênico, porque obviamente não tinha nenhum no banheiro feminino. O mesmo vale para o assento da privada.

O que, aliás, eu preciso dizer: Que negócio é esse? Obviamente, as mulheres italianas nunca vão ao banheiro fora de casa. Esta é a única explicação que posso encontrar para o estado de alguns dos banheiros em Le Marche. O que as senhoras italianas fazem quando estão apertadas? Só se agacham? Eu mal consigo me agachar na aula de pilates, e nessa ocasião estou sempre usando calças elásticas. Qual é a chance de eu me agachar usando calcinha modeladora e calça capri apertada abaixadas até os joelhos? Falando sério? Pense bem no assunto. Os donos de restaurante obviamente não pensaram.

E, sim, eu sei que esta é uma comunidade de veraneio e que estamos aqui na baixa estação, mas duvido muito que o dono deste lugar tenha todos os assentos de privada guardados em algum lugar na despensa para usar quando as praias começarem a encher de novo. Quer dizer, obviamente, nesta cultura, os assentos de privada simplesmente não são assim tão importantes.

Ao que eu digo, hum, mais uma vez: É por isso que os Estados Unidos são uma superpotência e você, Itália, não é. Porque nós nos importamos com o nosso conforto na privada.

Mas, bom, agora está todo mundo discutindo sobre amanhã. Sabe como é, quem vai até Roma para visitar o consulado dos EUA. No começo, fiquei achando que a Holly e o Mark simplesmente iriam sozinhos, e eu ia poder ficar esticada ao lado da piscina só bebendo bianco frizzante e lendo o último livro da Nora Roberts. Hum, alô, isto aqui são as minhas férias, certo?

Mas não, o Cal tinha que ficar todo: "Eu vou com vocês", para a Holly e o Mark.

Alô? Ir com eles? Por quê? Por acaso você não devia estar escrevendo um livro, ou algo assim? Eles não precisam de você, Cal Langdon. Talvez precisem de um tradutor, mas não de um tarado por modelos.

Eu sei qual é a intenção dele. Ele pode até achar que eu não sei, porque sou apenas uma reles cartunista e ele é um grande jornalista guru que escreve sobre a crise do petróleo na Arábia Saudita. Mas eu SACO o plano maligno dele. Ele acha que vai com a Holly e o Mark para ficar fazendo comentários sutis contra o casamento, para alimentar as inseguranças da Holly e deixá-la tão apavorada a respeito de casar contra o desejo dos pais que vai cancelar a coisa toda!

Bom, eu não vou permitir que isso aconteça. Acabei de declarar que, se o Cal vai, eu vou também!

Agora ele está olhando para mim com aqueles olhos apertadinhos ao estilo de Robert Redford lá do outro lado da mesa, como se assim ele pudesse me intimidar e me fazer desistir.

Mas não vai dar certo. Estou devolvendo o olhar apertadinho para ele, direto, enquanto a Holly e o Mark discutem se algum de nós deve mesmo ir com eles. O Mark diz que, assim, vamos ter a oportunidade de experimentar um dos restaurantes romanos que o tio da Holly recomendou no Guia de Roma que o Mark encontrou na casa.

Mas a Holly diz que são nossas férias também, e que não devíamos passá-las indo e voltando de Roma a Le Marche, apertados em um Toyota. Apesar de que, desta vez, não vai ter uma mala no banco de trás, já que é uma viagem de apenas um dia.

Dava para ver que o Cal não ia desistir, então eu disse: “Acontece que eu gosto muito de Toyotas”, o que fez a Holly olhar para mim e dizer: “Ai, caramba, qual é o seu PROBLEMA? E o que você está escrevendo nesse caderno?”

Fui descoberta. Escrevo mais mais tarde.

Diário de Viagem de
~~Holly Caputo e Mark Levine~~
Jane Harris

O horror continua.

Assim que o Cal se levantou para usar o toalete, agorinha mesmo, eu disse ao Mark que, se ele fosse mesmo amigo, diria ao Cal para ficar em casa comigo (apesar de eu não querê-lo ali, já que isso vai significar passar o dia inteiro sozinha com ele, enquanto a Holly e o Mark estão no consulado norte-americano amanhã, mas tanto faz). Além do mais, que ele devia dizer ao Cal que a camisa dele parece gay. O Mark observou que já tinha insistido para o Cal ficar em casa, mas não tinha adiantado nada, e que a camisa é de Bangladesh e é a única coisa limpa que sobrou na mochila do Cal. Parece que ele convenceu Frau Schumacher a lavar as roupas dele enquanto comemos.

Não acredito que ele tirou proveito da quedinha daquela senhora simpática de maneira tão óbvia, apesar de REALMENTE ter dado a ela 10 euros pelo trabalho, de acordo com o Mark.

Mesmo assim...

Pelo menos a comida é boa. Boa DE VERDADE. Apesar de ter sido preparada por alguém que não tira os olhos de *Babe*. Apesar de tanto o Cal quanto eu termos passado as ostras cruas; o Cal porque não gosta e eu porque, apesar de ser neófita em viagens internacionais, não vou comer peixe cru em um país estrangeiro. A Holly e o Mark ficaram felizes: "Que bom, sobra mais para nós", e engoliram tipo umas vinte cada um.

Tanto faz. O enterro é deles.

Depois disso, como tinha parado de chover, fomos tomar uns gelati na Gelateria e demos um passeio pela praia ao luar. Que romântico! Bom, para a Holly e o Mark.

Oh-oh, voltamos à discussão de Quem-Vai-Para-Roma-Amanhã...

Quem é que compra camisas em BANGLADESH??? Qual é o problema da Gap, pelo amor de Deus?

Para: Jane Harris <jane@wondercat.com>
De: Claire Harris <charris2004@freemail.com>
Assunto: Holly

Oi, querida! Não se preocupe, está tudo bem. Bom, quer dizer, o seu pai acabou de estourar um vasinho do olho agora mesmo, tentando trocar o som de lugar, mas ele disse que nem está doendo.

Mas, bom, espero não ter estragado nada, só que eu encontrei a Marie Caputo no mercado agora mesmo, e ela ficou falando aquele monte de coisa sobre a Holly como sempre (e me dizendo como eu tinha sorte por você só sair com rapazes como o Dave – aliás, o que aconteceu com ele? Era um amor) e pode ser que eu tenha mencionado algo a respeito de como ela não devia pensar que estava perdendo uma filha quando a Holly se casar com o Mark, mas sim que vai ganhar um filho.

Então eu me lembrei que ela não devia saber que a Holly vai se casar com o Mark nesta semana.

Espero que eu não tenha entregado tudo, nem nada assim!

No que diz respeito àquele tal de Cal, bom, eu concordo que a Arábia Saudita é um assunto muito chato para um livro.

Mas, mesmo assim, ele parecia bem bonitão com aquela gola olímpica que estava usando no *Charlie Rose*. Acho que talvez fosse cashmere. Só estou dizendo que não doeria nada dar uma chance ao rapaz.

E o que você quis dizer quando falou que eu não preciso me preocupar com ele se apaixonando por você? Não quero ouvir este tipo de conversa negativa da sua parte, mocinha. Você sabe que é irresistível. Pelo menos quando não está de TPM e tira o cabelo da frente dos olhos.

Com amor,
Mamãe

Para: Claire Harris <charris2004@freemail.com>
De: Jane Harris <jane@wondercat.com>
Assunto: Res: Holly

MÃE! AS COISAS ESTÃO PÉSSIMAS!!!! EU DISSE QUE NÃO ERA PARA VOCÊ DIZER NADA!!!

NÃO DIGA MAIS NADA PARA NINGUÉM ATÉ EU DIZER QUE ESTÁ TUDO BEM!

E NÃO VÁ MAIS AO SUPERMERCADO KROGER SAV-ON OU A QUALQUER OUTRO LUGAR EM QUE VOCÊ POSSA CRUZAR COM A MÃE DA HOLLY!!!!!!!!!!!!!!!!!!

J

Para: Darrin Caputo <darrin.caputo@graficacaputo.com>
De: Jane Harris <jane@wondercat.com>
Assunto: A sua mãe

Ai, meu Deus, Darrin, a sua mãe sabe? Sobre a Holly e o Mark, quer dizer? Porque acho que a minha mãe pode ter entregado alguma coisa. VOCÊ sabe, certo? Quer dizer, que eles vão...

Ai, meu Deus, e se você também não pode saber? A Holly me MATA se descobrir que eu contei. Ela realmente queria fazer uma surpresa para você, por causa de todas as vezes que você brincou que ela não ficaria com um cara só.

Mas tanto faz, esta é uma emergência. A Holly está toda esquisita desde a tarde, está meio deprimida, e acho que pode ser porque recebeu notícias da sua mãe. Darrin, a Holly e o Mark vão se casar em segredo nesta semana! Mas está dando tudo errado! O pessoal da licença de casamento aqui em Le Marche não está cooperando e o fogão elétrico do seu tio não funciona e tem um amigo do Mark que só fica dizendo coisas maldosas e...

Bom, não ligue para tudo isso. Mas, bom, você PRECISA impedir a sua mãe de descobrir o que está acontecendo, porque acho que a Holly não vai agüentar mais muita coisa. Será que você pode fazer alguma coisa para despistá-la? Fingir que você e o Bobby vão adotar uma criança ou algo assim?

Ah, já sei! Diga a ela que você vai fazer uma operação de mudança de sexo!!! Isso!!! Uma coisa transgênero vai distraí-la, TOTALMENTE!

Obrigada, Darrin, você é o máximo! Escrevo mais quando tiver novas notícias...

E NÃO CONTE PARA A HOLLY QUE EU CONTEI PARA VOCÊ!!!! QUANDO VOCÊ FICAR SABENDO QUE ELA ESTÁ CASADA, FINJA SURPRESA!!!!!!!!!!!

J

Diário de Viagem de
~~Holly Caputo e Mark Levine~~
Jane Harris

AAAARRRGH. MÃES. Quer dizer, eu amo a minha mãe e tudo o mais – não é maravilhoso ter alguém na sua vida que, toda vez que você reclama de um cara, diz que "ele deve estar secretamente apaixonado por você, é por isso que age assim"? – mas ela tem a BOCA GRANDE DEMAIS.

Quer dizer, isto aqui é uma CRISE, o fato de ela ter entregado tudo – bom, mais ou menos, de todo modo – para a Sra. Caputo.

E, falando sério, a culpa é só minha, porque, para começo de conversa, eu não deveria ter dito nada para ela... para a minha mãe, quer dizer. Ela não consegue guardar um segredo desde... bom, desde sempre.

Só que eu não sei como consertar a coisa. Esta nova crise, quer dizer. Isto é algo que não vai poder ser resolvido com os gritos de Frau Schumacher até, sabe como é, estar resolvido.

Assim que recebi aquele e-mail, fui até o quarto da Holly e do Mark – a Holly foi para a cama assim que chegamos do restaurante, dizendo que estava com dor de cabeça... e não é para menos, se ela recebeu da mãe as notícias que suponho ter recebido – e bati na porta, já que o Mark estava lá embaixo tomando uma saideira com o Cal.

De todo modo, a Holly falou: "Pode entrar", com uma voz bem fraquinha – e ela parecia PÉSSIMA! Perguntei se tinha recebido notícias da mãe e ela disse que sim, e daí eu pedi desculpas porque a culpa era toda minha.

A Holly foi a mais fofa possível, e disse para eu não me preocupar, porque ela não me culpava nem um pouco...

Mas a culpa é toda minha, eu simplesmente sei.

"Aliás, estou começando a achar que este casamento está fadado a não acontecer", a Holly disse.

!!!!!!!!!!!!!!!!!

Eu disse que ela TEM QUE se casar com o Mark, que se os dois não se casarem, isso vai abalar profundamente a minha crença no amor romântico. Que eles foram feitos um para o outro. Quer dizer, é só olhar para a maneira como ele tem pés grandes e os dela são bem pequenininhos e lindinhos. E olhe só como ela detesta tomate e ele adora, e ele detesta chucrute e ela adora... Eles sempre terminam o prato um do outro.

E OS DOIS adoram Seventh Heaven, não é só a Holly. O Mark não admite, mas ELE também não atende ao telefone quando eu ligo na segunda-feira à noite: e a Holly diz que ELE também sempre chora no fim.

Eu disse tudo isso para a Holly e ela só ficou fazendo sinais afirmativos fracos com a cabeça e disse achar que só estava cansada. Então eu disse a ela que fosse dormir e que assim se sentiria melhor pela manhã.

Mas é claro que esta não foi uma conversa das mais reconfortantes. Então eu desci para falar com o Mark – e dei de cara com ele subindo a escada, porque ele disse que também não estava lá muito animado, e por isso ia para a cama cedo.

Então eu o peguei pelo braço e o arrastei até um dos quartos vazios – parece que o Cal resolveu não ficar com o cor-de-rosa, no final das contas – e eu relatei a ele o que tinha acontecido entre a minha mãe e a da Holly.

A única coisa que ele disse foi: "Ai, Jane, eu não me preocuparia com isso."

"Mas a Holly está arrasada!", eu gritei. Não dá para acreditar que ele não percebia! Quer dizer, é verdade que eu conheço a Holly desde a primeira série, quando a família dela se mudou para a minha rua e eu fui lá, toquei a campainha e perguntei se tinha alguma menina na casa para brincar comigo.

Mas o Mark mora com ela há dois anos! É de se pensar que ele já deve conhecê-la pelo menos tão bem quanto eu! Quer dizer, eles dormem na mesma cama!

"A Holly só está cansada", o Mark disse. "Está exausta, assim como eu. Hoje o dia foi cheio."

"Então..." Preciso confessar que estava com lágrimas nos olhos, como se tivesse assistido ao fim de Babe – O Porquinho Atrapalhado ou a um episódio de Seventh Heaven. "Você não está pensando em cancelar?"

"O casamento?" O Mark olhou para mim como se eu fosse louca. "De jeito nenhum. Por que eu faria uma coisa dessas?"

"Bom, porque..."

E daí, antes que eu pudesse me conter, fui despejando a coisa toda. A verdade. A respeito do amigo dele, Cal.

Eu sei que não foi muito legal da minha parte. Dar uma de dedo-duro, quer dizer. Principalmente para um noivo, em relação a seu padrinho. Principalmente apenas 36 horas antes do casamento.

Mas, mesmo assim. O Cal merece, total. Quem ele acha que é, aliás, com a feniletilamina dele e com as idéias que tem de colocar dúvidas na cabeça da minha melhor amiga – ou, pior ainda, do futuro marido dela – para sabotar o casamento deles?

O Mark escutou tudo o que eu tinha a dizer (falei com uma sotto voce de verdade, para que o Cal, que ainda estava lá embaixo na terrazza, não pudesse escutar) e, quando eu terminei, ele fez uma coisa estranhíssima.

Jogou a cabeça para trás e começou a rir.

É isso aí! Ele riu de verdade! Como se aquela fosse a coisa mais hilária que já tivesse escutado na vida!

Francamente, não vejo o que tinha assim de tão engraçado naquilo. Quer dizer, se eu estivesse prestes a me casar, e descobrisse que um dos meus amigos estava planejando usar toda a influência que tivesse sobre mim para tentar me fazer desistir...

Bom, isso é simplesmente ridículo, porque se eu estivesse decidida a me casar com alguém, ninguém seria capaz de me fazer desistir.

E foi exatamente o que o Mark me disse.

Mark: "Janie, o Cal é um dos melhores amigos que eu já tive. Mas ninguém vai me fazer desistir de casar com a Holly. Principalmente se for alguém cujo casamento foi um desastre tão espetacular quanto o dele."

Esta informação secou as minhas lágrimas no mesmo instante.

E eu sei que foi completamente errado da minha parte, mas eu realmente não pude me conter e perguntei: "Você conheceu a ex do Cal, a Valerie?"

Mark: "Se eu conheci? É, conheci, sim. Aliás, quase tão bem quanto ele. E mais ou menos durante o mesmo tempo. Eu estava presente na noite em que eles se conheceram."

Eu: (extremamente interessada nisto) "É mesmo? E ela era mesmo bonita? Ela era modelo, certo?"

O Mark só deu de ombros. Preciso reconhecer que ele não parecia assim tão animado. Mas talvez fosse a luz direta da lâmpada italiana dentro de uma cúpula rosa.

Mark: "Ela era legal. Não era o meu tipo. Alta e loira e esquelética. Você sabe. Uma modelo típica."

Eu: (assentindo com a cabeça, solidária) "E era muito, muito burra, certo?"

Mark: "Bom, não tão burra a ponto de não saber que tinha se prendido a um cara que tinha recebido o primeiro salário da vida. E a coisa toda de ser modelo também não estava indo tão bem quanto ela gostaria que fosse.

> Contrariamente ao que ela aparentemente tinha sido levada a acreditar na escola Barbizon ou sei lá onde aprendeu a desfilar, a vida de modelo é bem dura. É preciso acordar cedo. E ela não gostava nada disso."

Uau! O Mark realmente detestava a mulher do Cal! Ele quase NUNCA diz nada de mau sobre ninguém, tendo em vista como é, sabe, legal e tudo o mais.

"Então..." Eu ainda não estava certa de que era seguro deixar o Mark sozinho com o amigo dele. "Se o Cal DE FATO tentar fazer você desistir de se casar com a Holly..."

"Ele não vai tentar algo assim", o Mark respondeu. Mas ao ver minhas sobrancelhas erguidas em sinal de ceticismo, ele completou: "Bom, tudo bem, ele pode tentar, mas não vai dar certo. Não acredito que logo você, ninguém menos, acharia que uma coisa dessas é possível, Janie. Eu amo a Holly, e ninguém nunca vai conseguir me convencer a não me casar com ela. Nem o Cal. Nem a minha mãe. Nem mesmo a mãe da Holly. Nada vai me impedir de fazer isto. NADA."

Infelizmente, a conclusão desse discurso tão inspirador foi um certo anticlímax, já que mais ou menos na hora em que ele proferiu as palavras "mãe da Holly", o Mark ficou com cara de enjôo e disse: "Hum, com licença, de repente comecei a passar mal", e foi correndo para o banheiro, de onde começaram a sair alguns sons explosivos.

Então eu desejei boa sorte para ele e fui para o meu próprio quarto, feliz de saber que, se o Cal tentasse alguma coisa, pelo menos o Mark continuaria firme.

No que diz respeito à Holly... bom, vamos ter que esperar para ver. ACHO que ela sabe que está fazendo o que é certo.

Vou trabalhar nela mais um pouco amanhã, no carro.

Agora, vou lá informar ao Cal Langdon que ele não vai conseguir convencer o Mark a desistir...

Diário de Viagem de
~~Holly Caputo e Mark Levine~~
Jane Harris

Ai, meu Deus, você nunca vai adivinhar o que eu peguei o Cal Langdon fazendo!!!! O Senhor Notícias Importantes estava na terrazza, oferecendo um prato de atum do Zio Matteo a um monte de gatos de rua magrelos que tinham vindo do estábulo até a casa.

Ele deu um pulo como se eu tivesse dado um tiro nele quando disse o seu nome, e os gatos todos saíram correndo, mas eu vi.

Ah, eu vi todos eles, vi sim.

Entre a coisa de ter medo de cobra, e agora a fraqueza por gatos, parece que o Sr. Sem Coração pode ter um dentro do peito, afinal de contas.

Mesmo assim, não deixei transparecer que eu sabia. A respeito do coração, quer dizer. Em vez disso, eu disse a ele — porque não consegui me segurar — que tinha falado com o Mark e que ele (Cal) estava vivendo em um mundo de fantasia se achava que poderia convencer o Mark a não se casar com a Holly na quarta-feira.

Para a minha surpresa, o Cal simplesmente ignorou aquilo. Em vez disso — enquanto olhava para os meus sapatos Christian Louboutin, como sempre — perguntou se eu sabia que as mulheres indianas às vezes enfeitavam os pés com hena.

?????????????

Tem alguma coisa seriamente errada com esse cara.

Eu: "Hum, não. Mas eu sei que, se elas mostrarem os tornozelos em público, podem ser castigadas com a amputação dos pés. Por que você não escreve um livro a respeito de como isso é injusto, em vez de o que vai acontecer com os sauditas quando o petróleo acabar?"

Cal: (finalmente tirando os olhos dos meus pés) "Você acha que a vida das mulheres lá vai melhorar quando o país for praticamente isolado do contato com o mundo exterior, devido ao fato de não terem mais um produto que queremos explorar? Ou você acha que vai piorar?"

Eu: "Vai piorar, obviamente. Mas o que eu posso fazer a este respeito? Usar menos garrafas de água?"

Cal: "Sim, o consumo excessivo de produtos fabricados com base de petróleo é uma das principais causas do aquecimento global."

Falando sério, não sei como ele algum dia convenceu uma mulher a se casar com ele. Quer dizer, falando coisas desse tipo. Nem uma modelo.

Ei, talvez seja por isso que ele agora só sai com estrangeiras. Porque elas não distinguem muito bem o que sai da boca dele.

Eu: "Bom, então é melhor a gente acabar com tudo logo para não ter mais e voltarmos a fazer as coisas como eram antes."

Cal: "Você diz antes de começarem a engarrafar água mineral e vender por um dólar e cinqüenta cada, fingindo que é melhor do que beber da torneira?"

!!!!!!!!!!!!!!

Eu: "Não sei. Foi você quem escreveu um livro sobre isso. Aliás, por que você não pára de olhar para os meus pés?"

Cal: "Por que você não pára de olhar para a minha virilha?"

JURO POR DEUS!!! FOI ISSO QUE ELE ME PERGUNTOU!!!!

Então, GRAÇAS A DEUS o Peter saiu do nada e falou: "Jane Harris, eu ouvi a sua voz e percebi que estava acordada. Será que você podia fazer aqueles desenhos do Wondercat que prometeu para o meu site?", e me entregou um bloco de desenho e algumas canetinhas.

Então eu respondi: "Claro que sim, Peter", com a minha voz mais agradável possível – apesar de eu estar TENDO UM CHILIQUE por causa da coisa da virilha – e desenhei uns cinqüenta Wondercats para ele, enquanto o Cal ficava lá caçoando à luz de velas, dizendo: "Peter, você não devia estar na cama a esta hora? Você não tem aula amanhã?"

Mas é claro que o Peter explicou que estuda na escola da internet e não tem hora certa para entrar online.

E a única coisa que eu conseguia pensar, era: O que teria acontecido se o Peter não tivesse aparecido naquele exato momento? Quer dizer, o Cal e eu estávamos quase tendo um embate físico por causa daquela coisa toda do petróleo. Estávamos tão pertinho que, sabe como é, me ocorreu – de uma maneira meio aleatória – que se nós não nos odiássemos tanto, poderíamos ter começado, sei lá.

A nos beijar ou algo assim.

EU SEI! Eu nem GOSTO dele. Ele é um sabe-tudo cheio de pompa – um tarado por modelos!

Mas, ainda assim, ele meio que... exala alguma coisa. Não sei o que é. Quer dizer, eu estava me divertindo bastante por odiá-lo profundamente até que eu o vi com aqueles gatos. GATOS!!!! ELE GOSTA DE GATOS!!!!

E estava na cara que ele não QUERIA ser pego dando comida para eles. Ele ficou com cara de CULPADO quando me viu.

E daí, quando chegamos bem pertinho, durante a nossa discussão...

BAM. Lá estava. Não pude deixar de notar como ele estava lindo sob a luz de velas, com aqueles olhos azuis demais e o cabelo desgrenhado, parecido com o do Brad Pitt e a camisa um pouco aberta no pescoço de modo que eu vi um pouquinho dos pêlos que ele tinha exibido antes, na piscina e...

QUAL É O MEU PROBLEMA??? EU JÁ TENHO NAMORADO!!!!!!!!!

Bom, tudo bem, não exatamente.

Mas eu tenho um se quiser. Só preciso ir até a Colúmbia Britânica, no Canadá, e PRONTO, lá está, o namorado. Um namorado que ACREDITA em amor. Um namorado que JAMAIS diria que o amor é uma simples reação química no cérebro causada pelo aumento de feniletilamina (Hum, especialmente porque o Malcolm não conhece nenhuma palavra grande assim).

ENTÃO, POR QUE É QUE ESTOU PENSANDO NO CAL LANGDON DESTA MANEIRA?

Não pode ser só a coisa dos gatos. Deve ser todo este ar fresco. Isso afeta MESMO uma garota. Assim que eu voltar para a cidade e respirar aquela boa e velha poluição de Nova York, vou voltar a ficar bem.

Espero.

Enquanto isso, só preciso FICAR LONGE dele e dos feromônios ou de sei lá o que que me faz ficar pensando em como seria ir para a cama com o Cal Langdon.

Amanhã, também, vou me lembrar de colocar meus tênis Adidas. Nenhum cara fica olhando para os pés da gente quando se está de Adidas.

Meu Deus, como é que eu vou conseguir dormir AGORA?

Palmtop de Cal Langdon

Eu PRECISO ficar longe do prosecco. Essa bebida me faz fazer as coisas mais abomináveis possíveis, coisas que eu jamais faria se estivesse com a cabeça no lugar... dar um belo atum para um monte de gatos de rua, por exemplo, ou reconhecer como o luar destaca as luzes do cabelo de uma certa cartunista...

Quem bebeu todo o uísque?

Para: Jane Harris <jane@wondercat.com>
De: Darrin Caputo <darrin.caputo@graficacaputo.com>
Assunto: Res: A sua mãe

VOCÊ ESTÁ FALANDO SÉRIO???? A HOLLY E O MARK VÃO CASAR ESCONDIDO???? Em Castelfidardo?

Bom, este me parece um lugar meio esquisito para fazer isso (você viu o caralho do acordeonista pelado da praça? Aquele cara é mesmo do CARALHO), mas eu fico felicíssimo por eles. É CLARO que vamos fazer alguma coisa para despistar a mamãe. Não sei exatamente o quê... o Bobby vai pensar em alguma coisa, ele é melhor para este tipo de coisa do que eu.

Ai, meu Deus, esta é simplesmente a MELHOR NOTÍCIA de todas. NINGUÉM merece mais um casamento romântico na Itália do que a minha irmã Holly. Dê um beijão nela da minha parte e não se preocupe, não vou contar para NINGUÉM!!!!

Com carinho,
D

Para: Jane Harris <jane@wondercat.com>
De: Claire Harris <charris2004@freemail.com>
Assunto: A mãe da Holly

Falando sério, Jane, você não precisa GRITAR comigo. É isso que você faz quando escreve um e-mail todo em letras maiúsculas, sabe como é. Fica GRITANDO. E é muita falta de educação.

Não foi minha intenção dizer nada para a Marie. Obviamente. Simplesmente escapou. Você devia ser um pouco mais compreensiva, sabe como é. Estou sofrendo muita pressão ultimamente, no Exército da Salvação, onde estou trabalhando como voluntária. Nos três últimos sábados seguidos eu me inscrevi para trabalhar na loja de roupas usadas e todas as vezes me mandaram para os fundos, onde fiquei passando as roupinhas de bebê doadas! Sei que sou boa para passar roupa, mas será que não podiam me colocar pelo menos uma vez no caixa? Ou para ajudar os pobres a encontrar as roupas certas para o tipo de corpo deles?

Mas não. "Ah, olhe, lá vem a Claire. Pegue a tábua de passar."

Estou pensando seriamente em largar e ir fazer serviço voluntário em outra instituição. A Marcy Clark disse que na Good Will eles não mandam passar NADA.

Além do mais, o seu pai encostou em uma manga ontem, e você sabe como ele tem alergia. Eu AVISEI que tinha uma manga na fruteira. Eu ia usar na salada de fruta que ia levar para o banquete na casa da Helen Fogarty neste fim de semana.

Mas o seu pai teve que pegar e cortar a manga toda, achando que era uma papaia, e agora ele está todo empipocado nas mãos e nos braços. Eu estou colocando Caladryl na irritação, mas acho que vamos ter que dar mais uma passada no pronto-socorro para pedir um remédio mais forte...

Então não venha estourar para cima de mim, mocinha. Tenho muita coisa na cabeça.

Mas, aliás, não sei qual é o problema da Marie. Pelo menos a filha dela tem um namorado que deseja se casar com ela. A MINHA filha só tem um contrato de desenvolvimento com o Cartoon Network. E ao mesmo tempo que o papai e eu nos orgulhamos muito de você, querida, não dá exatamente para sair em lua-de-mel com um contrato de desenvolvimento, não é mesmo? Ou ficar olhando nos doces olhos angelicais de um contrato de desenvolvimento enquanto você troca as fraldas dele.

Então, dê uma folguinha para a sua mãe.

Com amor,
Mamãe

Diário de Viagem de
~~Holly Caputo e Mark Levine~~
Jane Harris

Certo. Certo. Tudo vai ficar bem. Eu vou conseguir dar um jeito nisso. Vou conseguir dar um jeito nisso, total...

Não, não vou coisa nenhuma. É um desastre total e completo.

O que é que eu vou fazer????

Para: Servidor de Listas <Wondercat@wondercatlives.com>
De: Peter Schumacher <webmaster@wondercatlives.com>
Assunto: JANE HARRIS

Bom dia, meus colegas fãs do Wondercat! Hoje tenho GRANDES NOTÍCIAS a respeito da JANE HARRIS! Os amigos dela que vão casar comeram ostras estragadas ontem à noite e hoje de manhã estão passando supermal! ISSO MESMO! Não conseguem levantar da cama!

E isso é ruim, porque eles precisam ir pegar o formulário no consulado dos EUA hoje, para poderem se casar amanhã!

Mas quando eu fui até a cidade hoje de manhã com o meu motorino, para trazer brötchen fresquinhos para a JANE HARRIS, ela estava muito preocupada e disse: "Pergunte a sua vó o que podemos fazer." Então eu chamei a minha vó, e ela foi até a casa deles e disse que não há nada a fazer quando se come ostras ruins, que eles vão ter que esperar até sair tudo do organismo deles.

E, se isso não acontecer logo, eles não vão poder se casar amanhã.

O que é uma MÁ NOTÍCIA para a JANE HARRIS.

Vou continuar dando informativos na medida em que as coisas forem acontecendo! Aqui é o Peter Schumacher, o Maior Fã do Wondercat!

Wondercat para Sempre!
Peter

Diário de Viagem de
~~Holly Caputo e Mark Levine~~
Jane Harris

Ostras. Eles simplesmente tinham que COMER aquelas ostras.

Eu avisei. Não podem dizer que eu não avisei. Quem é que come frutos do mar crus em um país estrangeiro, é o que eu pergunto. Quem? Não estamos no Japão. A Itália não é famosa por seus frutos do mar crus. O que eles TINHAM NA CABEÇA?

Coitado do Mark. Acho que foi isso que eu ouvi ele vomitando ontem à noite. E ele CONTINUA vomitando. Mal consegue sair da cama.

E a Holly... meu Deus, quando bati na porta do quarto para ver se eles já estavam prontos para a viagem até Roma, e a Holly abriu, ela estava com cara de... bom, com cara de morta-viva. Ela não fica com uma cara tão péssima desde aquele feriado de Quatro de Julho em que nós inventamos uma bebida com bolinhas de melancia e vodca (Foguete Vermelho).

"Acho que não vai ter casamento nenhum", ela disse. E daí precisou sair correndo para o banheiro.

Eu não tinha alternativa além de sair correndo atrás dela. Afinal, já segurei o cabelo dela enquanto ela vomitava inúmeras vezes – principalmente na vez do Foguete Vermelho.

"Holly", eu disse, com a maior delicadeza possível, quando ela se jogou exausta em cima dos azulejos do banheiro. "Vocês PRECISAM ir a Roma hoje. Você sabe que amanhã é o único dia que o prefeito disse que podia encaixar o seu casamento na agenda."

O que se revelou não ser a coisa certa a dizer, porque a Holly começou a chorar no mesmo instante.

"Eu sei!", ela choramingou. "Mas o que a gente pode fazer? A gente não iria agüentar cinco minutos no carro. Iríamos precisar parar a cada trinta segundos para vomitar. Ah, meu Deus, Janie. Está tudo acabado. Não vamos nos casar. Não agora, pelo menos.

Não na Itália. E da maneira como tudo parece estar indo contra nós... talvez nunca. Talvez a minha mãe tenha razão. Talvez a mãe DELE tenha razão. Talvez a gente simplesmente deva esquecer tudo. Talvez isto seja simplesmente algo que não está destinado a acontecer."

Eu sei! Não dava para acreditar no que eu estava ouvindo!

"Algo que não está destinado a acontecer? Holly, eu sei que você não está se sentindo bem, mas você ENLOUQUECEU? Você não pode simplesmente deixar para lá. Vocês PRECISAM se casar. E precisam se casar aqui, na Itália."

Ela só olhou para mim através daqueles olhos tristes e inchados. "Por quê?"

"Porque eu já contei para o Darrin!", foi o que eu QUASE disse. Mas daí eu me lembrei de que não deveria contar para ninguém, e no último segundo possível, mudei para: "Porque foi isso que você sempre quis fazer. Você planeja isso desde sempre. E o Mark também quer, eu sei. Mais do que qualquer outra coisa. Você não pode desistir de tudo só por causa de uma intoxicaçãozinha alimentar!"

Ao que ela respondeu com um pouco mais de vômito.

De algum modo, consegui levá-la de volta para a cama. Então eu encontrei o Peter lá fora trazendo mais daqueles pãezinhos para o café-da-manhã, e pedi para ele chamar a avó dele. Frau Schumacher chegou, com uma cara muito preocupada, e entrou para dar uma olhada no casal adoentado. A expressão dela, quando saiu do quarto, era muito séria.

"Não estão bem", disse. "Não vão conseguir ir até Roma e voltar hoje. Amanhã, sim. Mas hoje, não."

"Mas TEM que ser hoje", eu exclamei. "Não tem outro dia! O prefeito disse que quarta-feira era o único dia... e, de todo modo, vamos embora na sexta."

Mas eu sei que Frau Schumacher tem razão. Ela está lá embaixo preparando algum tipo de sopa quente para o Mark e a

Holly engolirem – não importa se as luzes se apagarem agora, porque está de dia. Aliás, é um dia bem lindo. O sol brilha e a piscina reluz, e a brisa faz com que as folhas das palmeiras balancem suavemente...

Droga! Por que eles foram comer aquelas ostras?

E por que este país precisa ser tão ATRASADO??? Se uma pessoa quer se casar aqui, e trouxe todos os formulários certos dos EUA, por que NÃO PODE??? Por que precisam mandar que ela se desdobre para arranjar MAIS formulários??? Será algum tipo de teste para ver se o casal está mesmo comprometido com a idéia de se casar? Quer dizer, é só um FORMULÁRIO, qualquer pessoa pode conseguir um formulário...

Puta que pariu.

Qualquer pessoa pode conseguir um formulário.

Palmtop de Cal Langdon

Honestamente, não sei como isto aconteceu. Eu estava dormindo bem feliz quando tudo começou.

Então, há menos de cinco minutos, um míssil pequeno, mas cheio de determinação, atingiu a minha cama, arrancou meus lençóis bem arrumadinhos e começou a gritar na minha orelha que estava na hora de levantar e entrar no carro.

Eu me lembro vagamente de que esse míssil tinha formas femininas – até que não é uma maneira desagradável de ser acordado. Até que eu me dei conta de quem era a dona daquela forma feminina específica.

Então uma xícara de café foi enfiada na minha mão e me apressaram para que eu me vestisse logo. O que eu fiz. E então, quando desci as escadas cambaleando, perguntando a mim mesmo o que estava acontecendo e por que Frau Schumacher estava ao fogão, preparando o que parecia ser algum tipo de sopa, fui arrastado com muita brutalidade, jogado para fora de casa, enfiado no banco do passageiro do carro e conduzido em velocidade considerável pela entrada da casa por alguém que aparentemente não fica muito à vontade dirigindo um carro com câmbio manual.

E alguém que se parece muitíssimo com a Jane Harris.

Depois de ter fumado crack.

Ah, é isso. Agora tudo está voltando. Supostamente, devemos acompanhar o Mark e a Holly até Roma para que eles possam pedir algum tipo de formulário na embaixada dos EUA.

Só que, por alguma razão, parece que o Mark e a Holly não estão no carro conosco.

"Hum, Jane", eu pergunto, em um tom que eu espero ser tranqüilizador, para não assustar a moça ao meu lado, com olhos esbugalhados atrás do volante. "Não esquecemos alguma coisa? Ou devo dizer, alguém? Uma *dupla* de alguéns?"

Ela mal parece registrar a minha presença no carro, fica checando o espelho retrovisor como uma louca, em busca de algum buraco no trânsito, para que consiga entrar na estrada principal.

"O Mark e a Holly estão com intoxicação alimentar", é a resposta surpreendente dela. "Não vão conseguir viajar. Vamos ter que cuidar de tudo sem eles."

"Entendi." Estou tentando soar o mais racional possível, tendo em vista como ela obviamente não está acostumada a dirigir e conversar ao mesmo tempo. "E percebo que vamos entrar com a requisição do formulário qualquer que esteja lhes faltando?"

"É." Ela joga alguma coisa no meu colo. Ao olhar para baixo, percebo que é um par de passaportes. "Não se preocupe. Eu trouxe o passaporte deles, e a certidão de nascimento também."

Isso me parece extremamente divertido.

"E você realmente acha que a embaixada dos EUA vai nos dar este formulário só porque estamos com o passaporte e a certidão de nascimento dos nossos amigos", pergunto, entrando no jogo, "só porque nós vamos pedir, como um favor?"

"Não", é a resposta um tanto surpresa de Jane Harris. "Eles vão nos dar o formulário porque vamos dizer a eles que somos Mark Levine e Holly Caputo."

Esta com toda a certeza é a coisa mais engraçada que ouvi toda a manhã.

"E por acaso isso não vai ser um pouco difícil?", pergunto. "Levando em conta que o Mark tem cabelo escuro e usa óculos, e eu tenho cabelo claro e enxergo perfeitamente bem?"

Antes que eu percebesse, os óculos do Mark foram jogados no meu colo.

"Eu peguei na mesinha-de-cabeceira dele", minha seqüestradora explicou. "E, na foto, não dá para ver que o cabelo dele é escuro. É preto e branco. Você pode dizer que clareou com o sol, ou algo assim, se alguém perguntar. Mas ninguém vai perguntar."

Infelizmente, agora estou começando a acordar. Mais infelizmente ainda, tudo isso está começando a se parecer cada vez menos com um sonho, e cada vez mais com um pesadelo real.

"Espere um pouco. Você está falando sério?" Porque ela PARECE totalmente séria. E estamos nos deslocando com muita velocidade pela estrada principal – passando por placas que dizem ROMA. "Nós vamos FINGIR que somos o Mark e a Holly?"

"Por que não?" Ela está ultrapassando um caminhão carregando – como era previsível – numerosos frangos vivos, em pilhas altíssimas. Eles cacarejam para nós, histéricos. "Só precisamos mostrar a identidade e assinar alguns papéis. Qual é a encrenca?"

"A ENCRENCA", respondo (desde quando as pessoas passaram a trocar a palavra "problema" por "encrenca"? Será que é uma coisa de artista? A Mary também fala assim), "é só uma coisinha que, acredito, o pessoal chama de falsificação. E provavelmente perjúrio. E talvez mais um monte de outras coisas."

Jane Harris não virou a cabeça na minha direção em nenhum momento. Ela está de óculos escuros, o que torna extremamente difícil ver os olhos dela, e portanto conferir se ela enlouqueceu mesmo de vez.

"Ah, faça-me o favor", ela está dizendo. "Até parece que vão nos pegar. O Mark é médico, está lembrado? Ninguém consegue ler a assinatura dele mesmo. E eu sou desenhista. Falsifico a assinatura da mãe da Holly em boletins e bilhetes de atraso há séculos. Acho que não vai ser nem um pouco difícil imitar a da Holly. Você só precisa rabiscar qualquer coisa para o Mark."

Isto passou de uma brincadeira agradável a uma situação completamente desagradável.

"Jane", tento mais uma vez. "Você está me seqüestrando e me obrigando a ir a Roma com você para cometer fraude contra o governo dos Estados Unidos?"

Ela se recusa a enxergar a gravidade da situação, e simplesmente responde: "Ah, cala a boca e toma o seu café e continua escrevendo na sua maquininha aí, se isso faz com que se sinta melhor. Tem uns brotchen do

Peter no banco de trás se você quiser. E eu não estou seqüestrando você. Não vou pedir resgate para ninguém por você. E até parece que alguém pagaria se eu pedisse."

Deve existir algum tipo de lei italiana que proíbe isto aqui... de se aproveitar de um homem em estado muito menos do que desperto, forçando-o a percorrer centenas de quilômetros até uma cidade de onde ele veio há apenas um ou dois dias, onde será forçado a se fazer passar por outro homem...

Ela está usando tênis Adidas, mas ainda dá para ver a tatuagem dela. Será que é só porque está cedo demais ou será que ele está mesmo... bom... piscando para mim?

Diário de Viagem de
~~Holly Caputo e Mark Levine~~
Jane Harris

Isto aqui vai dar certo. TEM QUE dar certo.

Sei que o Cal acha que não vai dar (grande surpresa).

Mas o que é que ELE sabe? Ele é contrário a estes dois ficarem juntos desde antes de todo este evento começar. Olhe só para ele agora, pedindo a chave do banheiro masculino. AINDA está com cara de quem não sabe o que caiu em cima da cabeça dele. O cabelo dele atrás está todo eriçado, de um jeito bem esquisito – mas estranhamente erótico.

ERÓTICO???? O que eu estou PENSANDO???? Tenho uma MISSÃO a cumprir aqui. Não posso ficar pensando em sexo em um momento destes!!!

Isto vai TER QUE dar certo. Estamos a meio caminho de Roma agora, e só passa um pouco das dez. Acho que vamos chegar lá antes do almoço... bom, provavelmente bem quando estiverem fechando para o almoço.

Mas tudo bem. Estamos falando da embaixada dos EUA. Não é POSSÍVEL que façam almoço de quatro horas na embaixada dos EUA. O pessoal é AMERICANO, pelo amor de Deus. Provavelmente têm uma hora para almoçar, como todas as pessoas normais. Então vamos poder preencher o formulário, pegar a APOSTILA e voltar para a estrada às três, e estaremos em casa antes de escurecer.

POR FAVOR, tomara que eles só façam uma hora de almoço...

Para: Jane Harris <jane@wondercat.com>
De: Holly Caputo <holly.caputo@thenyjournal.com>
Assunto: Cadê você?

Desculpe se tiver algum erro de digitação nisto aqui, mas eu não estou conseguindo enxergar direito, a minha cabeça está latejando. Mas onde vocês estão? Frau Schumacher - que está sendo um amor com a gente - disse que não sabe, que vocês só saíram correndo sem falar nada para ninguém...

Bom, mas fico feliz, de todo modo, que você não esteja aqui para ver isto. Espero que esteja em algum lugar se divertindo. Sinto muito por estragar as suas férias. E o casamento. Eu sei como você estava ansiosa por isto. Quase tanto quanto eu - 02q9375)(*&@

Desculpe, agora eu não consegui segurar o choro e não consegui enxergar o teclado.

Mas, bom, fico feliz porque agora parece que você e o Cal estão se dando bem, e espero que tenham ido a Loredo ou algo assim. Naquela região tem algumas paisagens lindas de verdade. A casa da Madonna, por exemplo. Parece que anjos a ergueram da Terra Santa e trouxeram aqui para Le Marche...

Mas eu estava aqui me perguntando se por acaso você viu os óculos do Mark. Ele jura que deixou na mesinha-de-cabeceira, mas agora sumiram.

Não que faça diferença, porque o único lugar aonde ele vai é o banheiro. Mesmo assim, é estranho.

Bom, escreva quando puder. Ai, meu Deus, de novo não - preciso ir..

Holly

Diário de Viagem de
~~Holly Caputo e Mark Levine~~
Jane Harris

Chegamos!!!! A embaixada dos EUA!!! Chegamos com minutos de folga!!!! O Cal assumiu a direção depois daquele posto Mobil, e nós praticamente VOAMOS pelas poucas centenas de quilômetros seguintes.

Além do mais, ele insistiu em pegar uma estrada diferente, que não atravessava as montanhas. O que foi bom, porque eu tinha esquecido o meu Dramin. Chegamos a Roma faltando cinco minutos para o meio-dia!

E agora estamos aqui!

Preciso dizer que este lugar não tem nada a ver com o que eu tinha imaginado. Quer dizer, por dentro é um pouco parecido com o consultório do meu dentista. Tem um monte de cadeiras e pessoas esperando e uma recepção com um vidro e é preciso pegar um número (bom, tem mais a ver com o açougue que eu freqüento do que com o consultório do meu dentista, mas tanto faz). O nosso número é 92.

Preciso dizer que o Tarado por Modelos está se comportando de maneira bem melhor do que eu tinha imaginado que ele se comportaria, a julgar pela reação inicial que teve no carro, quando finalmente acordou. Reconheço que eu praticamente o coloquei dentro do carro sem que ele se desse conta. Eu sabia que ele não estava completamente acordado quando a gente saiu.

Mesmo assim, ele está dando o maior apoio. Não deu nem um pio para fazer sua campanha anticasamento a manhã toda. Talvez o sujeito finalmente tenha mudado de idéia.

Fat-bottomed girls / They make the rocking' world go round... [Mulheres de bunda gorda / É isso que faz o mundo agitado girar]

Ai, meu Deus, não ACREDITO que passamos a viagem toda ouvindo só isso! No minuto em que sairmos daqui, vamos DIRETO a uma loja de música para comprar outro CD. Não me importa o quê. QUALQUER COISA menos Queen.

Mas eu preciso reconhecer que estou começando a me apegar ao Freddy Mercury. We are the champions, my friends...

Aaaaaah, estão chamando um número. 92, 92, tomara que seja 92!!!!!!

28?

28????

O Cal acabou de olhar para mim e disse: "Parece que vamos ficar aqui um tempinho."

A declaração mais amena do ano.

E a única coisa que tem aqui para ler é a edição internacional da revista Time! A edição internacional da Time é como uma versão desbotada da original norte-americana, que já é tão desbotada que é a mesma coisa que assistir ao noticiário local – sem as decapitações acidentais com motosserras.

Eu vou MORRER.

Mas vale a pena. Vale a pena pela Holly. Isto é para ela. E para o Mark. Isto é...

AI, MEU DEUS, ESTE É O MEU PRESENTE DE CASAMENTO PARA ELES!!!!

Isso!!! Por que não pensei nisso antes??? Como não posso dar a eles este diário – Hum, especialmente não agora que mencionei os feromônios do Cal – vou dar isto a eles... o formulário que permitirá que o casamento se realize amanhã.

Genial. Totalmente genial. Isto é MUITO melhor do que castiçais ou alguma coisa tão idiota quanto isso.

Aaaaah, estão chamando outro número... 92. VAMOS LÁ!!! Talvez do 29 ao 91 já tenham ido embora.

Espera. Não é um número. O sujeito está colocando um aviso no vidro. O que diz?

Fechado para almoço

12h30 – 15h30

Chiuso

12.30 a 15.30

Palmtop de Cal Langdon

Não dá para acreditar que isto está acontecendo. Não dá para acreditar que fui reduzido a isto. Estou em Roma, possivelmente uma das cidades com maior diversidade gastronômica do mundo, famosa por sua cozinha, seu horário de almoço lânguido e extenso...

E tenho que comer uma pizza de berinjela no Amici Amore, uma porcaria de um fast-food italiano com uma filial em cada esquina.

Tem um FLIPERAMA no fundo.

Eu deveria ter sido mais firme. Eu deveria ter explicado que, quando um romano pendura uma placa dizendo que o local vai estar fechado até um certo horário, está falando absolutamente sério.

Mas não. Ela ficou insistindo que, se nós comêssemos rápido e voltássemos logo para a embaixada, de algum modo avançaríamos na fila. Apesar de que não há fila e ela está, de fato, de posse de um número que sem dúvida só vai ser chamado amanhã, ou possivelmente na semana que vem.

Por que eu não insisti? Esta viagem não precisava ser um desperdício completo. Poderíamos estar em um almoço agradável e romântico em algum jardinzinho aconchegante de um restaurante neste momento – ouvindo pombas arrulhando, em vez de asteróides sendo explodidos por uma pistola a laser gerada por um computador –, aproveitando o sol em vez do néon roxo obsceno deste lugar.

Por que deixei que ela fizesse a seu jeito? Principalmente levando em conta que o jeito dela com freqüência é muito, muito errado?

Eu nem *gosto* de berinjela.

Preciso assumir uma posição. Quando ela voltar do banheiro, *vou* assumir uma posição. Vou dizer a ela que este plano todo está destinado ao fracasso. Vou dizer a ela que isto não passa de um desperdício de tempo ridículo, e que vamos voltar para Le Marche para salvar o que nos resta das férias. Vou dizer a ela...

Lá vem ela.

Ah. Ela disse que estamos de saída.

Diário de Viagem de
~~Holly Caputo e Mark Levine~~
Jane Harris

Restaurante idiota! Roma idiota! Itália idiota!

Qual é o PROBLEMA dos banheiros aqui???? Falando sério. Precisei ir ao banheiro naquele idiota do Amici Amore, então me dirigi ao recinto e, para começar, a iluminação era de luz negra – por quê? Ah, porque (o Cal acabou de me explicar) assim fica impossível para os drogados acharem uma veia para se injetar lá dentro.

Mas essa não é a pior parte. Ah, não!

NÃO TINHA VASO SANITÁRIO. Nenhunzinho. No lugar onde deveria estar a privada, tinha um buraco. UM BURACO NO CHÃO. Com dois formatos de sapatos vazados dos lados, e duas barras para se segurar.

Certo, talvez as MULHERES ITALIANAS saibam o que é isto. Mas eu nunca vi nada assim, e não faço a MENOR IDÉIA do que se deve fazer ali. Obviamente, deve-se colocar os pés nas formas vazadas. E, sem dúvida, deve-se segurar nas barras.

E daí fazer o quê? Agachar?

EU NÃO AGACHO.

Ai, meu Deus, qual é o PROBLEMA deste país?

O Cal disse que conhece outro restaurante aonde podemos ir que não fica longe daqui, e que ele jura que tem privada no banheiro feminino. Estou tão traumatizada que até vou deixá-lo me levar lá. UM BURACO. UM BURACO. O que Amici Amore QUER DIZER? UM BURACO ENORME AQUI?

Ah. O Cal disse que quer dizer Amor de Amigos (amici = amigos, amore = amor).

Ame os Seus Amigos. Ha! Foda os Seus Amigos tem mais a ver. Quando dizem para ir lá. OLHAR O BURACO.

Aliás, para onde ele está me LEVANDO? Eu disse ao Cal que era melhor não irmos para muito longe do consulado, já que eu tenho CERTEZA de que eles não vão mesmo fazer um intervalo de almoço de três horas. Quer dizer, eles são AMERICANOS, pelo amor de Deus. O aviso provavelmente era só um truque para enganar as pessoas com probleminhas bobos e mesquinhos como precisar de outro passaporte ou qualquer besteira dessas. Não vai ME enganar. Estou aqui para ir até o fim. Não ligo quanto tempo vai demorar. Vou ficar aqui esperando até conseguir...

Aaaaah, mas que prédio lindo!

Hotel Eden

Sesto piano, la nostra terrazza ristorante da dove si può ammirare uno dei più bei panorami sulla Città Eterna.

Gli altri de la invidiano, noi ve la offriamo.
Oltre all'incantevole panorama, "La Terrazza dell'Eden" è da segnalare per i prestigiosi riconoscimenti tra cui uno Stella Michelin.

Hotel Eden

O sexto andar de Roma:

Nosso restaurante que vai deleitá-lo com a melhor cozinha mediterrânea acompanhada pela vista incomparável das Sete Colinas de Roma.

"La Terrazza dell'Eden" é um dos mais prestigiosos restaurantes gourmets de Roma, e tem orgulho de ter recebido uma Estrela do Guia Michelin.

Degustazione

Carpaccio scottato di branzino e capesante
con olio extra vergine al basilico
Mezzi rigatoni grezzi all'aragosta con crema di zucca
Ravioli di barbietola con polenta e taleggio
Coda di rospo al forno con speck e lenticchie
Medaglioni di vitello in crosta di pecorino senese
con zucchine croccanti
Crostata aromatizzata con mele e mandorle, semifreddo
alle nocciole e Ferrari Maximum Demi-sec
Caffe
Delizie friabili

Cardápio Gourmet

Carpaccio morno de peixe e vieiras,
azeite de oliva extra-virgem aromatizado ao manjericão
Rigatoni com creme de lagosta e abóbora
Ravioli de beterraba recheado de polenta e queijo taleggio
Tamboril assado com presunto defumado e lentilhas
Medalhões de vitela com crosta de queijo pecorino,
Abobrinhas crocantes e orégano
Torta de maçã e amêndoa, semifreddo de avelã
E calda de Ferrari Maximum Demi-sec
Café
Petits-fours

Palmtop de Cal Langdon

Ah, agora sim. Sol. Um ótimo prosecco. Vistas panorâmicas da cidade inteira. La Terrazza dell'Eden no Hotel Eden nunca deixa nada a desejar. Desde 1889, trata os hóspedes como ninguém, cansados de visitar os cartões-postais de Roma e fisicamente marcados pelo trânsito. É para cá que deveríamos ter vindo desde o começo.

Que esta seja uma lição para todos nós: Nunca permita que uma artista escolha o restaurante.

Diário de Viagem de
~~Holly Caputo e Mark Levine~~
Jane Harris

Ai, meu Deus, eu conheço este lugar, total! Foi onde a Britney Spears e a Pink se hospedaram quando estavam filmando aquele comercial da Pepsi no Coliseu, aquele que passou no Superbowl! E os fotógrafos fizeram um monte de imagens da Britney aqui neste mesmo deque, ficando com aquele dançarino casado.

Show.

Aqui simplesmente é LINDO, tudo é amarelo e verde, com uma vista de MORRER. Dá para enxergar tudo até o Vaticano. Dá para dar tchauzinho para o Papa. Oi, Papa! A mãe da Holly mandou lembranças! Tenho certeza de que o Dan Brown não fez por mal!

E prosecco... nham-nham. A comida também é deliciosa.

Mas é melhor a gente se apressar. A embaixada abre de novo daqui a 45 minutos. O Cal quer ir até a escadaria da Piazza di Spagna, que fica na mesma rua do restaurante. Mas até parece que a gente tem tempo para fazer turismo.

Ainda assim, não quero dizer não. Ele está sendo tão LEGAL de repente... Quer dizer, ele me trouxe aqui, e me mostrou este lugar, e pagou o almoço, e está sendo... bom, tipo um cara legal, para variar...

E ele está tão... bom, gostoso também, sentado ali com o jeans e a camisa de cambraia dele. Finalmente conseguiu colocar o cabelo no lugar, percebi – o que é bom, se é que ele pretende se fazer passar pelo Mark, que não tem uma quantidade assim tão grande quanto ele – estou falando de cabelo. O sol realmente está destacando o louro do cabelo dele.

E ele está contando cada história engraçada, a respeito das coisas que ele e o Mark faziam na escola. Mal dá para dizer que ele é a mesma pessoa que no outro dia mesmo estava afirmando insistentemente que o casamento era uma instituição antiquada, e que o amor não passa de uma reação química no cérebro.

Sabe como é, entre isto e a coisa dos gatos ontem à noite, estou quase começando a GOSTAR dele.

Talvez seja só o prosecco. Meu Deus, como é romântico ficar sentada aqui no topo da cidade, olhando para todas as árvores e as ruínas antigas, bebendo vinho espumante e comendo estas azeitonas carnudas. Não acredito que a Holly e o Mark estão perdendo isto...

A Holly e o Mark! Precisamos ir!!!!

Para: Jane Harris <jane@wondercat.com>
De: Claire Harris <charris2004@freemail.com>
Assunto: Você

Não sei se você só está me ignorando agora ou se aconteceu alguma coisa. Espero que seja a primeira alternativa, claro. Eu estava zapeando os canais ontem à noite e por acaso vi no Travel Channel que estava passando um programa sobre as regiões menos visitadas da Itália, então eu assisti, e, é claro, fizeram uma reportagem em Le Marche, e disseram que tem LOBOS lá.

Isso mesmo. LOBOS. Nas montanhas.

Espero que não haja nenhuma montanha perto da casa do tio da Holly, e que, se tiver, que não haja nenhum lobo nela. E que você esteja fechando bem as janelas à noite. Porque os lobos conseguem pular bem alto. Pelo menos de acordo com este documentário.

Imagino que você não esteja respondendo aos meus e-mails porque está brava por eu ter dito à mãe da Holly que ela vai ganhar um filho, não perder uma filha. Ainda não sei como é que a Marie vai extrapolar disto a idéia de que o Mark e a Holly vão se casar em segredo na Itália.

Mas eu só achei que era melhor contar que parece que a Marie vai ter coisas muito mais importantes com que se preocupar em breve: o papai e eu fomos ao pronto-socorro por causa de uma farpa que entrou no pé dele (eu DISSE a ele que o chão da sala de jantar precisa ser lixada) e cruzamos com a cunhada da Holly,

Brandy, que estava lá com a pequena Heather porque ela tinha enfiado uma balinha Red Hot no nariz.

A Heather, não a Brandy.

Mas, bom, de acordo com a Brandy, os Caputo estão loucos da vida porque o Darrin acabou de anunciar que vai se casar. Com o namorado dele, o Bobby. Parece que eles vão fazer algum tipo de cerimônia de compromisso na escadaria da prefeitura para esfregar na cara do prefeito.

E eu já liguei para ela – eu TINHA que ligar, para avisar que a Angela di Blasi está gripada e que a reunião do clube de leitura vai ter que ser na minha casa neste fim de semana – e ela AINDA estava histérica com o fato de que o Darrin ia chamar o jornal para cobrir o evento e assim o padre Roberto ia saber que o Darrin é gay.

Espero que você esteja feliz agora.

A Nancy Jensen quer saber se você pode autografar um exemplar de *Wondercat: Os Primeiros Anos* para o Jeff, sobrinho dela. Eu disse a ela que sim. Ela vai mandar o exemplar para você em Nova York, com um envelope já selado para a resposta, de modo que vai bastar você colocar no correio de volta.

Com amor,
Mamãe

Diário de Viagem de
~~Holly Caputo e Mark Levine~~
Jane Harris

Aquela Escadaria Espanhola não era nada de mais. Quer dizer, estava toda gasta de tanto andarem por cima dela, já que tem uns trezentos anos de idade. Com toda a certeza é um perigo à segurança. Quase torci o tornozelo duas vezes quando estava descendo.

E tudo bem, então a casa de Shelley ficava logo ali ao lado, Shelley. Não foi a mulher dele que escreveu Frankenstein?

Não sei por que o Cal apertou tanto os lábios quando eu fiz esta pergunta. Como é que eu vou saber essas coisas de literatura? Eu me formei em arte. Aposto que ele não sabe por que o Michelangelo se irritou tanto de as pessoas ficarem elogiando as mãos da estátua de Davi dele que acabou cortando-as fora.

Então, perguntei se ele sabia disso e ele disse que não. Também disse que não entendia por quê, se tanta gente gostava das mãos, ele iria logo cortá-las fora.

Então eu expliquei que os artistas querem que as pessoas enxerguem seu trabalho como um todo, não em partes. Se as pessoas ficassem muito concentradas nas mãos, não veriam o resto da estátua. E não era isso que Michelangelo queria... fazer um belo par de mãos. Ele queria fazer uma estátua maravilhosa.

Deu para ver que ele ficou impressionado com isso. Acho que compensou pela vez que eu falei sobre a coisa da Britney quando estávamos no Hotel Eden. Naquela hora, ele ficou com uma cara meio de assustado.

Deixa pra lá! Não posso fazer nada se ele é o jornal de economia Wall Street Journal e eu sou a revista de celebridades Us Weekly. Eu obviamente devo saber ALGUMA COISA, de outro modo não teria passado a recolher meu imposto de renda por trimestre neste ano, não é mesmo?

Tinha um monte de hippies sentados nos degraus, tocando violão e cantando sobre a paz e essas coisas. Vê-los obviamente fez o Cal se lembrar de alguma coisa, porque ele falou assim: "Preciso ir até a Western Union." Eu fiquei perguntando: "Por quê?", e ele respondeu: "Preciso mandar um dinheiro para a minha irmã."

Então nós fomos até a agência da Western Union – por sorte, a Escadaria Espanhola fica em uma área totalmente turística, então encontramos uma de cara – e o Cal mandou mil dólares para alguém chamada Mary Langdon. Eu sei que não devia ter olhado, mas o que mais eu podia fazer?

Além do mais, eu estava curiosa.

Apesar de ele não estar a fim de falar sobre aquilo, eu perguntei quantos anos a irmã dele tinha, e ele respondeu que ela tinha 25. Então ele é o irmão mais velho. É difícil imaginar o Cal com uma irmã mais nova.

É difícil imaginar que o Cal já foi criança algum dia. Mas eu sei que ele já foi, porque foi assim que ele e o Mark ficaram amigos.

Será que a Mary também tem medo de cobra?

Além do mais, para que ela precisa de mil dólares? Quem é que recorre ao irmão para um empréstimo assim tão grande? Isso tem todo o jeito de que vai fazer os dois irem para um daqueles programas de julgamentos na TV, está na cara.

Mas quando eu perguntei, o Cal só respondeu: "A Mary é artista", em um tom que mostrava que ele não acha lá muita coisa desta profissão. Hum, é a MINHA profissão.

Mas não importa. É um amor o Cal ajudar a irmã mais nova. Ele realmente não tem cara de quem anda distribuindo dinheiro por aí, mas dá para ver que ele está na palma da mão daquela garota aproveitadora...

Generoso com a irmã. Legal com os gatos. Tem medo de cobras.

Mesmo assim. Tarado por modelos. E contrário ao casamento. Hummm.

Estamos de volta ao consulado. O Cal queria desistir, mas eu não deixei.

E estou feliz por não ter deixado, porque as coisas estão totalmente se acelerando por aqui. Agora estão no número 67. Não me pergunte como.

Uma coisa irritante... tem uma mulher aqui, mais ou menos da minha idade, que eu acho que está tentando conseguir o mesmo formulário que nós. Ela vai se casar com um cara italiano chamado Paolo. Eu sei disso porque ela está contando para qualquer pessoa disposta a ouvir. O Paolo está sentado ao lado dela, é um homem grandalhão, que não está com cara de muito feliz. Ela diz que ele não fala nada de inglês. Além do mais, ela mal fala italiano. Diz que a relação deles é totalmente baseada em atração física.

E se for verdade, isso é meio triste. Para ela. Quer dizer, o Paolo é gostoso, não me entenda mal. Mas ela não tem nada para contar em casa. Será que o Paolo sabe onde eles estão, e que vão se casar?

Eu acabei de dar uma cotovelada no Cal, que estava ocupado digitando no Blackberry dele (como sempre) e perguntei a ele (sotto voce) se acha que o Paolo sabe no que está se metendo. Antes que tivesse oportunidade de responder, a Sra. Paolo começou a dizer assim: "Ele é mecânico. Meus pais não aprovam. Acham que eu posso arrumar coisa melhor do que me casar com um mecânico italiano que nem sabe falar inglês. Mas a energia sexual entre nós é tão intensa, como é que eu posso negar?"

Esta questão foi dirigida unicamente a mim. Infelizmente, olhei-a nos olhos. Agora ela não desgruda mais.

"Eu sou a Rhonda", ela diz. "O que você está escrevendo nesse caderno aí?"

Eu: "Nada."

Rhonda: "Ah, é um diário de viagem. Eu adoro escrever diário. Sabe, não consigo dormir à noite se não escrever sobre o meu dia. Às vezes escrevo umas vinte, trinta páginas."

Eu: "Uau."

Rhonda: (batendo as pestanas castanho-cor-de-rato para o Cal) "Então, este é o seu amorzinho?"

Eu: "Hum. É. É sim, acho que é. Este aqui é o Mark. Eu sou a Holly."

Rhonda: "Oi, Holly. Oi, Mark. Mas como vocês são lindos! O que estão fazendo aqui? Perderam o passaporte? Estou aqui para pegar um formulário de que preciso para me casar."

Eu: "É, eu soube. Estamos aqui para pegar um formulário de que precisamos para nos casar também."

Rhonda: "Ah, vocês dois vão se casar? Aqui na Itália? Por quê, se não se importam de eu perguntar? Quer dizer, qual é o problema de Vegas?"

Cal: "É que a gente não consegue esperar, Rhonda. Meu amor por esta mulher é tão forte que eu quero me casar com ela agora mesmo, não quero esperar nem mais um minuto. Quero que ela se torne a Sra. Mark Levine o mais rápido humanamente possível."

!!!!!!!!!!!!!!!!!!!!!!!!!!!!!!!!!!

Ele é engraçado!!!!!

Quem diria?????

Rhonda: "Ah, rapaz, e como eu entendo! É igualzinho ao Paolo e eu. Vocês foram apresentados ao meu futuro esposo, o Paolo? Ele não fala nada de inglês. E eu não falo nada de italiano. Nós nos conhecemos há três dias. O meu navio de cruzeiro parou aqui, e eu fui alugar uma daquelas motonetas, e lá estava ele, e... bom, eu não quis voltar para o navio de cruzeiro. Os meus pais estão furiosos comigo – era um cruzeiro para comemorar o trigésimo quinto aniversário de casamento deles –, mas o que eu posso fazer? Nossa atração física é estonteante. O Paolo parece um animal na cama."

Eu: (dando tapinhas no joelho do Cal) "Este cara aqui também."

Cal: (colocando o braço em volta dos meus ombros) "Ah, querida, não seja modesta. Você também não é nenhuma lesma."

Eu: (fazendo cara de modesta) "Bom, nós fizemos amor – quantas vezes mesmo ontem, querido?"

Cal: "Sete, eu acho."

Eu: (fazendo a maior força para não notar que o cheiro do Cal Langdon é mesmo muito, muito bom) "Bom, foi, mas só porque você está com aquela distensão por causa do jogo."

Cal: "Claro. Ontem foi um dia meio devagar, na verdade."

Rhonda: (com uma cara toda animada) "O Paolo uma vez deu nove no mesmo dia!"

Todos olhamos para o Paolo cheios de respeito. Ele ficou olhando para nós sem entender nada, sem ter a menor noção do que a gente estava falando – e também não havia nem um pingo de inteligência naqueles olhos.

Eu: (O braço do Cal continua em volta de mim. É quentinho. E desconcertante.) "Isso é muito impressionante. Não é para menos que você vai se casar com ele."

Rhonda: "Eu sei. Ah, se pelo menos os meus pais tentassem entender! Eles ligaram da Grécia ontem à noite, e ficaram furiosos quando eu contei a eles o que o Paolo e eu íamos fazer hoje. Achei que iam ficar felizes por mim – feliz por eu finalmente ter encontrado a alegria que eles têm há trinta e cinco anos! Mas não. Eles acham que eu sou louca e que vamos estar divorciados daqui a uma semana. Mas é claro que o Paolo é católico e não acredita em divórcio. Acho. É difícil saber exatamente o que ele diz, mas acho que o acordo é este. De todo modo, gente demais se divorcia hoje em dia. Ninguém entende que casamento dá trabalho e que não dá simplesmente para sair de casa porque o seu marido trai você ou qualquer coisa dessas. É preciso ficar e tentar FAZER funcionar. Eu achava que a minha mãe e o meu pai iam entender isso."

Cal: "As famílias às vezes são mesmo difíceis."

Rhonda: "Nem me diga. Eu estava escrevendo sobre a minha no meu diário outra noite mesmo, quando me ocorreu..."

Cara do consulado: "Noventa e dois! Número 92!"

SOMOS NÓS!!!!!!!!!!!

CASAMENTO DE CIDADÃOS NORTE-AMERICANOS NO DISTRITO CONSULAR DE ROMA

Os cidadãos dos EUA que pretendem se casar na Itália precisam apresentar alguns documentos e atender a certas exigências da lei italiana. Casamentos não podem ser celebrados por cônsules, nem nas dependências do Consulado Americano. Os documentos exigidos e o procedimento a ser adotado estão descritos abaixo.

1. Passaporte válido dos EUA.

2. Certidão de nascimento (original ou cópia autenticada).

3. Prova da dissolução de qualquer casamento anterior, se aplicável (por exemplo, sentença final de divórcio, sentença de anulação de casamento ou certidão de óbito do antigo cônjuge).

4. Declaração escrita e juramentada do cidadão dos EUA perante um cônsul dos EUA na Itália, afirmando que não há impedimento legal ao casamento, de acordo com as leis do estado do qual o cidadão é residente.

OBSERVAÇÃO: Uma vez emitida, esta declaração escrita e juramentada deve ser timbrada no Departamento de Legalização de qualquer *Prefettura* no nosso Distrito Consular (existe um em cada capital de província).

5. Atto Notorio: Trata-se de uma declaração, além da declaração juramentada descrita no item 4, afirmando que, de acordo com as leis às quais a pessoa está submetida nos Estados Unidos, não existe obstáculo a seu casamento. Esta declaração precisa ser

assinada por duas testemunhas (que podem ser de qualquer nacionalidade, mas precisam ser maiores de 18 anos e apresentar documento de identidade válido), perante um cônsul italiano fora da Itália ou, na Itália, perante um funcionário da Pretura (Fórum) na cidade em que ocorrerá o casamento. Cidadãos norte-americanos que vão à Itália para se casar têm que obter esta declaração com um cônsul italiano, antes de sair dos Estados Unidos.

6. Declaração de Intenção: A noiva e o noivo devem apresentar todos os documentos acima ao *Ufficio Matrimoni* (Departamento de Casamentos) do *Municipio* (Prefeitura) na cidade em que o casamento vai se realizar e fazer uma "Declaração de Intenção de Casamento" perante um *Ufficiale di Stato Civile* (escrevente autorizado).

OBSERVAÇÃO: Todos os documentos originários de fora da Itália (certidão de nascimento, declaração de divórcio etc.) PRECISAM ser traduzidos para o italiano. Tanto os documentos originais quanto as traduções PRECISAM ser legalizadas para seu uso na Itália, com o selo chamado "APOSTILA", de acordo com a Convenção de Haia relativa à legalização de documentos públicos estrangeiros. Nos EUA, o selo "APOSTILA" é fornecido pela Secretaria de Estado no estado em que o documento foi emitido.

Juro que as informações contidas nos documentos submetidos nesta ocasião são tanto verdadeiras quanto válidas.

Assinatura: *Holly Ann Caputo* Holly Ann Caputo
Assinatura: ______________ Mark Levine

Stato Civile

Para: Cal Langdon <cal.langdon@thenyjournal.com>
De: Mark Levine <mark.levine@thenyjournal.com>
Assunto: Cad^r voç~es?

Oi. Não acvp ps meis ócilos. Bad}e vpc~es?

Narj

Palmtop de Cal Langdon

Sou um fugitivo da Justiça internacional. A qualquer momento, a Interpol pode abordar o nosso carro, puxar a Jane e eu para fora, mandar nós dois deitarmos no asfalto e colocar algemas em nós. Desconfio que helicópteros Black Hawk estejam pairando sobre nós neste exato momento. Sem dúvida, seremos jogados em uma prisão italiana e ninguém nunca mais vai ouvir falar de nós.

E a Rhonda, afinal, vai rir por último.

Nós fizemos mesmo. Cometemos perjúrio. Cometemos fraude. Falsificamos o nome dos nossos amigos em documentos do governo.

E não suspeitaram de absolutamente nada.

A Jane tinha razão. Foi bico. O cara atrás do vidro à prova de balas mal olhou para nós ou para o nosso passaporte. Só perguntou onde estávamos hospedados, fez um comentário lacônico quando descobriu que era em Le Marche, passou o formulário pela abertura para assinarmos e então nos devolveu os documentos com o formulário já devidamente selado. Tanta espera – só conseguimos voltar para a estrada quase às cinco e meia –, e tudo se resolveu em cinco minutos.

Achei que a Jane ia ter uma embolia, de tão delirante de alegria que estava. Ela ficou apertando a minha camisa – não foi uma sensação inteiramente desagradável, aliás – e falando por entre os dentes: "Deu certo! Nós conseguimos! Deu certo!", enquanto descíamos pelo elevador.

Então parece que ela se recompôs e perguntou: "O que foi que aquele homem disse sobre Le Marche?"

Então eu disse a ela que ele tinha dito, com um resmungo, quando ficou sabendo onde a gente – quer dizer, o Mark e a Holly – estava pensando em se casar: "É melhor ter um cadáver em casa do que um homem de Le Marche".

Isto encheu a Jane de uma raiva incontida: "O que ele quis dizer com isso? Qual é o problema de Le Marche? Acho que é lindo. Só porque não foi tomado por turistas americanos como a Rhonda, por acaso significa que há algum problema lá? Aquele porco..." etc.

Isto me pareceu um tanto surpreendente, levando em conta as coisas que ela disse sobre Le Marche quando saiu do banheiro no restaurante em que jantamos ontem mesmo à noite.

Mesmo assim, é verdade que Le Marche está começando a ter um certo charme. De fato, estou ansioso para voltar para lá.

Não fico ansioso para chegar a um lugar desde... bom, desde sempre. Por que será que isto está acontecendo? Para mim, parece que os lugares sempre foram isso para mim... só lugares. Não posso imaginar o que aconteceu para fazer com que Le Marche se pareça menos com um lugar e mais com... bom. Um lar.

Para: Jane Harris <jane@wondercat.com>
De: Malcolm Weatherly <malcolmw@snowstyle.com>
Assunto: Ciao!

Oi, amor! Como vão as coisas? Faz tempo que você não manda notícias. O que aconteceu? Você fugiu com algum garanhão italiano ou o quê?

Mande sinais, pode ser? Estou com saudade de ver o seu rosto.

E realmente preciso saber se você viu o meu gorro da sorte.

M.

Diário de Viagem de
~~Holly Caputo e Mark Levine~~
Jane Harris

Que coisa mais esquisita.

Quer dizer, estou aqui presa no carro com o Cal Langdon e, na verdade, não estou nem um pouco irritada.

O que está ACONTECENDO comigo?

Por que ele teve que me abraçar lá no consulado? Não que eu não tenha gostado – bem longe disso, é claro – mas, desde então, fico torcendo para que aconteça de novo. Por que é que eu quero encostar nele, aliás? Ele é um tarado por modelos!

Mas ele ajudou ao Mark e à Holly. E foi até contra sua vontade. Quer dizer, para começo de conversa, ele nem queria que os dois se casassem.

Mas eu não ouvi nem um pio de reclamação dele o dia inteiro. Aliás, graças a ele, aqueles dois vão poder ter o casamento de seus sonhos no final das contas.

Este deve ser um duro golpe para alguém que é contrário à instituição do casamento de maneira tão violenta. Será que ele se dá conta disso?

Eu: "Ei, então, o que aconteceu com aquela coisa toda de ser contrário ao casamento?"
Cal: "O quê?"
Eu: (abaixando o volume do Queen) "Achei que você fosse totalmente contrário ao casamento da Holly e do Mark. Então, por que você fez tudo isso por eles?"
Cal: "Você está registrando esta conversa nesse caderno aí?"
Eu: "Hum. Mais ou menos."
Cal: "Maravilha. O que mais você disse sobre mim?"
Eu: "Que você baba quando dorme."

Cal: "Não babo."

Eu: "Baba sim. Eu vi com meus próprios olhos hoje de manhã, quando acordei você."

Cal: (tentando agarrar este caderno) "Deixe-me ver."

Eu: "Ei! Preste atenção na estrada, meu caro. Falando sério, por que você mudou de idéia?"

Cal: "Sobre o quê?"

Eu: "CASAMENTO!!! Por que agora você é a favor, se antes era contra?"

Cal: "Ainda sou contra. Só que não no caso do Mark e da Holly. Eu mudei de idéia."

Eu: "Obviamente. Mas por quê?"

Cal: "Eles simplesmente parecem muito... centrados. Como um casal deve ser. Acho."

Eu: "Como eu tinha dito."

Cal: "Isso não faz com que eu seja favorável ao casamento, sabe como é. Só faz com que eu seja favorável ao casal Mark e Holly."

Eu: "Era só isso que eu queria. Está lembrado? Lá no avião?"

Cal: "Bom, naquele dia eu mal conhecia a Holly. Ainda acho que seria melhor para o Mark conhecer o mundo antes de sossegar. Não ria. A Terra é um lugar muito grande, e tem muita coisa para ver. Ninguém devia se amarrar cedo demais."

Eu: "Dá licença. O Mark tem 35 anos. Em muitos países, isso é considerado meia-idade. E ele TENTOU explorar o mundo, está lembrado? Pegou uma intoxicação alimentar por ter tido a iniciativa."

Cal: "Sei de tudo isso. E foi por isso que revi a minha opinião. Sobre o Mark e a Holly."

Eu: "Mas não em relação ao amor e ao casamento em geral."

Cal: "Continuo acreditando que o casamento seja uma instituição antiquada. Também acredito que priva as pessoas de sua noção de individualidade. Quer dizer, é só olhar para a maneira como as mulheres adotam o sobrenome do marido..."

Eu: "Nem TODAS as mulheres."

Cal: "A maior parte delas. Você adotaria?"

Eu: "Hum. Eu sou a criadora do Wondercat. VOCÊ pode nunca ter ouvido falar de mim, mas muita gente ouviu. Se eu mudasse o meu sobrenome, meus fãs ficariam confusos. E, além do mais, eu gosto do meu nome como ele é. Apesar, é claro, de ele ter sido dado a mim por uma sociedade patriarcal que subjuga as mulheres por privá-las de sua identidade própria com o casamento."

Cal: "Está vendo? É disto que eu estou falando!"

Eu: (rindo de novo) "Alô! Eu estava brincando."

Cal: "Ah. Bom. Mesmo assim, é disso que eu estava falando."

Eu: "Não, não era. Não foi isso que você disse antes. Você disse que não acredita em casamento porque os mamíferos são geneticamente incapazes de ser monogâmicos, e eu citei os lobos e os falcões como exemplo. E também que substâncias químicas no cérebro fazem com que acreditemos estar apaixonados, quando na verdade é só tesão. Está aqui mesmo neste caderno. Se você não acredita em mim, posso conferir."

Cal: "Você colocou essa conversa aí também? A Holly e o Mark vão ler!"

Eu: "Hum. É. Talvez. Pare de tentar mudar de assunto. Você acredita nisso? Que os seres humanos são incapazes de ser monogâmicos? Porque posso citar vários exemplos de casamentos em que nenhum dos cônjuges tenha..."

Cal: "Como é que você sabe?"

Eu: "Acho que eu saberia se os meus próprios pais estivessem traindo um ao outro."

Cal: "Como? A menos que contassem para você. Você não teria como saber. Não faria a menor idéia."

Eu: "Bom, e os pais da Rhonda? "
Cal: "Quem diabos é Rhonda?"
Eu: "A Rhonda. Do casal Rhonda e Paolo. Os pais dela estavam comemorando o aniversário de 35 anos de casamento."
Cal: "Você não tem nenhuma maneira possível de saber se os pais da Rhonda foram ou não monogâmicos durante esses 35 anos."
Eu: "É verdade. Mesmo assim, aposto 20 dólares que foram. Ninguém faz um cruzeiro com uma mulher infiel."
Cal: "Você é inacreditável."
Eu: "Não, você é que é. Só porque a sua ex-mulher traiu você, fica achando que todas as mulheres são incapazes de ser fiéis. Reconheça."
Cal: "Eu nunca disse nada do tipo."
Eu: "Nem precisou. É totalmente óbvio. Quando você diz que acha que os seres humanos são incapazes de ser monogâmicos, na verdade está falando das mulheres."
Cal: "Não é verdade."
Eu: "Você a traiu?"
Cal: "Quem?"
Eu: "A Valerie."
Cal: "COMO É QUE VOCÊ SABE O NOME DELA?"
Eu: "A Holly me contou. Traiu ou não?"
Cal: "Claro que não."
Eu: "Está vendo? Reafirmo o que disse."
Cal: "COMO? EU NEM SEI DO QUE VOCÊ ESTÁ FALANDO."
Eu: "Você desconfia de todas as mulheres por causa do que aquela única mulher fez com você. E isso fez com que você assumisse esta posição contrária ao casamento. Mas o problema não é o casamento. O problema são as débeis mentais como a sua ex que não levam isso a sério ou que são compelidas a se casar pelas razões erradas ou algo assim. Não culpe a instituição do casamento pelo fato de a

Valerie ter traído você. Não foi por causa do casamento que ela traiu. Ela simplesmente era uma vagabunda."

Cal: "Ai, meu Deus. Você é inacreditável."

Eu: "É. Mas eu também tenho razão. Ali está a saída. Não deixe passar."

Ele está agindo como se estivesse absolutamente chocado com o fato de eu tocar neste assunto muito reservado do passado dele.

E acho que é MESMO meio falta de educação chamar a ex de alguém de vagabunda. Mas, falando sério, é o que ela é. Do mesmo jeito que o Dave é um vagabundo. Mas eu não deixei que a predileção do Dave de trepar com representantes de Recursos Humanos sugadoras de almas pelas minhas costas azedasse a minha idéia a respeito da felicidade matrimonial, de algum dia encontrar aquela pessoa especial. Não é verdade?

E, falando sério, tecnicamente, não existe essa tal beatitude matrimonial... casamento dá trabalho, e não existem almas gêmeas. A gente só tem que achar a pessoa que menos nos incomoda (pelo menos de acordo com aquele psicólogo da televisão, o Dr. Phil), ou melhor, que incomoda de maneiras suportáveis.

Falando sério, aposto que haveria muito menos divórcios se as pessoas se dessem conta disso. Muito menos casamentos também. Mas talvez isso nem seja algo assim tão ruim.

Aaaaah, estou sentindo cheiro de cavalo! O Centro Ippico! Estamos quase chegando!

Para: Servidor de Listas <Wondercat@wondercatlives.com>
De: Peter Schumacher <webmaster@wondercatlives.com>
Assunto: JANE HARRIS

TENHO NOTÍCIAS FANTÁSTICAS, GAROTADA!!!! Afinal de contas, vamos ter um casamento!

Eis as últimas novidades:

A JANE HARRIS foi até Roma, de carro, para conseguir a APOSTILA de que os amigos dela precisam para se casar! SIM! Ela entrou em casa mais ou menos às 21:00, quando a minha avó e eu estávamos sentados na mesa de banquete da casa grande, tentando fazer com que os amigos da JANE HARRIS, que comeram as ostras estragadas mas que finalmente estavam começando a se sentir melhor, tomassem um pouco de sopa.

Daí entra a JANE HARRIS segurando a APOSTILA! O casamento vai acontecer amanhã de manhã como planejado! Os amigos da JANE HARRIS, apesar de ainda estarem enjoados, pularam e gritaram de alegria! E a JANE HARRIS disse: "Este é o meu presente de casamento para vocês!"

Este é o melhor presente de casamento que alguém já deu para qualquer pessoa, declarou a amiga da JANE HARRIS, Holly.

A minha avó abriu uma garrafa de champanhe para comemorar

Então, venham todos ao Ufficio do Secretario de Castelfidardo amanhã de manhã, às 9:00!

Estas foram as notícias do Peter, o Fã Número Um do Wondercat! BOA NOITE!

Wondercat para sempre!
Peter

Para: Holly Caputo <holly.caputo@thenyjournal.com>
De: Darrin Caputo <darrin.caputo@graficacaputo.com>
Assunto: Olá, aqui é a sua mãe

Holly, aqui é a sua mãe. Uma coisa pavorosa aconteceu. O seu irmão Darrin vai se casar. Com um homem. Na escadaria da prefeitura. Para todo mundo ver.

Você precisa voltar para casa imediatamente. Você sabe muito bem que o seu irmão nunca me escutou, nem a qualquer outra pessoa na família. Você precisa impedir que ele faça isso. Não posso permitir que um filho meu transforme sua vida em desgraça desta maneira.

Imploro que você convença o seu irmão a abandonar este plano maluco. Talvez o Mark também possa ajudar. Ele é médico, com certeza deve saber como é errado desrespeitar a lei de maneira tão flagrante quanto esta.

Espero que você venha para casa e faça a coisa certa, pelo bem do coitado do seu irmão confuso.

Sua mãe

Palmtop de Cal Langdon

Eu estava certo desde o início. Desde o momento em que coloquei os olhos nela pela primeira vez – carregando todas aquelas garrafas de água no free shop do aeroporto JFK – pensei com meus botões: "Eis aqui uma louca."

Eu bem que disse.

E, ainda assim... ela fez com que algumas pessoas que estavam muito tristes esta noite ficassem muito felizes. Nunca vi duas pessoas mais arrasadas do que a Holly e o Mark, jogados naquela enorme mesa de jantar, quando entramos pela porta hoje à noite. O Mark, é claro, parecia particularmente perdido, já que fica cego como um morcego sem os óculos. Entrei e os entreguei a ele – tive que colocá-los em cima do nariz dele, literalmente, já que ele nem conseguiu enxergar quando os estendi para ele – e a Jane colocou o formulário na mesa com um estrondo e disse: "Aqui está o seu presente de casamento."

Eu realmente achei que Frau Schumacher poderia ter um ataque cardíaco, de tão animada que ficou.

E, para dizer a verdade, foi um pouco enervante, porque eu já estava me vendo tendo que fazer respiração boca-a-boca para reanimá-la enquanto o Mark massageava o coração dela. E tenho a noção desconcertante – talvez pela maneira como a mulher parece se encantar com cada palavra minha (mas isso provavelmente é porque eu sou o único que fala alemão, não?) – que se ela retomasse a consciência e visse os meus lábios nos dela, ela poderia de fato... bom, meio que gostar. Talvez até enfiar um pouco a língua na minha boca.

Será que a Jane tem razão? Será que pode haver alguma verdade na teoria dela de que o casamento é adequado para algumas pessoas – que não deu certo para mim e Valerie porque a Valerie era... bom, uma "vagabunda".

Esta parece ser uma simplificação extremada dos problemas que a Valerie e eu tínhamos.

E, no entanto...

Bom, o casamento certamente parece adequado para o Mark e a Holly. Eles estão bem felizes com isso, pulando de um lado para o outro o máximo que podem, levando em conta que ainda estão com o estômago virado. Preciso dizer que não sei como qualquer pessoa pode ficar tão contente quanto eles com a perspectiva de serem casados pelo prefeito socialista de uma cidade dedicada à construção de acordeões, a milhares de quilômetros de distância da família.

Mas talvez haja algo de romântico nisto que eu esteja deixando passar. A Valerie sempre me acusou de não ser suficientemente romântico. A máquina de costura que eu dei a ela como presente de Dia dos Namorados sempre foi um pomo de discórdia. Ela disse que preferia uma pulseira de diamantes.

Mas achei que uma máquina de costura seria um presente muito mais prático, levando em conta a quantia que ela gastava em roupas...

Agora a Holly agarrou a Jane e as duas – seguidas de perto por Frau Schumacher, que parece bastante lépida para a idade e que parece não querer ficar de fora de nada – desapareceram, aparentemente em uma empreitada cheia de pânico para eliminar os amassados do vestido, que o restante de nós não tem permissão para ver.

Com as moças assim ocupadas, Peter e eu tentamos fazer provavelmente a despedida de solteiro mais pouco convincente e ridícula de todos os tempos para o Mark. Pouco convincente porque, é claro, o noivo está tão fraco devido à intoxicação alimentar que mal consegue levar o copo até os lábios. Ridícula porque a única diversão que temos é dar mais um pouco de peixe para os gatos de ontem à noite.

É isso aí. Nada de strippers nem de encher a cara para o Mark.

Mas talvez isso seja adequado para um homem que escolheu um lugar tão perverso – e ainda assim estranhamente adequado – para se casar.

Agora o Mark subiu a escada aos tropeções para ir se deitar – e interrompeu as moças enquanto a Holly experimentava o vestido de noiva, a julgar pelos berros indignados que acabei de ouvir pela janela

– e me deixou sozinho com o jovem Peter, que acabou de me perguntar se eu achava que a Jane Harris voltaria a descer ou se eu achava que ela iria direto para a cama.

Como é tocante ver que este rapazote acredita que eu possa saber algo sobre os pensamentos ou intenções particulares da Srta. Harris. Como esta é uma premissa inteiramente errônea, no entanto, fui obrigado a informá-lo de que, na verdade, eu não sabia.

Então o pobre infeliz teve a coragem de olhar bem nos meus olhos e perguntar exatamente quais eram as minhas intenções em relação à donzela em questão.

Não nessas exatas palavras, é claro. A maneira como ele formulou a frase, proferida em um tom de alta desaprovação, foi: "Você e a Jane Harris são amantes?", mas acho que ele quis dizer namorados. Não posso dizer que fiquei contente com o ar de presunção que passou pelo rosto do garoto quando eu lhe disse que não éramos, com toda a certeza.

Talvez eu não devesse ter sido tão taxativo?

Pelo menos ele não disse nada. Em vez disso, calmamente tirou um baralho do bolso de trás do jeans e perguntou se eu estava disposto a jogar uma partida de tapão.

Fui reduzido a passar uma linda noite estrelada no litoral do Adriático jogando tapão com um adolescente germânico.

Não posso me furtar a ficar imaginando se o homem hoje à tarde no consulado estava de todo errado quando expressou sua crença que é melhor ter um cadáver em casa do que um homem de Le Marche. Não que por acaso haja algum deles nas redondezas. É só que... bom, este lugar parece *fazer* coisas com pessoas que de outra maneira seriam normais.

Para: Cal Langdon <cal.langdon@thenyjournal.com>
De: Mary Langdon <m.langdon@internetcafenetwork.com>
Assunto: Obrigada

Ai, meu Deus, Cal, obrigada pelo dinheiro. Eu estava mesmo precisando. O Jeff (o cara que era dono da Kombi) no final das contas era o maior psicopata. Ele me chutou só porque por acaso me viu conversando com outro cara. Aliás, não sei quem ele acha que é – a porra do Talibã? Caramba, eu detesto quando algum cara acha que é meu dono.

Mas tudo bem, porque eu fiz amizade com um grupo espetacular de praticantes de snowboard. Eles até têm um quarto extra onde eu posso dormir. Um deles, o Malcolm, me mostrou como se faz para andar no *half-pipe*. Ele me deixou usar uma das pranchas dele e tudo. Ele diz que acha que eu posso ter muito talento natural. Talvez os esportes de inverno sempre tenham sido o meu futuro, e eu nunca soube, porque a mamãe e o papai nos obrigavam a tirar aquelas férias idiotas na praia em vez de nos levar para andar de esqui, como pais normais.

De todo jeito, obrigada de novo pela grana.

Depois mando mais notícias,

Mare

Para: Cal Langdon <cal.langdon@thenyjournal.com>
De: Ruth Levine <r.levine@levinedentistasassociados.com>
Assunto: Olá!

Oi, Cal! Não tenho a intenção de infernizá-lo, mas eu estava aqui me perguntando se você recebeu o e-mail que mandei antes e se teve oportunidade de considerar o que eu disse nele. A respeito do Mark e da Holly. Sei que você está com o Mark, e estou torcendo para que você tenha oportunidade de conversar com ele a esse respeito. Por razões que prefiro não detalhar neste momento, ele e eu não estamos exatamente nos falando. Ou melhor, eu falo com ele, mas parece que ele me cortou. Sei que logo passa – você conhece o Mark com os arroubos de mau humor dele. Mas eu só espero que, neste ínterim, você possa ficar de olho nele, e impeça que faça algo... bom, temerário.

Certamente não estou dizendo que ele vá se MATAR por ter tido uma discussão com a mãe, é claro. Por temerário, só quero dizer... bom, não sei – PEDIR A MÃO DELA EM CASAMENTO ou algo assim. A Holly, quer dizer. Não que eu não goste dela e não ficaria feliz se ele fosse minha nora. Ela é uma moça perfeitamente afável. É só que ela não é uma de nós.

De todo modo, não quero estragar suas férias agradáveis com os meus e-mails constantes. Espero que estejam se divertindo. Também espero que, sabe como é, se houver oportunidade, talvez você possa incutir uma certa dose de bom senso no Mark a respeito de como pode ser difícil fazer um casamento dar certo – principalmente quando duas pessoas vêm de culturas tão diferentes quanto ele e a Holly – eu realmente ficaria grata.

Com carinho,
Ruth Levine

Diário de Viagem de
~~Holly Caputo e Mark Levine~~
Jane Harris

Hoje à noite a Holly pareceu mais feliz do que nunca. Ainda mais feliz do que no dia em que o Brad Toller a convidou para o baile de formatura do ensino médio depois de ela passar o ano inteiro tentando chamar a atenção dele. Ela está RADIANTE. Quer dizer, ainda está pálida por ter passado o dia inteiro e boa parte da noite passada vomitando – e o vestido de noiva dela está meio largo, de tanto peso que ela perdeu –, mas amanhã ela vai ser a noiva mais linda do universo.

Nós totalmente fizemos a coisa certa, o Cal e eu, ao cometer perjúrio etc. hoje no consulado dos EUA.

Agora a Holly foi para a cama com um ar todo sonhador, e eu acabei de ouvir o Mark entrando para se juntar a ela, e parece que Frau Schumacher foi embora, e percebi que estou MORRENDO DE FOME. Quer dizer, não comemos desde o Hotel Eden hoje à tarde, então vou procurar alguma comida na cozinha, e daí vou direto para a cama, porque precisamos acordar cedo amanhã para a cerimônia.

Reparei que o Cal estava bem quieto hoje à noite, enquanto todo mundo comemorava. Não posso nem começar a imaginar o que estava se passando pela cabeça dele. Aquela ex-mulher dele realmente o estragou. Eu não me importaria de cruzar com ela em um beco escuro algum dia. Aposto que eu poderia mostrar a ela algumas coisas que aprendi enquanto morava no East Village, coisas com que ela provavelmente não cruza muito na aula suburbana de kick-boxing dela. Falando sério, quando é que mulheres como ela desistem? Elas pegam caras perfeitamente adequados (bom, tudo bem, o Cal precisa ser trabalhado, mas imagino que naquela época ele não era nem a metade tão exibido quanto é hoje) e estragam para o resto de nós. Isso simplesmente é errado.

Não, é claro, que eu iria querer o Cal Langdon se ele não estivesse estragado. Faça-me o favor! A última coisa de que eu preciso é de um namorado jornalista.

Mas ele até que fica muito lindo de calção de banho...

Não! Pare com isso! Eu NÃO preciso sair com um tarado por modelos! Isto é o mesmo que se dispor para muita mágoa e para o consumo de muito, mas muito mesmo, sorvete crocante para consolar.

Palmtop de Cal Langdon

Isto é intolerável. Estou na Itália, em uma noite quente e enluarada, ao lado de uma piscina cintilante, com as frondes das palmeiras se agitando suavemente com a brisa noturna, um prato de azeitonas e pedaços de parmesão e uma garrafa de vinho extremamente excelente à minha frente, e uma mulher que irradia sexualidade muito saudável do outro lado da mesa...

E estou jogando tapão com ela.

O que há de errado nesta cena?

O que há de errado COMIGO? Eu não deveria desejar esta mulher. Ela é tudo que eu não suporto... artística, obcecada por cultura popular, cheia de manias, *americana*...

E, ainda assim...

Quero beijá-la.

Talvez seja o luar. Talvez seja este lugar desgraçado.

Ou talvez seja porque ela me fez rir tantas vezes hoje.

Droga. O que está *acontecendo* comigo? Então, ela me fez rir. O Mark me faz rir, e eu não tenho vontade de beijá-*lo*. Eu nem gosto de mulheres engraçadas. E, principalmente, não gosto de mulheres engraçadas e *artísticas*.

Então, por que é que eu vou matar este garoto se ele não sair correndo daqui nos próximos cinco minutos?

Um.

Dois.

Três.

Ele continua aqui. Está contando alguma história a respeito de um gibi que adora. Parece que a Jane conhece a publicação, apesar de não ser de sua autoria. Parece que trata de elfos e gnomos. O Peter está animadíssimo com o fato de que o último capítulo vai sair daqui a duas semanas. A Jane, que conhece o autor, diz que sabe o que vai acontecer, mas fica atiçando o garoto, dizendo que não vai contar. Ele fica deliciado com isso, e fica implorando que ela conte. Ela se recusa a revelar o que sabe, e coloca um oito na mesa. Peter acabou de colocar um oito.

Tapões.

Ela venceu.

A luz das velas realça o brilho do cabelo escuro dela, e faz seus olhos brilharem. Sua pele parece manteiga...

Qual é o meu *problema*? Eu NÃO quero me envolver com esta mulher. Ou com qualquer outra mulher, aliás. Tenho um livro para escrever. Preciso encontrar um lugar para morar. Nem tenho uma lavanderia de confiança. Não posso entrar em um relacionamento...

Certo, vou dar mais cinco minutos para este garoto ir embora. É quase meia-noite. Será que não tem nenhum sistema de informática que ele precisa invadir lá no país dele?

Agora ela está fazendo perguntas a ele a respeito de Annika. Quem diabos é Annika? Ah, a menina do gabinete do prefeito. Parece que é a filha do prefeito. O Peter fala de Annika de maneira ácida. Obviamente, está apaixonado por ela e, pela maneira como insiste em desprezá-la, está claro que ela não retribui os sentimentos dele.

Coloco um dois na mesa. O Peter faz o mesmo.

Tapões.

Ah, isto aqui é uma briga sim, meu amigo. Em mais aspectos do que você imagina.

Espere. O que é isso?

Miados. Os gatos voltaram.

Ela se levanta de um pulo e vai até a cozinha para encontrar alguma coisa para dar-lhes de comer. Peter e eu ficamos sozinhos afinal.

Quando ela volta com uma tigela cheia do que me parece ser o conteúdo de diversas latas de atum, Peter já foi embora.

"Para onde o Peter foi?", ela quer saber.

E não posso fazer nada além de acreditar que ela não sabe mesmo

Este é um mistério que eu fico bem feliz de esclarecer para ela.

Diário de Viagem de
~~Holly Caputo e Mark Levine~~
Jane Harris

ELE É LOUCO? Quer dizer, eu sei que ele acha que eu sou tonta, com o meu "quadrinho inútil" e os meus saltos altos demais que me fazem tropeçar o tempo todo e a coisa dos "carabinieri".

Mas nunca me ocorreu que ele pudesse achar que eu era o SER HUMANO MAIS IDIOTA DA FACE DA TERRA.

Porque é exatamente isso que eu tenho que ser para cair neste papinho de "foi só um beijo, não precisa significar nada".

Mas sabe o quê? Não vou deixar. Que ele estrague o casamento, quer dizer. Ele pode ficar de bode o quanto quiser hoje à noite, mas se descer amanhã com qualquer coisa além de um sorrisão estampado no rosto, eu vou dar uma torcida nos pêlos do braço dele que ele nunca mais vai esquecer.

Aliás, quem ele acha que é, o Enrique Iglesias? "Eu só quero dar um beijo em você. Você é artista. Achei que pessoas deste tipo estavam acostumadas a viver o momento."

Até parece!

Parece que ele acredita que, só porque eu sou uma mulher solteira de uma certa idade que mora com um gato, devo estar desesperada. Ou que sou retardada.

Bom, eu teria que estar BEM desesperada – ou ser bem retardada – para cair na cama com ELE. O que foi agora? Só porque hoje ele fez um favor para mim (bom, na verdade, foi para a Holly e para o Mark), eu tenho que ir para a cama com ele? Porque nosso almoço foi agradável e demos algumas risadas, sou fácil? Faça-me o favor.

E, tudo bem, o cara é gostoso mesmo, de um jeito quase inacreditável. Confesso que estava dando uma boa olhada nas mãos dele enquanto jogávamos cartas. Elas são grandes e fortes, exatamente o tipo de mão que uma garota não se importaria de sentir percorrendo todo o seu corpo.

E ele sabe ser encantador quando quer. Até consegue ser meio engraçado.

E com toda a certeza é inteligente. Pelo menos, em relação a coisas que não têm a ver com mulheres. E ele sabe ser engraçado, como hoje no consulado, com a Rhonda.

E ele é simpático com gatos — quando acha que ninguém está olhando.

Mas, sinto muito, minha época de ir para a cama com caras só porque eles por acaso têm mãos bacanas e sabem contar piadas engraçadas já PASSOU. Porque, sabe o que interessa a você? Mais uma noite com uma garota gostosa e engraçada, que não vai estar nem um pouco interessada em acompanhá-lo à festa de Natal do escritório nem em dividir a conta de luz — muito menos que de fato tenha dinheiro para pagar metade do aluguel, apesar de ele totalmente ter se mudado para lá.

Já passei disso. Já passei disso TOTAL.

É de se pensar que eu já tinha deixado tudo isso bem claro desde que nos conhecemos. Quer dizer, eu sei que sou artista, uma palavra que para ele obviamente é sinônimo de "louca de pedra". Mas será que ele acha mesmo que eu sou do tipo que só dá uma ficada de uma noite com um cara? Não é óbvio, pela maneira como eu fico citando O Feitiço de Áquila e o fato de que falcões e lobos ficam com o mesmo parceiro a vida toda, que estou interessada em monogamia e compromisso?

Parece que ele não captou a mensagem. Quer dizer, eu chego com comida para os gatos e o Peter não está mais aqui — meio que repentinamente, já que estávamos no meio de um jogo de cartas quando eu me levantei.

Então eu fiquei toda: "Cadê o Peter?", e o Cal respondeu tipo: "Eu dei 20 euros a ele e mandei sumir daqui."

Eu: "Você O QUÊ?"
Cal: "Você ouviu bem. Também, já estava na hora. Ele me impediu de fazer isto a noite toda."

E daí ele me pegou pelos ombros e, antes que eu tivesse alguma idéia do que estava acontecendo (não, é sério, eu NUNCA desconfiei que ele estivesse a fim de mim, já que não fez nada além de ficar reclamando comigo o tempo todo desde o momento em que nos conhecemos. Bom, tirando a hora que ele me abraçou, lá no consulado. Mas aquilo foi só de brincadeira), me puxou na direção dele e começou a me beijar.

Deu um beijo em mim! Como se fizéssemos parte de um romance de amor ou algo assim!

E, tudo bem, ele não é nada mau no departamento dos beijos. Obviamente, já treinou bastante.

E, tudo bem, eu não odiei aquilo, exatamente. Longe disso, aliás. Todas as partes de mim que se derretem todas quando um cara gostoso me beija cheio de vontade se derreteram todas, bem na hora certa, quando ele fez aquilo.

E admito que, por uma fração de segundo, eu fiquei toda: "Ai, meu Deus! Ele gosta de mim! Ele gosta MESMO de mim!", e dei corda a uma fantasiazinha minúscula de nós dois passeando pela Second Avenue de mãos dadas e indo ao Veselka para comer uns blintzes e eu o apresentando para o Cara. E comecei a retribuir o beijo...

Mas daí eu me dei conta: Que fantasia foi aquela? Nunca, nunquinha vai se tornar realidade. Porque ele não acredita em amor. Muito menos em casamento, e ele NUNCA vai ao Veselka comer um blintz comigo, muito menos ficar por perto tempo o bastante para conhecer o Cara — pelo menos não o bastante para formar uma relação significativa com ele. E quanto tempo ainda posso passar apresentando homens ao Cara que ele não vai ver de novo? Ele é muito sensível, e quando estabelece um laço é para sempre. Ele passou dias sem comer todos os Friskies dele depois que o Malcolm foi embora.

E daí a voz da Holly soou na minha cabeça com Você precisa começar a pensar no futuro, e sair com pessoas que realmente vão ficar ao seu lado para variar, e me lembrei daquela noiva que vimos na frente da igreja em Roma, e como ela parecia feliz, e como o pai dela olhava cheio de orgulho para ela...

E bem naquele momento, eu me dei conta de uma coisa que não acho que tenho me mostrado disposta a reconhecer desde a faculdade, ou sei lá desde quando que eu comecei a achar que a idéia de casamento já não parece mais tão legal quanto parecia naquela época das brincadeiras de Barbie na quinta série:

E o negócio é que eu QUERO me casar algum dia. Quero sim. Quero mesmo. Quero o buquê e o tapete vermelho e o vestido e o véu e o pai choroso e as daminhas e até que a morte nos separe.

Então, que negócio foi aquele de beijar um cara que acha que o casamento é uma instituição que deve ser abolida?

Então, em vez de colocar os meus braços em volta do pescoço dele e retribuir o beijo, como tenho certeza que ele esperava que eu fizesse, e como preciso reconhecer que eu realmente QUERIA fazer — pelo menos, o meu CORPO queria que eu fizesse —, coloquei as mãos no peito dele e empurrei.

Ele tropeçou e caiu na cadeira de metal em que estivera sentado antes e só ficou lá olhando estupefato para mim, tipo: "O que foi isso?"

Mas, antes de que ele tivesse oportunidade de dizer qualquer coisa, eu mandei ver.

Eu: "O que você acha que eu sou? Idiota? Eu NÃO vou para a cama com você."

Cal: "Hum... foi só um beijo."

Eu: "Você não acredita em amor. Você acha que é só o resultado da fenil... fenil... sei lá o quê."

Cal: "Feniletilamina. E, não quero ser pedante... mas foi só um beijo."

Eu: "Mas, ao contrário de você, eu por acaso acredito no amor. E em casamento. Então, de que adianta? Uma noite, e depois o quê? Eu viro mais um nome no seu Blackberry. Não, obrigada."

Cal: "Desculpe se a minha memória está falhando aqui, e tendo em mente de que foi, mais uma vez, apenas um beijo, por acaso você não me mandou um e-mail há pouco tempo dizendo que não estava com pressa de se casar ou ter filhos porque queria se concentrar na sua carreira?"

Eu: "Pode ser que sim. Mas eu quero me casar ALGUM DIA. Então, por quê, em nome de Deus, eu me jogaria na cama com um cara que é totalmente contrário à mera idéia de casamento? O que vai acontecer amanhã de manhã, quando você não conseguir nem me olhar nos olhos, e ficar me evitando? E o que você acha que vai acontecer no avião de volta para Nova York, quando vamos ter que sentar um ao lado do outro de novo? E quando chegarmos a Manhattan? Você vai ligar? Será que algum dia vou voltar a ter notícias suas?"

Cal: "Parece que você já resolveu que não vai. Apesar de ter sido, eu gostaria de salientar pela terceira e espero que última vez, apenas um beijo."

Eu: "Sabe o quê? A Holly tem razão. Eu preciso crescer. Não vou para a cama com mais nenhum homem inadequado. Chega de praticantes de snowboard. Chega de músicos. E certamente não vou sair com homem nenhum que odeie a idéia de casamento, e que não tem a mínima intenção de dar continuidade a um relacionamento comigo."

Cal: "Você tirou tudo isso de um beijo? Quer dizer, a respeito de eu não ter a menor intenção de dar continuidade a um relacionamento de longo prazo com você?"

Eu: "Pode tirar sarro de mim o quanto quiser. Mas sabe o quê? Prefiro ir para a cama com o Paolo do que com você."

Cal: "Quem é Paolo?"

Eu: "Você se lembra. Do casal Paolo e Rhonda. Lá no consulado."

Cal: "O PAOLO? O mecânico meio retardado?"

Eu: "É, mas pelo menos ele não andaria por aí dizendo para quem quisesse ouvir que uma coisa como o amor romântico não existe. Pelo menos ele acreditava em casamento."

Cal: "O cara não falava nada de inglês! Duvido que fizesse alguma idéia de que IA se casar."

Eu: "Pode continuar se sentindo todo superior em relação aos idiotas que acreditam em amor e em monogamia e que querem encontrar alguém para passar o resto da vida junto. Porque você sabe o que vai acontecer daqui a vinte anos? Eu vou estar com alguém – com alguém com quem poderei tomar o café-da-manhã e ler o jornal e assistir a filmes idiotas e ir para a cama e tirar férias, alguém que NÃO vai me trair, como a sua mulher traiu você, porque vou me casar com alguém que me ama por mim e não por causa do meu dinheiro ou de sei lá o quê – e você vai estar completamente sozinho. Espero que goste."

Cal: "Bom, muito obrigado. Tenho certeza de que vou gostar. E espero que você e o Paolo tenham uma vida muito próspera juntos. Para o seu trigésimo quinto aniversário de casamento, será que posso indicar um cruzeiro?"

Eu: "Muito obrigada, vou me lembrar disso."

Cal: "Bom, então acho que não temos mais nada a dizer um para o outro."

Eu: "Acho que não. Boa noite."

Então eu saí batendo o pé da terrazza e subi aqui para escrever tudo isto.

Acho que o deixei bem surpreso.

Só gostaria de não ter tropeçado no degrauzinho da porta quando entrei.

Mas acho mesmo que ele nem reparou.

Agora está tudo em silêncio — acho que ele ainda deve estar lá embaixo, porque não o ouvi subir. Só consigo escutar os grilos lá fora.

Mesmo assim...

Não consigo parar de ficar me perguntando se fiz a coisa certa. Quer dizer, eu achei que nós PODERÍAMOS nos divertir. Ele realmente beija muito bem.

E, sabe como é, ele sabe ser engraçado — como aconteceu lá no consulado — quando se solta um pouco.

E ele é obviamente inteligente. Tipo, a gente não ficou sem assunto em nenhum momento.

Certo, não ficamos sem assunto sobre o qual discutir. Mas tanto faz.

Talvez eu não devesse ter sido tão apressada em dispensá-lo...

Não. Não, eu fiz a coisa certa. Afinal, de que adiantaria? Uma noite de prazer e depois o quê? Ele voltaria para as vagabundas dele.

Só que, desta vez, eu seria uma delas! Ai, meu Deus, eu não seria capaz de SUPORTAR a idéia de ele pensar em mim assim. Como mais uma mulher que ele traçou. Não seria possível. Só acho que eu tenho mais valor do que isso.

Sabe, estou começando a pensar que talvez o Cara seja a minha verdadeira alma gêmea. Ele é tudo o que se pode querer de um homem... fiel, confiável, atencioso, bonito, inteligente, não tem medo de compromisso... tem até um bom senso de humor.

Mas é uma pena que tem aquele bafo de peixe.

Ah, droga. Deixei a porcaria da minha garrafinha de água lá embaixo. Será que dá para eu me esgueirar e ir lá buscar sem cruzar com ele de novo? Acho que dá, se eu não calçar sapatos.

Palmtop de Cal Langdon

Bom.

Aquilo foi... estranho. Quer dizer, foi só um *beijo*...

Um beijo bom de verdade. Excepcional, devo dizer. Já beijei uma boa quantidade de mulheres na vida, mas esta com certeza se destaca.

Obviamente, no entanto, cometi um erro de avaliação. Um erro muito sério.

Mesmo assim, pelo menos ela retribuiu o beijo. No começo.

Mas ela tem razão, é claro. Teria sido um erro. Não sei onde eu estava com a cabeça. Eu *nunca* faço coisas assim. Agir de impulso daquela maneira, quer dizer. Não consigo imaginar por que pensei... Mas, realmente, não teria como isto ir para algum lugar, ela tem toda a razão. Nós vivemos em dois mundos completamente diferentes.

Ainda assim, ela é artista. É de se pensar que seria um pouco mais receptiva em assumir um risco.

Bom, é sorte ela ter resistido. Obviamente é uma daquelas mulheres pegajosas e exigentes, se consegue saltar de um beijo – que foi só o que aquilo foi, por mais que ela possa pensar diferentemente – para uma relação completa. Ela provavelmente teria me convidado para morar na casa dela depois da primeira vez que fizéssemos amor, depois passaria todos os fins de semana do futuro próximo querendo me levar para conhecer os pais dela.

Ou, pior, para ir com ela ao casamento de alguma amiga.

Calafrio.

Não, desta vez eu tive sorte de escapar. Obviamente não é Grazi nenhuma. Aqui não haveria nada de prazer só por prazer. Obviamente, superestimei a inteligência dela.

Foram aquelas porcarias daqueles sapatos.

Por que ela usa aquelas coisas idiotas, se está na cara que nem consegue andar em cima delas?

Mas, bom, é melhor assim. A última coisa no mundo de que preciso neste momento é ficar preso com uma desenhista de gato louca por casamento. Preciso trabalhar no meu próximo livro, e vai ser bem mais fácil se eu estiver livre, no que diz respeito aos relacionamentos.

E, apesar do que ela pode pensar, por acaso eu *gosto* de tomar meu café-da-manhã sozinho. E nunca precisei dormir sozinho se não precisasse.

Bom, tirando hoje à noite.

Palmtop de Cal Langdon

Praticantes de snowboard? Músicos? Com quem exatamente esta garota anda indo para a cama? Preciso me lembrar de perguntar ao Mark amanhã.

Palmtop de Cal Langdon

Não posso perguntar ao Mark amanhã – ou hoje, devo dizer. É o dia do casamento dele. Vai ser difícil estar com vontade de conversar sobre a vida amorosa da melhor amiga da mulher dele.

Mesmo assim, foi só um *beijo*. Não sei por que eu fiz aquilo. Não consegui me segurar, honestamente. Até parece que estou apaixonado por ela. Deus me livre!

Foi só um beijo.

Então, por que eu não consigo parar de pensar nisso?

Palmtop de Cal Langdon

Dei uma passada na cozinha agorinha mesmo, quando já estava indo para a cama, e fiz uma descoberta bastante desconcertante. Parece que a Srta. Harris voltou ao andar de baixo para pegar algo que tinha esquecido da primeira vez que saiu em disparada para o quarto dela e, ao fazê-lo, deixou ao lado da geladeira algo que, tenho certeza, não tinha a intenção de deixar para trás: aquele caderninho em que ela vive rabiscando, aquele em que está escrito Diário de Viagem de Holly Caputo e Mark Levine.

Estranhamente, reparei que ela riscou o nome da Holly e do Mark e escreveu o dela. E, mesmo assim, quando eu – bem sem querer – abri na primeira página, não pude deixar de notar as palavras:

Queridos Holly e Mark,

Surpresa!

Eu sei que nenhum de vocês dois vai se dar ao trabalho de fazer um registro do casamento secreto, então eu resolvi fazer para vocês!

Ela certamente está fazendo este diário para o Mark e a Holly, e não seria errado se eu lesse. Obviamente, tem a intenção de dar de presente a eles.

E eu acho que tenho todo o direito do mundo de ver o que está sendo dito a meu respeito, já que imagino que ela deve ter uma bela seleção de coisas a dizer sobre o assunto. Talvez haja até mesmo um libelo de acusação no meu futuro. Como saber?

E, ainda assim, não posso deixar de sentir que estou ultrapassando algum limite aqui.

Hmmmm. Este é um dilema moral e tanto.

Palmtop de Cal Langdon

Bitolado?

Palmtop de Cal Langdon

Tarado por modelos??

Palmtop de Cal Langdon

Vou matar o Mark por causa do negócio do anexo.

Palmtop de Cal Langdon

Parece que eu também sou um canalha sádico.

Palmtop de Cal Langdon

Eu...

Eu não sei o que dizer. Com a exceção de...

Com a exceção de que estou começando a pensar que, afinal de contas, não foi só um beijo. Na verdade, vendo a coisa toda disposta no caderno, em preto-e-branco – todas as minhas interações com esta mulher, quer dizer, com detalhes mais ou menos gráficos – estou começando a perceber que pode ser... SÓ pode ser.

Mas isso é IMPOSSÍVEL. Estou cansado demais, só isso. São quase três da manhã, pelo amor de Deus.

E, ainda assim, não há como negar que, às vezes, quando eu olho para ela, eu acho...

Não. É a tatuagem. Aquela porcaria daquela tatuagem e aqueles sapatos desgraçados. Eles são FEITOS para me fazer pensar estas coisas.

Só que... bom, durante a viagem até Roma hoje, e durante a espera no consulado... a viagem e a espera podiam ter sido tão tediosas, mas eu realmente me diverti como não me divertia havia muito, muito...

Preciso sair desta. Isto NÃO PODE estar acontecendo. Não agora. EU TENHO UM LIVRO PARA ESCREVER. Tenho um apartamento para encontrar. Tenho uma irmã para sustentar.

Meu Deus. Acho... Acho mesmo...

Então. Não foi só um beijo.

Mas ela acha – por causa da minha boca grande, ela está convencida...

Mas como é que eu posso mostrar que com ela é diferente? Não posso simplesmente dizer, porque ela nunca vai acreditar, obviamente está convencida de que eu sou um "tarado por modelos".

Caralho. A Grazi.

Para: Graziella Fratiani <graziella@galleriefratiani.co.it>
De: Cal Langdon <cal.langdon@thenyjournal.com>
Assunto: Você

Grazi, deixei dois recados no seu celular. Sei que é tarde – ou cedo, como é o caso. Mesmo assim, eu queria dizer – sobre você vir para cá nesta semana: realmente acho que, no final das contas, não seria uma boa idéia. Sei que falamos sobre isso e que eu disse que achava que tudo bem, mas, na verdade, acho que vai ser meio estranho a esta altura. O Mark e a Holly realmente querem que seja algo mais entre a família. Eu sei que você compreende. Muito obrigada, e eu ligo da próxima vez que estiver em Roma, juro.

Cal

Palmtop de Cal Langdon

Como é que eu posso ter sido tão idiota? Como é que eu posso ter deixado passar todas as indicações? Estava tudo ali... Quer dizer, eu até dei comida para aqueles *gatos* idiotas. Como é que eu não percebi, nem por um segundo, o que estava acontecendo comigo?

Eu só fiquei culpando o prosecco.

Alguém devia me dar um tiro.

Para: Servidor de Listas <Wondercat@wondercatlives.com>
De: Peter Schumacher <webmaster@wondercatlives.com>
Assunto: JANE HARRIS

BOM DIA! Hoje é o dia do casamento dos amigos da JANE HARRIS! ISSO MESMO! Venham, venham todos ver o casamento dos amigos da JANE HARRIS! Eu vou pegar o meu motorino para buscar os brotchen do casamento, e muitas outras surpresas! A minha avó e eu trabalhamos em muitos planos para o casal que vai se casar!

Venham à Commune di Castelfidardo para ver o casamento dos americanos hoje! Vai ser um casamento inesquecível!

Do Maior Fã do Wondercat no Mundo!

Wondercat para Sempre!
Peter

Queridos Holly e Mark,
Para o seu casamento, desejamos sede infinita por uma vida dupla boa e que vocês dois cresçam e floresçam, e que a sua sorte aumente, mas não estoure!

Com amor,
Inge e Peter Schumacher

Diário de Viagem de
~~Holly Caputo e Mark Levine~~
Jane Harris

Ai, meu Deus, o Peter e a avó dele se SUPERARAM. Eles são as pessoas mais fofas DO MUNDO. Acordamos hoje de manhã com o cheiro de café fresco, descemos a escada e encontramos a mesa de jantar praticamente afundando embaixo do peso de tantos pães, frutas frescas, frios e ovos mexidos apetitosos empilhados em cima dela.

Além do mais, alguém (o Peter jura que não foi ele) decorou o portão de entrada com flores silvestres do pasto dos cavalos e dois pares de meias azuis (ainda não tenho muita certeza a respeito do significado disto). Parece que usar meias azuis no dia do casamento é algo importante para dar sorte nesta comunidade. No entanto, como o vestido de casamento da Holly é acima do joelho, acho que não vai dar mesmo.

Falando nela, a noiva continua radiante. Nem dá para saber que ela passou o dia de ontem inteiro com a cabeça na privada. Ela está tão linda e animada e... bom, parece uma noiva!

Até o Mark está radiante... quer dizer, se é que se pode dizer isto a respeito de um homem. Ele está caminhando de uma maneira saltitante que eu nunca vi antes, e parece não conseguir parar de sorrir. Estava nervoso demais para comer – que amor! Ele fica olhando para o relógio e diz: "A gente não devia começar a se arrumar? Não vamos querer nos atrasar. O prefeito tem aquele treino de futebol."

O Cal foi o único que não estava no andar de baixo quando deram sete horas, com os olhos alegres e contentes. Finalmente apareceu um pouco antes das oito – vindo de FORA. Parece que ele tinha pegado o carro para ir a algum lugar.

Mas, quando o Mark perguntou a ele por onde tinha andado, ele falou: "Fui pegar o jornal", e colocou o Herald Tribune em cima da mesa.

Certo. Bom trabalho, Cal. Bela maneira de ajudar o seu amigo no dia do casamento. Comprar o jornal.

Mas aliás, quem é que se importa com ele? Hum, eu é que não.

Agora, a Holly e o Mark estão se arrumando. Estou de plantão para o caso de a Holly ter uma emergência de cabelo, mas já sei que não vai ter. O cabelo dela está fazendo exatamente o que ela quer que faça. Está se comportando à perfeição, exatamente como DEVERIA se comportar no dia do casamento de uma garota.

Sou responsável pela papelada (já está tudo na minha bolsa), a câmera (pronta) e as meias da sorte (idem). O Peter é responsável pelas alianças. O Cal é responsável por dirigir. Parece que ele assumiu a tarefa com o mesmo tipo de estoicismo que se pode esperar de um homem pronto para entrar na frente de um batalhão de fuzilamento. Como é agradável para a Holly ver que o melhor amigo do futuro marido dela parece comparar o fato de ele se casar com ela com ser fuzilado.

Não importa. Não vou deixar este louco estragar o dia. Foi para isso que viemos até aqui, e tudo está dando muito certo: Não tem nenhuma nuvem no céu; a Holly está mais linda do que nunca; o Mark está agindo como um perfeito noivo nervoso; e uma outra pessoa preparou o café-da-manhã.

Aposto que muitas noivas trocariam de bom grado qualquer uma das coisas acima em vez de ter a família presente ao casamento.

Aaaah, estamos de saída...

Palmtop de Cal Langdon

Meu Deus. A cidade inteira apareceu para o casamento. Ou, pelo menos, é o que parece. Tem quase cem pessoas reunidas na frente da Commune. E estão todas usando...

Estão todas vestidas com camisetas do Wondercat.

Falando sério. Todas mesmo.

Algumas seguram faixas do Wondercat. E usam bonés do Wondercat. Tem até um bebê com uma FANTASIA de Wondercat.

A Jane parece totalmente horrorizada.

Principalmente porque, assim que ela colocou o pé para fora do carro, todo mundo veio para cima dela, pedindo um autógrafo.

Ela tentou explicar a todo mundo que só está aqui para um casamento, e não para uma sessão de autógrafos. Mas não adiantou nada. Demorou dez minutos só para conseguirmos entrar no prédio. E a maior parte dos fãs do Wondercat veio atrás de nós, com a intenção aparente de presenciar o casamento da Holly e do Mark pessoalmente.

A culpa é do Peter. Ele parece especialmente satisfeito consigo mesmo. É, isto aqui tem a clara assinatura do Perseguidor Adolescente.

Ah, lá vem o secretário. Ele parece estranhamente surpreso de nos ver. Fica gaguejando, dizendo que ouviu dizer que a noiva e o noivo estavam passando mal demais para conseguirem ir até Roma para pegar a APOSTILA. A Jane enfiou a documentação embaixo do nariz dele, mas ele parece irredutível...

Diário de Viagem de
~~Holly Caputo e Mark Levine~~
Jane Harris

Ai, meu Deus, que HORROR!!! O PREFEITO NÃO QUER CASAR A HOLLY E O MARK!!!! ELE NÃO ACREDITA QUE AS ASSINATURAS NA APOSTILA SÃO DELES!!!! Disse que ouviu dizer que o Mark e a Holly passaram mal ontem o dia todo e ficaram de cama, então como é que conseguiram a Apostila? Ele diz que as assinaturas na Apostila são falsificadas com toda a certeza!!!

EU VOU MATAR O PETER!!! ISTO É TUDO CULPA DELE!!!! Eu sei que ele deve ter escrito alguma coisa no site dele a respeito disso. Se não, o que todos esses fãs do Wondercat estariam fazendo aqui? De que outra maneira eles poderiam saber? E de que outra maneira o prefeito poderia saber sobre a Holly e o Mark????

Ai, meu Deus, quero MORRER por eles. A Holly está TÃO linda, e o Mark está tão bonitão. COMO o prefeito pode ser tão desalmado? Será que eu devo confessar? Será que eu devo ir até lá e falar: "Tudo bem, fui eu, é a minha assinatura, não a da Holly, mas eu fiz isso por uma boa causa, e você deveria casá-los mesmo assim porque olhe só como ficam lindos juntos"? Será que ele cairia nessa?

Acho que não. Ficou completamente inabalável pelo discurso de Frau Schumacher, que durou pelo menos cinco minutos.

E agora ele está tirando a faixa dele! A faixa de prefeito! Tipo, como se estivesse deixando de lado as funções por hoje! Está indo para o treino de futebol, como se não tivesse deixado atrás de si um salão cheio de pessoas magoadas! Como é que alguém pode ser tão...

Ah, não. O que o Cal está fazendo? Ai, meu Deus, ele não vai confessar que é a assinatura dele, vai? Eu SABIA que ele iria fazer alguma coisa para estragar a oportunidade de a Holly e o Mark...

Espera. Espera um minuto. Ele não está...

Para: Claire Harris <charris2004@freemail.com>
Darrin Caputo <darrin.caputo@graficacaputo.com>
De: Jane Harris <jane@wondercat.com>
Assunto: Holly e Mark

Estamos aqui! Na Commune di Castelfidardo, no prédio da Municipale, para o casamento da Holly e do Mark!

Por um minuto, pareceu que não ia acontecer. Parece que o prefeito estava desconfiando dos documentos da Holly e do Mark.

Mas daí o Cal Langdon – o CAL LANGDON, o próprio Sr. Eu Não Acredito em Casamento – tomou as rédeas da situação, tirou um bloquinho do bolso e perguntou ao prefeito qual era o nome completo dele.

E quando o prefeito perguntou a ele exatamente o que estava fazendo, o Cal disse (de acordo com o Peter, que traduziu para mim): "Ah, sou correspondente de assuntos internacionais para o *The New York Journal*, e acho que os meus leitores vão ficar muito interessados de saber como os oficiais de Le Marche tratam os visitantes americanos na região."

O prefeito vestiu a faixa com tanta rapidez que nem deu para ver! Deu início à cerimônia de casamento naquele mesmo minuto!

CAL LANGDON SALVOU O DIA!

E eu também não fui a única que começou a comemorar. Parece que metade da cidade tinha ido até lá para ver a cerimônia também!

A Holly está tão linda com o vestido dela, que é de arrasar – preciso dizer que eu ajudei a escolher, então estou meio que elogiando a mim mesma, mas é verdade. A cintura dela parece MINÚSCULA, e ela está segurando um buquezinho que um garoto daqui, o Peter, fez para ela... na verdade, são as flores de alho do jardim, então é melhor não cheirá-las. Mas ela não sabe, então, NÃO CONTEM PARA ELA.

E daí, de maneira solene, com muita graça cheia de dignidade, deram início à cerimônia, com a Holly e o Mark de mãos dadas, tão fofos e nervosos na frente de toda aquela gente – o que inclui, fico surpresa em observar, um bom número de crianças em idade escolar, inclusive a própria filha do prefeito, que certamente deveriam estar na escola – apertadas por todos os cantos do salão. Todo mundo parecia estar se comportando muito bem.

Bom, tirando o Cal Langdon que, apesar de ter demonstrado tanto heroísmo antes, por alguma razão não pára de olhar para os meus pés. Estou usando os meus sapatos Christian Louboutin novos – aqueles que têm florzinhas de strass nas tiras da ponta –, então deve ser por isso. Será que ele está pensando que não são adequados para se usar em um casamento?

O prefeito abriu um livro grande e começou a ler, enquanto o secretário traduzia em um inglês não muito bom. Até agora, a cerimônia está sendo bem emocionante, eles estão prometendo que vão morar na mesma casa e criar os filhos juntos. Obviamente, o casamento é levado muito a sério aqui na Itália, mas parece que eles não se importam muito com o negócio de na riqueza e na pobreza, na saúde e na doença. Parece que eles só querem que todo mundo viva sob o mesmo teto e vá à escola.

Isso me parece muito razoável.

Aaaah, chegou a parte das alianças, preciso começar a tirar fotos. Depois, conto mais...

J

Art. 147 - Doveri Verso I Figli

Il matrimonia impone ad ambedue I conuigi l'obligo di mantenere, istruire ed educare la prole tenendo conto delle capacita, dell'inclinazione naturale e delle aspirazioni dei figli.

(*domando allo sposo*)
Sig. *LEVINE MARK* dichiara di voler prendere in moglie la qui presente Sig. *CAPUTO HOLLY ANN*?
(*si*)

(*ed alla sposa*)
Sig. *CAPUTO HOLLY ANN* dichiara di voler prendere in marito il qui presente Sig. *LEVINE MARK*?
(*si*)

I testimoni hanno sentito (*si*) (*si*)

Io *Antonio Torelli*
Ufficiale di Stato Civile del Commune di Castelfidardo
Diacharo che il Sig. *LEVINE MARK* e la Sig. *CAPUTO HOLLY ANN* sono uniti in matrimonio

Commune di Castelfidardo
Provincia di Le Marche

Ufficio Dello Stato Civile
Certificato di Matrimonio
L'Ufficiale dello Stato Civile

Certifica

Che dal REGISTRO degli ATTI DE MATRIMONIO
Atto N. 1 Parte II Serie C, resulta che nel giorno
23 del mese di settembre contrassero
matrimonio in Castelfidardo

Mark David Levine	Holly Ann Caputo
Celibe	Nubile
Nato a Ohio USA	Nata a Illinois USA
Citadino Statunitense	Citadina Statunitense

Para: Servidor de Listas <Wondercat@wondercatlives.com>
De: Peter Schumacher <webmaster@wondercatlives.com>
Assunto: JANE HARRIS

PRONTO! Aconteceu o casamento dos amigos da JANE HARRIS! Foi muito lindo. Eu segurei as alianças, e quando o secretário disse para mim: "As alianças, por favor", eu entreguei para os amigos da JANE HARRIS. A JANE HARRIS tirou muitas fotografias. Uma fotografia foi de mim entregando as alianças.

Então o prefeito disse: *"Io diacharo che sono uniti in matrimonio"*, e todo mundo no salão comemorou muito!

E então o casal do casamento se beijou, e todo mundo comemorou mais ainda!

E daí o amigo da JANE HARRIS chamado Cal Longdon disse para todo mundo: "Para agradecer a todos por fazerem deste dia algo tão especial para os meus amigos, gostaria de convidar todos a irem a La Beccacia, onde um brunch com champanhe está sendo organizado neste momento."

Daí todo mundo olhou para o Cal Longdon de um jeito esquisito, porque ninguém conhecia esta palavra, *brunch*.

Daí a JANE HARRIS disse: "Sério?"

E o Cal Longdon disse: "Sim, estou falando sério. Organizei tudo hoje de manhã."

Então agora vamos almoçar com a JANE HARRIS e os amigos dela! Vou levar o meu som portátil para ter música para dançar! Vou dançar com a JANE HARRIS! VOU MESMO!

Aqui é o Peter, o Maior Fã do Mundo do Wondercat!

Wondercat para Sempre!
Peter

TELEGRAMA
WESTERN UNION

Para: Ruth e Ira Levine
De: Mark levine

Queridos Mamãe e Papai,

Bom, eu e a Holly fizemos isto. Estamos casados. Teria sido bom se você estivessem aqui. Mãe, pare de chorar. A Susie Schramm não é nada perto da minha Holly.

Com amor, Mark

TELEGRAMA
WESTERN UNION

Para: Salvatore e Marie Caputo
De: Holly Caputo

Queridos Mamãe e Papai,

O Mark e eu nos casamos hoje de manhã em Castelfidardo. Por favor, não fiquem bravos. Nós vamos fazer uma visita quando voltarmos para os Estados Unidos. Sei que algum dia vocês vão amá-lo tanto quanto eu.

Com amor, Holly

P.S. O Darrin inventou a coisa de se casar para me dar cobertura. Dêem uma folga para ele.

Diário de Viagem de
~~Holly Caputo e Mark Levine~~
Jane Harris

Estou completamente chocada.

Não acredito que ele fez isto. Quando foi que ele fez isto? Ele deve ter saído de fininho ao nascer do sol para conseguir organizar tudo. Ele não pode ter organizado tudo isto antes de hoje de manhã. Eu SEI que ele não organizou isto ontem. Passei o dia todo com ele ontem. Ele continuava completa e veementemente contrário ao casamento até a noite passada, eu SEI disso.

Então, a única maneira de ele ter feito isto – a única HORA que ele pode ter tido para fazer isto – foi hoje de manhã, antes das oito. Antes das OITO DA MANHÃ.

Como foi que ele fez isto? Quer dizer, aqui tem comida suficiente para um pequeno exército. Ele deve ter acordado as pessoas para fazê-las cozinhar tanta comida assim – e ainda mais para fazer com que ficasse pronta na hora. O que ele fez? Parou na frente do restaurante e ficou esmurrando a porta até que alguém apareceu para abrir?

Sabe o quê? Deve ter feito exatamente isto. DEVE ter feito, totalmente.

Mas POR QUÊ? Por que uma pessoa eticamente oposta ao amor e ao casamento como ele FAZ uma coisa destas?

Talvez pela mesma razão que ele tomou uma atitude e se assegurou de que a Holly e o Mark conseguissem se casar no final das contas – porque no final das contas ele tem coração?

Estou falando sério. Ele TEM que ter coração. Isto – e o que aconteceu na cidade – COMPROVA a teoria.

O Cal Langdon na verdade é... bom... legal.

Falando sério! A terrazza está tão linda – alguém colocou vasos de flores recém-colhidas por todos os lados. Há mesas arranjadas por todo o gramado, cobertas com toalhas brancas, e há lírios de plástico – que aliás são de muito bom gosto – flutuando na piscina. As rolhas de champanhe ainda estão estourando – é uma festa de verdade!

Uma festa de pessoas que nunca tínhamos visto antes desta semana – algumas que não conhecíamos antes de hoje –, mas uma festa mesmo assim. Organizada de último minuto por um homem que, pelo menos até a meia-noite de ontem, continuava afirmando que o amor não passa do resultado de um desequilíbrio hormonal no cérebro.

A Holly parece estar tão feliz ali, dançando com o prefeito! É quase como se ela estivesse dançando com o pai dela no final das contas.

E o Mark dançando com – bom, sei lá quem. Ah, espera, a Annika a chamou de Mutti, então deve ser a mulher do prefeito. Ele também parece feliz da vida. Os dois parecem estar nas nuvens. Isto aqui é MUITO MELHOR do que casar escondido no cartório em Nova York. Isto aqui é como se... bom, esta recepção parece com a que a mãe da Holly teria organizado.

Nada disto teria acontecido se não fosse pelo homem que desde o início afirma que o Mark e a Holly estão cometendo um erro terrível. O Cal Langdon conseguiu. O Cal Langdon fez TUDO.

Isto aqui é inacreditável. Eu bem que gostaria de ter pensado em uma coisa assim tão adorável. Por que ele não pediu ajuda para mim? EU teria contribuído de bom grado.

Mas parece que agora eu sou o inimigo, a julgar pela maneira como ele evitou falar comigo a manhã toda – exceto para dizer que a fivela do meu sapato Christian Louboutin estava aberta. Ele disse: "O seu, hum, sapato está solto."

Acho que não posso culpá-lo. Quer dizer, sobre o negócio de não falar comigo. Eu realmente fui bem brutal com ele ontem à noite.

Foi mesmo só um beijo, afinal de contas. Não sei por que eu tive que concluir logo que ele só queria rolar no feno. Às vezes eu sou mesmo IDIOTA. Estraguei tudo com mais um cara superlegal.

Mas como é que eu ia saber que ele estava planejando esta festa adorável o tempo todo? Quer dizer, por que uma pessoa que não acredita nas obras do amor organiza uma festa de casamento desta? Isso sem falar que se apressa em SALVAR o casamento para começo de conversa. Como é que eu posso tê-lo julgado assim tão MAL?

Mas a coisa das substâncias químicas no cérebro. Quer dizer, ainda tem ISSO...

O Peter acabou de vir até aqui e me convidou para dançar mais uma vez. Esta é a terceira vez. Eu falei assim: "Peter, por que você não convida a Annika para dançar?"

Eu disse isso meio alto, já que a Annika está parada ali perto. Ela não está com uma cara de quem ficou exatamente feliz por eu ter tocado no assunto.

Mas, bom, o inglês dela não é tão bom quanto o do Peter. Na verdade, ela provavelmente deveria estar na escola. A metade dos convidados da festa parece estar matando a aula de cálculo para estar aqui. Será que o Cal conseguiu fazer com que hoje fosse declarado feriado, além de tudo o mais? Ou será que é uma tradição italiana todo mundo do vilarejo abandonar a escola e o trabalho sempre que algum americano louco enfia na cabeça que vai se casar na cidade deles?

Mas, bom, o Peter está dizendo que NÃO PODE convidar a Annika para dançar, porque ela simplesmente vai dizer não.

"Annika", eu disse. "Se o Peter convidar você para dançar, você vai dizer não?"

Ha. A Annika está sacudindo a cabeça, com o rosto todo vermelho. VERMELHO!

Então eu empurrei o Peter até lá e os dois estão dançando uma lenta, "Killer Queen".

Porque é claro que a Holly fica insistindo para o Peter tocar o CD do Queen do Cal uma vez atrás da outra. "Fat-Bottomed Girls" realmente É o tema musical oficial do casamento dela.

Aaah, o Cal está batendo uma das colheres do Zio Matteo na lateral de uma taça de champanhe. Ele vai fazer um discurso!

Ai, caramba. Levando em conta o que ele acha da ocasião — ou achava até esta mudança de atitude estranha hoje de manhã —, acho que ele vai falar alguma coisa a respeito de tapar o nariz e engolir.

✉

Para: Darrin Caputo <darrin.caputo@graficacaputo.com>
De: Holly Caputo <holly.caputo@thenyjournal.com>
Assunto: Estou CASADA!!!!

Bom, eu fiz mesmo. O Mark e eu estamos casados. Mandei um telegrama para a mamãe e o papai, mas eles só vão receber amanhã.

Mesmo assim, eu queria que você fosse o primeiro a saber.

Espero que fique feliz por mim. Eu mesma estou nas nuvens. A única coisa que poderia fazer com que isto fosse melhor seria você estar aqui.

A Jane tem sido ótima – houve um contratempo com a nossa papelada, e quase não deixaram que a gente levasse nossa intenção a cabo, mas a Jane foi de carro até Roma, cometeu perjúrio em nosso nome, junto com o amigo do Mark, o Cal, que também organizou uma recepção das mais adoráveis aqui na casa do Zio Matteo. Ele acabou de fazer um brinde elegantíssimo e, como eu sei que o Bobby coleciona este tipo de coisa, tentei anotar o melhor que eu pude. Foi assim:

"Obrigado a todos por estarem aqui hoje. Sei que nem todos vocês falam inglês, então vou tentar ser sucinto. Conheço Mark Levine desde que nós dois usávamos macacãozinho tip-top. Não foi sempre que eu aprovei as escolhas que ele faz – ainda acho que ele deveria ter ido para a Liga Masculina de Beisebol em vez de estudar medicina, mas ele sempre teve mesmo um complexo de herói e queria salvar vidas em vez de marcar pontos para ganhar a vida. Mas esta aqui – a escolha de se casar com a Holly – é algo que até eu posso apoiar. As pessoas da área do Mark não conseguem deixar nada para lá. Até já analisaram as reações químicas do amor. Quando nos apaixonamos, nosso cérebro se enche de uma coisa chamada feniletilamina. É um estimulante que pode ser encontrado no chocolate e, assim como o efeito do chocolate sobre o humor, não dura muito.

"Mas, para alguns poucos sortudos – e acredito que o Mark e a Holly se encaixem nesta categoria –, mesmo depois que o corpo adquire tolerância à 'droga do amor', outras substâncias químicas – as endorfinas – começam a agir. As endorfinas são aquilo que enche o cérebro quando pessoas destinadas a se amar por muito tempo se encontram. São elas que lhes dão aquela sensação de segurança, de conforto, de usar um sapato velho. Mas para evitar que as coisas fiquem confortáveis DEMAIS – e para que continuem emocionantes – uma dose saudável de oxitocina natural também é liberada, aumentando o desejo, e estimulando...'

"Bom, acho que posso deixar o restante à sua imaginação. Neste momento eu gostaria que todos erguessem o copo e dissessem: Parabéns, Mark e Holly. Que sua vida em conjunto seja abençoada com saúde, felicidade e muita, muita endorfina."

Não é um amor? Todo mundo achou que sim, parece. Eu não fazia a menor idéia de que o amigo do Mark poderia ser assim tão eloqüente. Acho que ele realmente surpreendeu a Jane, totalmente, porque ela só ficou lá parada, com uma expressão esquisita no rosto!

Oops, o Mark quer dançar comigo de novo – depois mando mais notícias. Espero que você consiga ler isto. Confesso que estou um pouco alta!

Com muito amor,
Holly

Diário de Viagem de
~~Holly Caputo e Mark Levine~~
Jane Harris

Certo, agora eu estou apavorada. Aconteceu alguma coisa com o Cal Langdon.

Falando sério. É como se ele tivesse sofrido uma metamorfose da noite para o dia. Vai ver que o antidepressivo dele acabou. Ou talvez, na verdade, ele tenha começado a TOMAR um antidepressivo. Tipo Wellbutrin.

Que negócio é este???? Primeiro, aquela coisa no gabinete do prefeito hoje de manhã. Depois, esta festa que ele ofereceu para duas pessoas que, no começo da semana, ele nem achava que deviam se casar, para começo de conversa. Ele deve ter gastado uma pequena fortuna só com o champanhe.

E a Holly acabou de chegar para mim — mal consegue se agüentar em pé, mas tanto faz, é o dia do casamento dela, ela merece aproveitar — e falou com a língua enrolada: "Meu Deus, Jane, você sabe o que o Cal fez? Você sabe o que o Cal FEZ?"

E quando eu perguntei o quê, ela respondeu: "Ele reservou uma suíte para nós — o Mark e eu —, uma suíte de luxo em um hotel cinco estrelas — bem na praia — para hoje à noite. Nossa noite de núpcias. Para fazermos uma lua-de-melzinha. Com tudo incluído, jantar E café-da-manhã... e tem até banheira de hidromassagem no quarto. UMA BANHEIRA DE HIDROMASSAGEM NO QUARTO. Você já ouviu falar de alguma coisa mais fofa na VIDA?"

Preciso confessar que não.

E aquele brinde. QUE BRINDE FOI AQUELE???? AQUELE não foi o brinde de um homem que não acredita em casamento. De jeito NENHUM. Aquilo foi, de fato, uma DEFESA científica e profunda do amor. Do amor a LONGO PRAZO.

O que ele estava PENSANDO?

Talvez não seja nada disso. Talvez ele esteja drogado. TEM que ser isto. Ele levantou hoje de manhã com algum plano diabólico de impedir o casamento da Holly e do Mark, e em algum ponto entre tentar subornar o prefeito para dizer que estava doente e ligar para denunciar uma ameaça de bomba no prédio da Commune di Municipale, alguém deu um ácido para ele. Ou um ecstasy.

Só que, se isso for verdade, por que é que ele está dançando com Frau Schumacher de maneira tão sóbria (e, ainda assim, totalmente envolvente e encantadora)? Ele está flutuando com ela pela terrazza – ã-ram, e na minha direção – com desenvoltura perfeita. A bisavó do Peter parece que acabou de morrer e ir para o céu, de tão emocionada por estar nos braços daquele homem, parece flutuar. Nem parece estar ciente do fato de que dança ao som de "Bohemian Rhapsody".

Que em breve chegará a seu final de sacudir a cabeça. Certamente ele não está com nenhuma idéia esquisita. Sabe como é, de ME convidar para dançar. Não depois da cortada que eu dei nele ontem à noite. COMO A ENORME IMBECIL QUE EU SOU.

Ai, meu Deus. Estou mesmo considerando a idéia de PEDIR DESCULPA a ele por não ter dado um beijo nele ontem à noite. É, ele me enlouqueceu a este nível com sua mudança inesperada. Quer dizer, endorfinas? ENDORFINAS? Ele nunca me falou nada a respeito de endorfinas. Ontem era só feniletilamina. Agora, de repente, ele é o Sr. Endorfina?

"Aaaaah, que festa adorável!" É o que Frau Schumacher acabou de dizer, quando o Cal a rodopiou até uma cadeira perto de mim, já que "Bohemian Rhapsody" chegou a seu final estrondoso (pela segunda vez na última hora).

Eu: "Fico feliz que a senhora esteja se divertindo, Frau Schumacher. Não fazia idéia que a senhora dançava tão bem."

F.S.: "Eu? Eu não danço nada. É este homem aqui" (agarrando a mão do Cal. Ele, aliás, parece pronto para fugir para o outro lado da terrazza de novo), "ele é que é o festeiro."

Cal: (parecendo acanhado de um jeito superfofo, <u>tenho</u> que dizer) "Ah, Frau Schumacher. Não seja modesta. Nós sabemos que a senhora já deve ter sido uma bela festeira."

F.S.: (dando pouca importância à afirmação com um abano de mão) "Bom, com certeza, já fui. Mas faz muito tempo. Ah, que festas eram organizadas no quartel-general do Führer! Isto aqui me lembra um pouco isso. Lá, o champanhe jorrava, como aqui."

O Cal e eu arregalamos os olhos e nos entreolhamos.

Eu: "Desculpe, Frau Schumacher. A senhora disse... quartel-general do Führer?"

F.S.: (de olhos arregalados, toda inocente) "Disse. Claro que sim. Quando eu era jovem, era onde eu ia para dançar. Quando eu trabalhava para a S.S."

Cal: (atordoado) "Frau Schumacher... a senhora trabalhava para a S.S.?"

F.S.: (abanando a mão de novo) "Claro, claro. Todo mundo trabalhava! Bom, era o que se fazia naquele tempo! Tem mais champanhe?"

O Cal se apressou para encher a taça de Frau Schumacher. "Under Pressure" começou a tocar no CD player do Peter, e a bisavó dele se levantou mais uma vez de um salto, declarando: "Esta é a minha preferida!"

Então ela se jogou de novo na pista de dança/deque da piscina.

O Cal e eu ficamos nos entreolhando.

"Nunca vamos poder", eu aviso a ele, "mas nunquinha mesmo, dizer para o Mark e a Holly que alguém que costumava trabalhar para S.S. preparou o café-da-manhã do dia do casamento deles."

O Cal dá de ombros. "Qual é o problema, Jane? Todo mundo fazia isso", ele diz em uma imitação perfeita, sem dar nenhuma risada, da bisavó do Peter.

"Jure", digo a ele.

"Juro", ele diz. Depois: "Então. Vejo que continua escrevendo neste caderno."

Eu: (incapaz de desviar o olhar da mão dele, que parece ainda mais sexy segurando a taça de champanhe do que ontem à noite, segurando cartas de baralho) "Continuo."

Cal: "Então, você não vai dar de presente para eles?"

Eu: (Será minha imaginação ou os olhos dele realmente combinam com o azul do céu acima de nós?) "Dar o que para quem?"

Cal: "Para o Mark e a Holly. Como presente de casamento. O diário de viagem que você está fazendo para eles."

Eu: (ele está de paletó em nome da ocasião. Posso dizer que ele fica tão bem assim quanto fica sem camisa?) "Ah, não. Não vou mais dar. Mudei de idéia. Mais ou menos como você."

Eu sei! Foi um movimento ousado da minha parte!

Ele parece confuso. Posso dizer que confuso, em se tratando dele, é completamente adorável?

Cal: "Como assim?"

Eu: "Bom, esta festa, é claro. Quando foi que você resolveu que o casamento é algo bom que deve ser comemorado, em vez de ser temido?"

Cal: "Ah, isso. Bom. Olha, será que você pode parar de escrever nesse caderno um minuto? Está meio que desviando a atenção."

Eu: "Mas esta é a minha primeira viagem à Europa, você sabe, e não quero perder nenhum minuto."
Cal: "Se a sua cabeça ficar enfiada em um caderno o tempo todo, você vai perder muita coisa."
Eu: "Eu paro de escrever se você me disser o que o fez mudar de idéia."
Cal: "Mudar de idéia a respeito do quê?"
Eu: "Da Holly e do Mark."
Cal: "Ah. Bom. Na verdade, foi você."

EU??

Eu: "EU??? Mas... quando? Não foi ontem à noite."
Cal: "Aliás, foi sim. Ontem à noite."
Eu: "Mas eu fui tão má com você!"
Cal: "Talvez eu tenha merecido."

Ai, meu Deus, ele começou MESMO a tomar Wellbutrin! TEM que ter começado! Não tem nenhuma outra explicação para isto!

Eu: "Certo, o que está rolando? Por que de repente você começou a ficar tão legal?"
Cal: "Eu sou sempre legal."
Eu: "Não, não é. Que história foi aquela de salvar o dia no gabinete do prefeito? Você acabou com a oportunidade perfeita de evitar que o seu amigo tivesse um destino que você COSTUMAVA considerar pior do que a morte. Então, o que aconteceu?"
Cal: "Eu percebi que estava errado."
Eu: "A respeito da Holly e do Mark?"
Cal: "A respeito de tudo."
Eu: "TUDO? Até aquela coisa da feniletilamina?"
Cal: "Bom, trata-se de um fato científico. Mas de todo o resto."

Eu: "Mas... como? Por quê? Você pegou uma receita de antidepressivo quando foi à cidade hoje de manhã, além de contratar um serviço de bufê e tudo mais? Porque você NÃO está agindo como você mesmo."

Cal: "É, bom, talvez eu tenha tido a chance de ver o que eu pareço através dos olhos de outra pessoa, e não gostei exatamente do que vi. Agora, será que você pode largar este caderno e dançar comigo? Estão tocando a nossa música, sabe como é."

"Fat-Bottomed Girls" acabou de começar a tocar de novo.

Essa foi boa. Talvez ele não tenha mudado tanto assim, afinal de contas.

O que não seria necessariamente algo ruim. Quer dizer, quem vai querer um cara que não agüenta uma piada – nem consegue fazer uma?

Cal: "Vamos lá. Me dê uma chance de eu provar a você que tenho."

Eu: "Tem o quê?"

Cal: "Coração."

COMO É QUE ELE SABIA????

E como é que eu posso dizer não?

Para: Servidor de Listas <Wondercat@wondercatlives.com>
De: Peter Schumacher <webmaster@wondercatlives.com>
Assunto: JANE HARRIS

Ooooi! Estou escrevendo logo depois de voltar da festa do casamento dos amigos da JANE HARRIS! Foi uma festa muito boa. Se você não estava lá, sinto muita pena de você! Teve muita comemoração e muito champanhe. Algumas pessoas estavam ficando muito bêbadas. Foi muito cômico!!!

Todo mundo ficou muito feliz quando o carro do hotel chegou para levar o casal feliz para a lua-de-mel deles. Então a gente resolveu seguir o carro com os nossos motorinos, porque é muito divertido. Ficamos embaixo da terrazza do casal feliz no hotel e gritamos muitas coisas cômicas. Então a noiva, ela saiu e jogou o buquê dela para nós! O buquê foi pego pela Annika! A Annika agora vai ser a próxima noiva em Castelfidardo (de acordo com a tradição americana).

Mas esta não é a coisa mais cômica que aconteceu na festa do casamento dos amigos da JANE HARRIS. A coisa mais cômica foi quando a JANE HARRIS estava dançando com o muito simpático Cal Longdon (que me deu 20 euros para gastar em MAIS GIBIS DO WONDERCAT) e uma moça italiana muito linda chegou à casa. Ela se chama Graziella, e veio encontrar o Cal Longdon.

O Cal Longdon ficou com uma cara muito, muito surpresa de ver aquela mulher. A JANE HARRIS também pareceu muito surpresa de ver aquela mulher.

Daí a JANE HARRIS empurrou o Cal Longdon para dentro da piscina.

Essa foi a parte mais cômica de todas! A JANE HARRIS é muito hilária – igualzinho ao Wondercat!

Aqui é o Peter, o Maior Fã do Wondercat, dando BOA NOITE!

Wondercat para Sempre!
Peter

✉

Para: Holly Caputo <holly.caputo@thenyjournal.com>
De: Sal Caputo <salcaputo@freemail.com>
Assunto: Oi, aqui é o seu pai falando

Olá! Você não sabia que o seu pai tinha e-mail, sabia? Bom, reconheço que não me serve muito na loja, mas eu gosto de dar lances em aparelhos Electrolux antigos no eBay. Nunca se sabe quando se vai encontrar um que só precisa de um consertinho para voltar a funcionar.

Mas, bom, que história foi essa que eu ouvi de você e o Mark terem se casado hoje na casa do Zio Matteo? É verdade?

Bom, se for verdade, você deixou a sua mãe muito triste. Ela está na igreja agora, rezando uma novena para você. Na missa de hoje à noite, ela está querendo pedir para que uma oração aos fiéis seja feita pela sua alma imortal.

Eu, no entanto, quero ser o primeiro a dar congratulazioni. Ou será que devo dizer mazel tov? Sei que no passado eu e a sua mãe já expressamos nossas preocupações relativas ao Mark não compartilhar da nossa fé. Mas você agora já é uma mocinha, e precisa tomar suas próprias decisões. Eu sempre gostei do Mark. Pelo menos ele entende como um motor funciona, diferentemente de alguns dos seus irmãos.

E, como eu disse à sua mãe, vai ser bom ter um médico na família. Principalmente porque eu tenho uma pinta que eu queria que ele examinasse quando vocês dois vierem aqui nos visitar.

Não se preocupe com a sua mãe. Vou pedir ao padre Bob dar uma palavrinha com ela.

E, é claro, agora ela vai poder se concentrar mais em converter o Mark. Você sabe que ela adora ter um objetivo na vida.

Com muito amor,
Papai

....

✉

Para: Mark Levine <mark.levine@thenyjournal.com>
De: Ruth Levine <r.levine@levinedentistasassociados.com>
Assunto: Olá!

Mark. Diga que não é verdade. Diga que a Marie Caputo, de quem acabei de receber um telefonema quase histérico, afirmando que um dos filhos dela contou que a filha dela fugiu para casar em segredo, está sofrendo um delírio psicótico.

Mark – onde você está com a cabeça? Você sabe o que fez? O que eu vou dizer para a Gloria Schramm? Eu prometi que você ligaria para a Susie assim que voltasse para Nova York. Agora você vai ligar para ela, convidar para um drinque na happy-hour do Cub Room, mas para dizer que você é casado? A coitada vai ter mais um dos chiliques dela. Da última vez, ela foi encontrada vagando pela Quinta Avenida usando só umas botas de camurça com pele dentro, daquela Uggs, e calcinhas modeladoras Spanx.

Diga que não é verdade. Você sabe com quanta antecedência é necessário reservar o salão de recepção no Country Club? Um ano! Se você simplesmente tivesse me contado que estava planejando uma coisa destas, eu poderia ter colocado o meu nome na lista há meses, e nós poderíamos fazer uma festa agradável quando vocês voltassem. Agora, o que é que eu vou fazer? Convidar as pessoas para virem aqui em casa? Você sabe que ainda não mandamos arrumar aquela parede da sala de jantar que aquele pessoal idiota que montou a cozinha furou quando foi instalar os armários.

Talvez consigamos um salão no Marriott, se alguém cancelar. Vou ter que checar.

E o seu pai disse que agora você vai ter que pagar seu imposto do ano todo como se fosse um homem casado durante todos os doze meses, apesar de só o ter sido por três. Ele diz que você deveria ter esperado até janeiro.

Que tamanho de casaco a Holly veste? Vou ver se consigo que o seu tio Isaac faça um mink para ela. E não venha me dizer que ela é contrária a usar pele, em Nova York fica muito úmido e faz muito frio, e se ela vai ter os meus netos, quero me assegurar de que não anda metade do ano passando frio.

Você poderia ter nos contado, sabe, Mark. O seu pai e eu teríamos adorado fazer uma viagem para a Itália. Você sabe que o último lugar a que ele me levou foi às Bahamas, e choveu o tempo todo.

Com amor, para os dois,
Mamãe

Para: Jane Harris <jane@wondercat.com>
De: Claire Harris <charris2004@freemail.com>
Assunto: Holly e Mark

Querida! Estou tão feliz por eles! Acabei de cruzar com a Marie no supermercado Kroger Sav-On. Ela não parava de falar de como Deus não nos dá nada mais pesado do que podemos carregar, e que isso só significa mais tempo no purgatório para a Holly, sabe como é, mas dava para ver que ela estava nas nuvens. Com toda a certeza estava radiante.

Mas também pode ter sido porque está fazendo calor demais para setembro.

Mesmo assim, ela estava comprando bagels da marca Lender. Bagels! Perguntei o que era aquilo, e ela quase ficou vermelha quando respondeu: "São para congelar. Para quando o Mark e a Holly vierem nos visitar. Aí eu descongelo. Ele gosta de bagel no café-da-manhã, sabe como é."

Acho que este é um bom sinal, você não acha?

De todo modo, espero que você continue se divertindo. O papai e eu estamos bem. Ele se queimou um pouco com ácido quando estava trocando a bateria do Volvo, mas passamos um pouco de Neosporin e parece que está sarando bem.

E para o caso de você ficar com alguma idéia por causa do casamento da Holly e do Mark, espero que saiba que eu e o seu pai não nos importamos com QUEM você vai casar, desde que você nos convide.

Mas eu acho que o Cal Langdon provavelmente ficaria muito lindo de smoking.

Com amor,
Mamãe

✉

Para: Jane Harris <jane@wondercat.com>
De: Malcolm Weatherly <malcolmw@snowstyle.com>
Assunto: Ciao!

Oi, querida. Faz dias que não tenho notícias suas. Espero que esteja tudo bem.

Olha, eu estava aqui pensando... a gente não é exclusivo nem nada assim, certo? Quer dizer, não faz mal ficar com outras pessoas, certo? Desde que eu saí da sua casa? Porque eu meio que conheci alguém. Me escreve só para dizer o que você acha, pode ser? Não quero fazer nada para deixar você aborrecida. Mas um cara tem suas necessidades, sabe como é?

Paz,
Malcolm

Para: Jane Harris <jane@wondercat.com>
De: Julio Chasez <julio@streetsmart.com>
Assunto: O Cara

Oi, Srta. Harris. Olha, eu estava aqui pensando... Quando é que você vai voltar, exatamente? Porque o Cara, ele... bom, parece que ele está com saudade de você, ou algo assim. Quer dizer, hoje de manhã, quando eu fui dar comida para ele, eu o peguei arranhando a tela da janela, tentando pular para a escada de incêndio, porque tinha uma pomba lá. Ele fez um buraco bem grande nela, aliás. Na tela, quer dizer. Mas o meu pai trocou por uma nova, não se preocupe, e eu fechei a janela toda para ele não poder fazer de novo.

E agorinha mesmo ele meio que me mordeu, e eu só queria fazer um carinho nele.

Então eu só estava aqui pensando... quando é que você volta para casa mesmo?

Espero que seja logo.

Julio

Palmtop de Cal Langdon

Parece-me bastante óbvio que eu poderia ter lidado melhor com a situação.

Falando sério, o momento que a Grazi escolheu para chegar não podia ser pior. Acho que eu quase tinha conseguido fazer com que *ela* me perdoasse pelas minhas gafes anteriores e inoportunas.

No entanto, continuo insistindo que as minhas opiniões, principalmente a respeito do casamento, eram perfeitamente válidas. Não há como me convencer de que existe uma única pessoa viva que, examinando a situação em que o mundo se encontra hoje, pode imaginar que colocar crianças no mundo talvez não seja a coisa mais sábia a se fazer. Levando em conta a situação da economia global – sem falar nos problemas ambientais –, as coisas como estão no momento, que tipo de pessoa poderia considerar a possibilidade de ter filhos, já que as crianças só poderão herdar um planeta desprovido de fontes de energia e (como conseqüência desta devastação dos nossos combustíveis fósseis) de camada de ozônio adequadas; previdência social e assistência à saúde falidas; e uma comunidade aterrorizada por fundamentalistas que acreditam ser seu direito inerente impor seus valores e crenças a outros, por meio da força física, se necessário?

Só um tonto.

E, no entanto, pela primeira vez na vida, vejo como ser tonto pode ter suas vantagens. Principalmente se você for tonto por amor.

Meu Deus. Não acredito que acabei de escrever isso.

É incrível, mas é verdade. Agora eu entendo por que o Mark e a Holly achavam que *tinham* de se casar, apesar da oposição dos pais, apesar do que sabem sobre este mundo e os perigos que compreende. Agora entendo por que para eles era tão importante legalizar a união – por que ter uma rota de escape de acesso facilitado para sair de um relacionamento romântico não é sempre necessariamente a melhor coisa, quando se quer que a relação dure.

Agora eu vejo todas essas coisas.

Pena que não consigo convencê-la de tudo isso.

Não que eu tenha achado que seria fácil. Mas sinceramente nunca achei que faria isso do fundo de uma piscina.

Este é o ponto em que o Velho Cal poderia começar a reclamar de como Ela tem coragem, achando que eu deveria ter me comportado como uma porcaria de um eunuco no passado, quando eu nem a conhecia. Este é o ponto em que o Velho Cal poderia começar a pensar consigo mesmo: Por que estou me dando ao trabalho de me submeter a tudo isto? Tenho uma mulher italiana perfeitamente linda, elegante e sofisticada logo aqui ao lado, que ficaria mais do que feliz em fazer amor comigo a noite toda. Por que estou preocupado com o que uma cartunista americana está pensando?

Ah, eis a questão. É porque eu não quero esta mulher italiana perfeitamente linda, elegante e sofisticada. Eu quero a cartunista com a tatuagem de gato que parece não conseguir parar de tropeçar nos próprios sapatos.

Que Deus me ajude.

Ela, no entanto, deixou perfeitamente claro que não me quer. Pelo menos, não quer mais. Suponho que o fato de a Grazi ter chegado daquele jeito, como se fosse dona do lugar com aquele chapéu e aqueles saltos agulhas, foi um golpe duro em demasia contra a minha pessoa.

A Grazi foi absolutamente compreensiva a respeito de tudo. Pediu desculpa por não ter olhado o e-mail e disse que só foi receber os recados que eu deixei no telefone dela quando já estava a caminho. Acho que eu me fiz de completo idiota ao tentar explicar o que estava acontecendo, quando a levei de volta à estação de trem (depois de me trocar e colocar roupas secas, é claro).

"Entendo", foi o que a Grazi tinha a dizer a respeito daquilo. "Você está apaixonado. Por uma mulher que desenha uma tirinha. Sobre um gato."

Ao ouvi-la colocar a coisa daquela forma, de um jeito tão seco – Você está *apaixonado* – eu realmente me senti fisicamente enjoado por um instante.

E, no entanto – eis aqui a coisa mais estranha de todas – eu me senti enjoado de um jeito *bom*.

"Não é nada disso", eu me senti compelido a confessar. "Ela acha que eu sou um imbecil cheio de pompa, incapaz de sentir qualquer coisa além do meu complexo de superioridade."

Pareceu que a Grazi achou isso divertido.

"Você *sabe* ser cheio de pompa", ela disse. O que, devo dizer, não considerei especialmente reconfortante. "Parece que você acha que sabe tudo que existe para saber."

"Ela se desinteressa categoricamente pela dinâmica geopolítica", prossegui, "ou assuntos externos de qualquer tipo."

"É", a Grazi respondeu. "Mas essas coisas não são importantes para a maior parte das pessoas."

"Hoje de manhã", prossegui, sentindo-me desesperado para que alguém, qualquer pessoa, tentasse me dissuadir daquilo que, eu já sabia, era uma decisão tomada, "eu a vi colocando ketchup nos ovos. E ela gosta de Nutella. E daquele programa de televisão, *E.R.*"

Ao que a Grazi respondeu, com uma calma que, tenho certeza, ela estava longe de sentir: "É, mas este programa faz muito sucesso."

"Não é algo que eu planejei para acontecer", eu expliquei a ela.

"Quem é que planeja se apaixonar?", a Grazi perguntou, com um dar de ombros. "Isto simplesmente acontece. Não dá para impedir, por mais que se tente."

Então, exalando uma nuvem de fumaça azulada de cigarro, ela completou: "Mas, imagino que, no seu caso, tentar só deve ter piorado a situação. É assim que acontece com homens como você. Quando acontece, não há nada que possa impedir. Nem mesmo ketchup nos ovos."

“Ela me odeia”, admiti, tristonho.

“Não, não odeia”, a Grazi foi bem gentil de dizer. “Se odiasse, não teria empurrado você para dentro da piscina quando me viu.”

Espero que a Grazi esteja certa – mas não acredito nisso de verdade.

Mas, mesmo que esteja, o que eu posso fazer a respeito? Quando voltei para casa, depois de deixar a Grazi na estação de trem, para que ela pudesse voltar a Roma, a festa tinha acabado, e a casa estava bem fechada. *Ela* não estava em nenhum lugar à vista. Eu sabia que não tinha ido embora... a mala dela continuava lá. Achando que ela tinha ido à cidade com o resto do pessoal para aterrorizar o casal nubente no hotel, peguei o carro e fui até lá, mas só vi o Peter e os amiguinhos dele, destruindo o buquê de flores de alho em alguma espécie de cerimônia pubescente à la *O Senhor das Moscas*, e jogando as pétalas no mar.

Agora tomei café demais e li todos os jornais em língua inglesa da cidade. O sol está começando a se pôr, e eu sei que devia voltar à casa para ver se ela está lá. Mas parte de mim tem medo de sair desta cadeira. Afinal, o que vai acontecer se eu for até lá e ela me der uma gelada?

A resposta da Grazi, quando coloquei esta mesma questão, quando ela estava embarcando no trem, não foi nada animadora.

“Ela não vai fazer isso”, disse, “se você fizer o gesto grandioso.”

“Que gesto grandioso?”, perguntei. “Já fiz uma festa que me consumiu cinco mil, e isso só me rendeu uma visão do fundo da piscina.”

“O que ela quer?”, a Grazi perguntou, bem pontual, “além de um casamento para a amiga dela, coisa que você já deu? É isto que você tem que fazer, sabe. Dar a ela o que ela quer – o que ela nunca teve – e ela será sua.”

Eu tive que refletir a respeito disso. O que a Jane Harris quer. Pensei sobre a questão durante muito tempo depois que o trem saiu da estação.

Acontece que não foi assim tão difícil. Quer dizer, até parece que não estava escrito em todas as páginas do diário dela.

Mesmo assim, como é que eu vou mostrar que é sério? Esta foi a parte difícil.

Claro que, se por acaso eu estiver errado...

Bom, seja o que Deus quiser.

Diário de Viagem de
~~Holly Caputo e Mark Levine~~
Jane Harris

Eu já devia saber, é claro. Estava tudo bom demais para ser verdade.

Sobre ele ter mudado, quer dizer.

Ele não mudou. Eles nunca mudam.

Não sei o que eu estava pensando. Quer dizer, só porque ele conseguiu fazer com que a Holly e o Mark se casassem, e depois organizou uma festa bacana, e fez um brinde meigo, da maneira como qualquer homem normal DEVERIA fazer, eu achei que ele tinha se transformado.

Ha. HA!

Está tão transparente, é tão óbvio agora que a coisa toda foi só uma espécie de armação para me levar para a cama.

Preciso reconhecer que, no começo, fiquei lisonjeada. Quer dizer, por ele ter tido tanto trabalho só para me ver pelada. Nenhum homem jamais fez alguma coisa assim tão complicada por mim. Bom, o Curt Shipley me levou ao baile de formatura.

Mas sabendo agora que ele não estava muito preocupado com QUEM traçaria depois da festa, eu ou o Mike Morris, estragou um pouco a minha apreciação pelo assunto, pensando bem.

O mesmo vale para o Cal Langdon. Quer dizer, para ele tudo não passava de um jogo. Eu soube disso no momento em que coloquei os olhos naquela mulher da galeria de arte. Só um beijo. Ha! Exatamente como eu desconfiava, NÃO foi só um beijo. Ele só estava sozinho, e queria se dar bem. Não fazia diferença com QUEM. Sei lá. Por que então a teria convidado para ir até lá?

E, reconheço, ele ficou meio surpreso de vê-la ali. Ele deve ter esquecido que a convidou para dar uma passada.

Bom, tenho certeza de que o batismo que eu dei nele fez com que lembrasse bem rápido.

Tanto faz. Até parece que eu ligo. Quer dizer, eu não estava exatamente ME APAIXONANDO POR ELE nem nada. Faça-me o favor. Me apaixonar por O QUÊ? Pode acreditar: eu posso encontrar algo melhor do que um canalha egocêntrico como ele.

E, tudo bem, ele tem MESMO aquelas mãos bonitas, fortes e bronzeadas. E aqueles olhos azuis. E ele gosta de gatos. E beija superbem. E é super-inteligente, e mesmo assim consegue ser engraçado quando quer.

E daí? Ele também tem um monte de falhas. Acha que sabe tudo, mas, está na cara, não sabe, especialmente quando se trata de relações humanas.

E ele escreve livros que eu jamais pegaria para ler, nem que estivesse morrendo de tédio.

E, apesar de não ter certeza, acho que o peguei olhando para mim de um jeito esquisito quando me viu colocando ketchup nos meus ovos.

Quem precisa disso? Eu é que não. Não, senhor. Vou me limitar aos caras legais. Tipo o Malcolm. Bom, não exatamente o Malcolm, já que ele com toda a certeza seguiu em frente, o que... é bom para ele.

Mas quero dizer caras simples, como o Malcolm. Caras que não ficam fazendo joguinho. Caras que apreciam os caprichos da vida. O Cal não aprecia nada que foge à regra. Bom, talvez, quem sabe, os meus erros gramaticais.

Ah. Espera. Tapão.

Certo. O Peter ganhou.

Tanto faz.

Onde eu estava?

Ah, sim.

A primeira coisa que vou fazer quando chegar em casa é me inscrever em algum tipo de curso no Learning Annex. Não sei o quê. Mas algum tipo de curso que um cara simples faria. Tipo cerâmica, talvez. Ou italiano! É. Vou aprender a falar italiano. Aposto que muitos caras fazem este curso. E daí eu vou poder conhecer um cara bacana e simples e, da próxima vez que vier à Itália, ele vem comigo.

Porque, apesar de este país ter lá os seus defeitos – o horário de almoço de três horas em que tudo, até as lojas de SAPATO, fica fechado... isso sem falar na falta de privadas, tipo no Amici Amore, ou só da tábua, como naquele restaurante de Porto Recanati –, também pode ser superlegal. Quando eu fiz o Peter me deixar na cidade hoje, depois da festa, quando ele e a Annika e todo o resto deles foi lá infernizar a Holly e o Mark no hotel, dei um passeio, tomei um sorvete gostoso, sentei em um pequeno palazzo e só fiquei relaxando.

Não consegui relaxar muito desde que cheguei à Itália – bom, tirando aqueles cinco minutos ao lado da piscina naquele dia – com tanta coisa para ver e tanta preocupação com o casamento da Holly e do Mark que podia não se realizar e a coisa toda do Cal. Mas hoje eu relaxei, e olhei em volta de mim e... bom, gostei do que vi. Da Itália, quer dizer. Bom, de Le Marche, pelo menos. O pessoal aqui é tão simpático, e todo mundo se cumprimenta quando se cruza na rua.

E todas as janelas têm floreiras em vez de escadas de incêndio, porque nenhuma construção tem mais de dois andares de altura.

E como todas as construções são assim tão baixas, o céu parece ENORME lá em cima, como no interior dos EUA, no Wyoming, ou algo assim. Só que é azul como nunca fica em Nova York, por causa de tanta poluição do trânsito. Aqui, a maior parte das pessoas anda de motoneta ou, no máximo, tem aqueles carros Smart pequenininhos.

Até o sorvete daqui é mais gostoso do que o dos Estados Unidos. Aquele foi o melhor pistache que eu já tomei.

E o ritmo da vida é meio que contagiante. Quer dizer, eu realmente não sou a favor do horário de almoço de três horas. Mas se é NECESSÁRIO demorar tanto assim para almoçar, então é legal ninguém achar ruim. Como achariam em Manhattan. Quer dizer, já imaginou se você trabalhasse na bolsa, em Wall Street, ou em algum lugar assim, e você tentasse dizer ao seu chefe que iria demorar três horas para voltar?

Tem algo bacana na maneira como ninguém tem pressa, e como parece que sempre dá tempo de tomar uma boa xícara de café e dar um bom Buon giorno.

É pena termos que ir embora na sexta, de verdade. Quer dizer, não que eu vá ficar triste de me despedir para sempre de ALGUMAS pessoas que conheci aqui. Mas acho que vou ficar com saudade deste lugar. E do Peter. E até da bisavó dele e da exibida da Annika (que me perguntou o que deveria fazer com o buquê da Holly quando o pegou e eu disse que a tradição era desfolhá-lo todo e jogar no mar para dar sorte) e do prefeito e do cheiro de cavalo que entra pela janela do meu quarto de manhã e daqueles gatos magrelos e do fogão elétrico que não pode ser ligado sem que as luzes se apaguem e todas as Virgens Marias e os castelos nas montanhas e...

Bom, simplesmente tudo.

Menos ELE.

Depois que eu fizer aquele curso no Learning Annex – para aprender a falar italiano – e conhecer aquele cara – sabe, o cara simples que será capaz de apreciar os caprichos da vida –, nós vamos vir para a Itália e vamos nos divertir a valer, porque nós dois vamos saber o que é carabinieri, e nenhum de nós vai ficar rindo dos erros do outro, ao contrário de...

ELE.

Ai, meu Deus. Ele voltou.

Que coragem ele tem.

Ah, e olhe só. O rosto dele continua com aquela mesma expressão de cachorro magro que tinha quando eu saí. O que aconteceu, Cal? A sua vagabunda italiana se recusou a ir para a cama com você quando viu como ficou ridículo estatelado no fundo da piscina?

Hum. Ele está começando a puxar papo. Sei, bela tentativa, amigão. Mas não vai conseguir chegar a lugar nenhum na frente do garoto. Por que você acha que eu o convidei para ficar aqui? É, não foi porque eu tenho uma paixão ardente por jogos de cartas. Não, foi porque eu pressentia que você voltaria rastejando. E eu sei que você não vai falar de nós se tiver alguém mais...

AI, MEU DEUS, ISTO É SUBORNO!

Espera aí, duas pessoas podem fazer este jogo...

AAEEEGHHH!!! POR QUE EU NÃO PEGUEI DINHEIRO QUANDO ESTAVA NA CIDADE?

Beleza. Tanto faz. Então, o Peter foi embora. Uma nota de vinte e ele some. Traidor.

Não faz mal. Mesmo assim, não tenho que escutar o que este cara tem a dizer. Posso simplesmente entrar e ver o que a Holly está fazendo...

Hum, não, não posso. Porque a Holly e o Mark estão no hotel. No quarto de hotel que ele pagou para os dois. Estamos aqui sozinhos. Só nós dois nesta casa gigantesca porque ele...

PLANEJOU PARA QUE FOSSE ASSIM!!!!

AI, MEU DEUS. COMO EU SOU IDIOTA.

Mas tanto faz. Mesmo assim, não vou ouvir. Não, não vou ouvir o que você tem a dizer, Sr. O Meu Último Objetivo na Vida é Magoar a Idiota da Garota Americana. NÃO ESTOU ESCUTANDO.

Cal: "Jane. Falando sério. Pára de escrever nesse caderno e olha para mim. Só um minuto."

Eu: "Não."

Cal: "Beleza. Mas eu não vou embora. Não antes de colocarmos tudo para fora."

Eu: "Não tem nada para colocar para fora."

Cal: "Tem, tem sim. Olha, eu sei que agi como um canalha praticamente desde o primeiro momento que conheci você..."

Eu: "Praticamente?"

Cal: "Certo, desde o momento que eu conheci você. Mas quero que você saiba que agora eu me sinto péssimo com isso. E me sinto um imbecil. As coisas que eu disse – as coisas que eu fiz –, tudo. Você tinha razão. Você estava totalmente certa a respeito do Mark e da Holly, e eu estava completamente errado. Agora eu vejo isso."

Hummm. Esta é uma reviravolta interessante. Ele está pedindo desculpa. E admitindo que errou. ISSO nenhum cara nunca fez por mim. O que será que significa?

Ah, espera. Já sei. Como eu sou boba.

Eu: "Se isto for só uma encenação para me fazer ir para o hotel também, para que você possa ficar com a casa toda só para você e a sua vagabunda, não vai dar certo. Por acaso eu gosto daqui, e não tenho intenção de sair, nem por uma banheira de hidromassagem."

Cal: "Jane. Se eu quisesse passar a noite com a Grazi, você não acha que eu estaria no hotel com ela agora, e não aqui, tentando conversar com você?"

DANE-SE ELE COM ESSA LÓGICA DE GÊNIO!

Eu: "Bom, seja lá o que você esteja tentando fazer, pode esquecer. Estou ficando nervosa. Eu gostava mais quando você me odiava."

Cal: "Eu nunca odiei você..."
Eu: "HA! HA! HA! CARABINIERI!"
Cal: "O quê? Nem posso brincar com você?"
Eu: "Aquilo não foi brincadeira. Você estava RINDO da minha cara."
Cal: "E você por acaso não fez isso inúmeras vezes na semana que passou?"
Eu: "Não, não na sua frente."

Aaaaah. Ele acabou de pegar uma das cadeiras de ferro batido, virou, colocou bem na minha frente, sentou e se inclinou para a frente, de modo que eu posso ver a barba por fazer loira que cobre o maxilar dele. E aqueles olhos azuis.

OLHE PARA O OUTRO LADO. DESVIE O OLHAR DOS OLHOS AZUIS HIPNÓTICOS.

Cal: "Jane. Pára de escrever neste caderno e olha para mim."

Ha. Tipo, não vai rolar mesmo.

Cal: "Tudo bem. Se é assim que você vai agir, então eu só vou dizer uma coisa. Reconheço que, quando nos conhecemos, eu podia até ter na cabeça algumas idéias errôneas a respeito das relações homem-mulher. Não vou dizer que nunca me apaixonei, porque tanto você quanto eu sabemos que não é verdade. Eu me apaixonei uma vez, e não deu certo, e por causa disso, eu me esforcei muito, mas muito mesmo, para me convencer de que o amor não existia. Porque eu não queria admitir que eu tinha colocado tudo a perder. E se eu não podia ter aquilo, então não queria que ninguém mais tivesse."

Hummm. Essa até que foi uma boa explicaçãozinha. Simples, direta. Quase verossímil.

Cal: "Mas ter conhecido você mudou tudo isso. Você me fez ver que duas pessoas – como o Mark a Holly – podem sim se apaixonar profunda e loucamente, sem nenhum motivo subliminar, e que o amor não está só na cabeça deles, não é resultado de um desequilíbrio químico, mas sim é resultado de atração, de confiança mútua e de afeição pura e verdadeira. O amor que aqueles dois têm um pelo outro – o tipo de amor que faria com que abrissem mão de toda precaução e se casassem apesar de quase todas as pessoas de quem eles gostam no mundo serem totalmente contrárias à idéia –, este é o tipo de amor que eu sempre quis, mas nunca achei que podia existir de verdade. Até ontem."

Hummm. Isso também foi bem bom.
Espera. De que diabos ele está falando?

Eu: "O que aconteceu ontem?"
Cal: "Ontem eu fiquei preso em um carro com você durante oito horas."

Canalha. Eu nem cantei junto com o rádio. Não muito.

Eu: "Certo. E daí?"
Cal: "Aconteceu uma coisa."
Eu: "Se você está se referindo às minhas habilidades no volante, vou dizer que nem ENCOSTEI naquela caminhonete. O que você sentiu foi só o vento. A gente estava indo muito rápido. E não tinha nenhum risquinho. Eu conferi."
Cal: "Não estou falando disso. Estou falando a respeito do fato de eu ter me apaixonado por você. E tenho bastante certeza de que você também está apaixonada por mim."

!!

Cal: "Será que agora você pode parar de escrever neste caderno?"

Como é que eu posso parar? Quer dizer, eu mal estou conseguindo segurar a caneta, de tanto que os meus dedos tremem...

Não pode ser verdade. Isto aqui tem que ser algum plano masculino mirabolante para... não sei o quê.

Eu: "Certo, compreendo que garotos como você não param por NADA até conseguir mais uma conquista sexual. Quer dizer, vir dizer para uma garota o que você acha que ela quer ouvir... isto faz parte do jogo. Mas nunca é uma boa atitude presumir que você sabe o que ela sente por você. Porque, posso garantir, NÃO estou apaixonada por você."

Cal: "Não estou presumindo nada. Eu sei exatamente o que você pensa a meu respeito. Você acha que eu sou um Nazista do Descanso de Braço bitolado... um Tarado por Modelos arrogante. Você não suporta a maneira como eu falo, nenhum dos assuntos sobre os quais eu escolho falar, a maneira taxativa com que peço comida em restaurantes ou digo a taxistas quanto devemos a eles. Você acha o meu gosto por mulher odioso, o fato de eu não ter televisão é um pecado imperdoável e o fato de que eu posso ter vontade de escrever um livro sobre a Arábia Saudita é completamente inimaginável. E você também está total e completamente apaixonada por mim. Se não estivesse, não teria me empurrado para dentro da piscina hoje de tarde quando viu a Grazi chegar."

Eu: Sem palavras.

Cal: "Agora, será que você pode largar este caderno e me beijar?"

Eu: "Não, NÃO posso. O que você... como é que você... a HOLLY contou tudo isso para você?"

Cal: "Não. Eu li este caderno em que você está escrevendo."

O QUÊ?

Cal: "Será que você pode escrever um pouco maior? Acho que o pessoal lá da China não está enxergando. É, eu li o seu diário. Diz, na primeira página, que você tem a intenção de dá-lo de presente à Holly e ao Mark como presente de casamento. Eu achei que não teria problema se eu lesse algo que você obviamente tinha a intenção que fosse lido por eles. Só quando eu já estava profundamente interessado nele é que fui perceber que você tinha mudado de idéia."

Eu: "Ugh."

Cal: "Bem colocado. Sim, eu conheço todos os seus segredos mais sombrios, Jane Harris. Como você baba em cima do Dr Kovac, que é, gostaria de salientar, um personagem fictício. Você está errada a respeito da impressão que tem a respeito de uma certa parte da minha anatomia. O quê, exatamente, você acha do meu livro – apesar de a expressão do seu rosto cada vez que ele é mencionado já dizer tudo. Sei que você tem um fraco por anões corcundas, por gatos de rua e pela sua amiga Holly, e sei que você quer ir comigo ao Veselka comer blintzes. Não sei o que é Veselka, mas adoro blintzes. Nunca me diverti tanto na vida como nas últimas 48 horas, durante as quais fiquei preso em um carro com a pior motorista que já vi na vida, subi e desci correndo a Escadaria Espanhola para chegar a tempo de cometer perjúrio no consulado americano. E eu gostaria de continuar fazendo esse tipo de coisa regularmente com você no futuro próximo. Mas também gostaria de incluir que desejo fazer sexo com você, se for possível. E se nada disso convencê-la, talvez isto aqui convença: tenho toda a intenção possível de ficar por perto tempo o suficiente para estabelecer um laço de longo prazo, que não pode ser rompido, com o Cara. E para provar, hoje à tarde, fui lá e fiz isto."

Ai, meu Deus. Ele está arregaçando a manga. Por que ele está arregaçando a manga? O que ele pode...

NÃO!

IMPOSSÍVEL!

É uma tatuagem!!! Ele tem uma tatuagem. Do Wondercat!

Igualzinha à que eu tenho no tornozelo.

Eu: "Mas... Como? Quando?"

Cal: "No Crazy Bar e Sexy Tatoo Shop, na cidade. Disseram que o Wondercat é um dos modelos que mais vende."

Eu: "Mas-mas-mas isso é PERMANENTE!!!!"

Cal: "O que eu sinto por você também é. Então. Será que você pode largar a caneta e me beijar, por favor?"

E, de repente, achei que podia.

Porque o meu coração se encheu de uma coisa. Uma coisa que eu não sei descrever muito bem.

Só que parece bianco frizzante.

Diário de Viagem de
~~Holly Caputo e Mark Levine~~
Jane Harris

Ai, meu Deus. Ele mentiu. É totalmente verdade, o que o Mark disse para a Holly sobre o tamanho...

Diário de Viagem de
~~Holly Caputo e Mark Levine~~
Jane Harris

Coitada da Frau Schumacher. Ela vai ter MUITOS lençóis para lavar quando formos embora. Acho que fizemos em todos os quartos pelo menos uma vez.

Ah, tudo bem. Acho que ela está acostumada a trabalhar duro, levando em conta todo o tempo que ela ficou lá na casa do Führer.

Diário de Viagem de
~~Holly Caputo e Mark Levine~~
Jane Harris

Até o Cal reconhece que Nutella com morango, arrematado com champanhe, é um belo lanchinho da meia-noite.

Diário de Viagem de
~~Holly Caputo e Mark Levine~~
Jane Harris

Preciso escrever logo. Ele está lá embaixo, pegando mais morango.

Ele me ama! Pelo menos tanto quanto eu — não acredito que estou confessando isso — o amo também. SIM! É verdade! Eu amo o Cal! Eu poderia subir no telhado e gritar: EU AMO O CAL!

E também não acho que seja a feniletilamina falando.

Endorfina? Com certeza.

Ai, meu Deus. Eu amo o Cal Langdon. O CAL LANGDON.

E, sabe, a única razão por que ele não gosta de E.R. é que ele nunca assistiu. Acontece que não passa E.R. na Líbia ou sei lá aonde que ele passou todos esses anos. Tenho certeza de que ele vai mudar de idéia assim que ficar a par de tudo o que está acontecendo no hospital County General.

Também mostrei para ele meu caderno de esboços do Wondercat, e ele riu do meu desenho mais recente. O Cal Langdon DEU RISADA. De um dos meus desenhos!!!! E disse que eu sou um gênio dos quadrinhos!

Disso eu já sabia. Mas foi legal ouvir da boca dele.

Oops, lá vem ele. Prometi que ia parar de escrever sobre ele aqui.

Por enquanto.

✉

Para: Arthur Pendergast <a.pendergast@editorarawlings.com>
De: Cal Langdon <cal.langdon@thenyjournal.com>
Assunto: O livro

Oi, Arthur. Eu andei pensando. O que você acha de o meu segundo livro ser sobre Le Marche? Caso você não saiba, Le Marche é uma das regiões menos conhecidas da Itália, cheia de paisagens de tirar o fôlego, com castelos antigos em cima de colinas verdejantes e pitorescas, plantações de oliveiras cheias de sombra, praias em curva com areia branquinha, frutos do mar deliciosos e vinhos terrosos porém delicados, como o Verdicchio, classificado entre os melhores dos *vini da meditazione*.

Esta é uma região em que atividades econômicas familiares proliferam. É uma área quase auto-suficiente que muitos países – como, por exemplo, os que anteriormente dependiam da exportação de petróleo – poderiam muito bem reproduzir com sucesso.

Estou pensando em alugar uma casa aqui por alguns meses com a minha namorada para fazer um pouco de pesquisa. Pode ser que você tenha ouvido falar dela... A Jane Harris? Ela é a criadora do Wondercat, aquela tirinha hilária sobre o gato. Tenho certeza de que você já leu.

Bom, mas me fala o que você acha.

Cal

Para: Cal Langdon <cal.langdon@thenyjournal.com>
De: Arthur Pendergast <a.pendergast@editorarawlings.com>
Assunto: O livro

Le Marche? Mas de que diabos você está falando? Ninguém nunca ouviu falar de Le Marche. Quem diabos vai comprar um livro sobre um lugar de que nunca ouviu falar?

Deixe-me dizer uma coisa: se *Varrendo a Areia* não estivesse no Número 2 da lista dos mais vendidos do jornal *New York Times*, eu diria o que você pode fazer com Le Marche.

Mas na atual situação...

Vá com Deus.

Arthur Pendergast
Editor Sênior
Editora Rawlings
1418 Avenue of the Americas
Nova York, NY 10019
212-555-8764

P.S. Namorada? Desde quando você tem namorada? Achei que você era monogamofóbico.

P.P.S. Que diabos é um Wondercat?

Para: Servidor de Listas <Wondercat@wondercatlives.com>
De: Peter Schumacher <webmaster@wondercatlives.com>
Assunto: JANE HARRIS

Ouça esta, pessoal! Vocês não vão acreditar no que está acontecendo! A JANE HARRIS, criadora do nosso amado Wondercat, vai FICAR aqui em Le Marche! Isso mesmo! Pelo menos foi o que ela me disse hoje quando cheguei de manhã com os brotchen.

Na verdade, a JANE HARRIS não veio abrir a porta hoje de manhã quando eu trouxe os brotchen. A JANE HARRIS só desceu bem tarde, depois do almoço, para pegar os brotchen. E daí ela estava com cara de muito cansada. Mas muito bonita, como sempre!

E o Cal Longdon, que veio até a porta com a JANE HARRIS, perguntou se eu sei de alguma casa para alugar em Le Marche, porque ele quer escrever um livro sobre NÓS!!!

SIM! Porque Le Marche É TUDO!!!!

E a JANE HARRIS disse que ela acha que é melhor ela também ficar em Le Marche, para ajudar o Cal Longdon a escrever este livro superimportante sobre NÓS!!!!

E quando eu perguntei a ela o que vocês estão pensando – "MAS E O WONDERCAT?" –, ela respondeu: "Ah, eu posso desenhar o Wondercat em qualquer lugar."

SIM!!!! A JANE HARRIS VAI SE MUDAR PARA A ITÁLIA! E VOCÊS RECEBERAM A NOTÍCIA PRIMEIRO POR AQUI. Graças a mim, o Maior Fã do Wondercat de Todos os Tempos!

Wondercat para Sempre!
Peter

Especial para a Annika: Quando você terminar o Wondercat Volume 1, é só dizer que eu levo o Volume 2 no meu motorino.

✉

Para: Jane Harris <jane@wondercat.com>
De: Claire Harris <charris2004@freemail.com>
Assunto: O seu telefonema

Querida, só estou escrevendo porque ontem à noite, quando você ligou, dava para jurar que você disse que vai ficar na Itália. Com o Cal Langdon. De maneira permanente.

O papai disse que eu devo ter sonhado a coisa toda. Mas não acho que sonhei a parte em que você disse que se o contrato de desenvolvimento do Wondercat for efetivado, que é claro que o Cal Langdon vai voltar para Nova York com você, porque estão em um relacionamento compromissado, e se dão apoio mútuo na carreira.

Este não é o tipo de coisa com que eu costumo sonhar.

E tem mais uma coisa: hoje de manhã, quando fui ao supermercado Kroger Sav-On para comprar uns band-aids para o papai (ele enfiou um prego no polegar, pendurando mais uma aquarela da irmã dele – eu bem que queria que ela arranjasse outro hobby), cruzei com a Marie Caputo, que me perguntou – com um sorrisinho de que eu não gostei nada, devo reconhecer – como eu estava me sentindo por ganhar um filho. Ganhar um filho? Do que é que ela está falando, querida? Ela não pode estar falando isso de você e o Cal Langdon, pode? Vocês dois vão se casar? Será que a Holly sabe de algo que eu não sei e contou para a mãe dela?

Como é que você pode se casar com o Cal Langdon, querida? Da última vez que falei com você, você disse que o odiava. E que ele não parava de olhar para os seus sapatos.

Nada disso faz o menor sentido para mim. Acho que você não devia ficar na Itália com alguém que conhece há menos de uma semana – e muito menos que deva se casar com ele.

Espero que a Marie não tenha entendido bem. Na verdade, tenho CERTEZA de que ela não entendeu. Você sempre foi uma moça tão sensata...

Além do mais, e o Malcolm, aquele rapaz simpático que trabalha no banco de investimentos que era seu namorado?

O papai tem razão: aquele telefonema ontem à noite deve ter sido só um sonho. Porque você nunca se mudaria para a Itália sem o Cara.

Ah, espera. Eu perguntei para você ontem à noite, não perguntei? E você disse que iria pagar para o filho do zelador do seu prédio levar o Cara para aí...

Mas não pode estar certo. Você nunca faria uma tolice destas.

Bom, ignore tudo isto. Espero que você se divirta no restante da sua viagem.

E tente ser simpática com aquele Cal Langdon. Tenho certeza de que ele não consegue evitar estar apaixonado por você. E os seus pés sempre foram muito lindos.

Com amor,
Mamãe

Para: Julio Chasez <julio@streetsmart.com>
De: Jane Harris <jane@wondercat.com>
Assunto: O Cara

Oi, Julio! Olha só, eu estava aqui pensando. O que você acha de uma viagem com tudo pago para a Itália?

Este livro foi composto nas
tipologias Verdana e Kosmic e
impresso em papel off-set 90g/m^2
no Sistema Cameron da Divisão Gráfica
da Distribuidora Record